KB041918

들병이·어우동·청두령

– 하 –

들병이·어우동·청두령 (하)

초판 1쇄 인쇄일 2017년 3월 8일
초판 1쇄 발행일 2017년 3월 15일

지은이 정혁종
펴낸이 양옥매
교 정 임수연

펴낸곳 도서출판 책과나무
출판등록 제2012-000376
주소 서울특별시 마포구 방울내로 79 이노빌딩 302호
대표전화 02.372.1537 팩스 02.372.1538
이메일 booknamu2007@naver.com
홈페이지 www.booknamu.com

ISBN 979-11-5776-409-9 (04800)
ISBN 979-11-5776-410-5 (세트)

이 도서의 국립중앙도서관 출판시도서목록(CIP)은 서지정보유통지원 시스템
홈페이지(http://seoji.nl.go.kr)와 국가자료공동목록시스템
(http://www.nl.go.kr/kolisnet)에서 이용하실 수 있습니다.
(CIP제어번호 : CIP2017006186)

들병이
어우동
청두령

정혁종 지음

상 하

책나무

▶ 본서에 나온 모든 날짜는 음력이다.

양력으로 환산하려면 편의상 한 달만 추가해서 이해하면 되겠다.
예) 1월(음력) → 2월(양력)

▶ 조선시대 화폐 단위는 현재보다 다소 복잡하여 1문을 1푼이라고
했으며, 10푼이면 1전, 10전이면 1냥, 10냥이면 1관이라고 했다. 구
매력으로 본 화폐가치는 현재와 일대일로 비교하기가 매우 어렵다.
그리하여 본서에서는 단위를 모두 냥으로 통일하였고, 화폐 가치는
독자들이 대략 어림짐작으로 계산하면 되겠다. 걸인들이 하는 '한 푼
줍쇼'라는 말은 여기에서부터 유래하였다.

▶ 조선 시대의 시간

① 자시(子時) : 23~1시

② 축시(丑時) : 1~3시

③ 인시(寅時) : 3~5시

④ 묘시(卯時) : 5~7시

⑤ 진시(辰時) : 7~9시

⑥ 사시(巳時) : 9~11시

⑦ 오시(午時) : 11~13시

⑧ 미시(未時) : 13~15시

⑨ 신시(申時) : 15~17시

⑩ 유시(酉時) : 17~19시

⑪ 술시(戌時) : 19~21시

⑫ 해시(亥時) : 21~23시

▶ 조선 시대의 시간 단위

오늘날처럼 시, 분, 초가 없었고, 문헌을 보면 아래와 같이 대략 표기하였기에 본서에서도 이를 따랐다.

* 일다경(一茶頃) : 5~20분 사이

  (뜨거운 차 한 잔을 마실 정도의 시간)

* 일각(一刻) : 약 15분

* 한 식경(食頃) : 약 30분

  (한 끼를 먹을 정도의 시간)

* 반 시진(時辰) : 한 시간

* 한 시진(時辰) : 두 시간

[4] 부채 한 쌍으로 결혼 약속

01. 안변(安邊)에서 만난 소녀

이조 성종 때의 명인(名人) 봉래 양사언(逢萊 楊士彦)은 실로 선풍도골(仙風道骨)이었다. 천하문장이요 글씨 또한 명필이었으며 그의 얼굴은 백옥 같았고 풍채 또한 준수하였다. 그러므로 서산대사(西山大師)로 불리는 청허당 휴정선사(淸虛堂 休靜禪師) 같은 도(道) 높은 사람도 양봉래를 심허(心許: 진정한 마음으로 허락함)의 벗으로 여겨 항상 그를 그리워하였다.

유명한 서산대사의 시 중,

美人何處在　望之天一方.
(고운 사람이 어느 곳에 있나요. 멀리 하늘가를 오늘도 바라본다.)

여기서 말하는 미인은 곧 다정한 친구 양봉래를 말하는 것이다.

양봉래는 그만큼 서산대사와 같은 높은 분의 지우(知友: 서로마음이 통하는 친한 벗)로 인정받은 것을 생각하면 그의 인품과 식견, 도량과 인격을 가히 짐작할 만하다. 그렇게 훌륭한 양봉래에게도 다음과 같은 사연이 있었으니 그가 서출(庶出: 첩이 낳은 자식)로서 능히 영달 출세하였던 이면엔 어머니의 자식을 위한 애절하고 기막힌 희생이 숨어 있었던 것이었다.

양봉래의 부친은 승지 양희수(楊希洙)였는데, 그는 오십이 훨씬 넘은 늙은 나이에 벼슬길에 올라서 승지를 지냈다. 그리고 그는 오십 고개를 넘은 후에 불행하게도 상처를 하게 되었다.

남자 나이 오십에 상처를 하게 되면 대개는 집안이 불행해지는 경우가 많았으나, 양희수의 경우는 다행스럽게도 불행해지지 않았다. 그는 크게 풍류(風流)를 좋아하는지라 모든 인생의 번루(煩累: 번거로운 근심과 걱정)를 버리고 팔도강산을 편력(遍歷:

이곳저곳을 널리 돌아다님)하면서 자연과 풍광에 심신을 몰입하고 있었다. 그는 한 마리 말을 타고 명승지와 강산을 찾아다니면서 노래도 부르고, 시도 짓고, 술 마시는 것을 유일한 여생의 즐거움으로 삼았다.

날이 가고, 달이 가고, 해가 가고, 춘하추동 사계절을 객지로만 돌아다니다보니 울적한 심회가 다소 가라앉는 듯하였다. 그는 이 지방에서 저 지방으로 방랑하여 나그네 노릇을 하면서 북관(北關: 함경도의 다른 이름) 길로 접어들어 영봉(靈峰: 신령스러운 산봉우리) 백두산을 구경하였으니 천만고(千萬古: 아주 오랜 옛적)의 큰 신비를 보고 돌아오는 길이었다. 그는 이제 금강산으로 들어가 산수의 오묘함을 한 번 더 만끽(滿喫)하고 싶었다.

북관에서 나오던 길이 안변(安邊)을 지날 때였다. 덕원을 지나 안변 땅에 도달하였는데 하루가 다 저물었다. 워낙 날이 저문지라 모든 주막과 마방이 모두 문을 닫았으므로 인마(人馬)가 유숙하기 곤란하였다. 할 수 없이 그는 밤이 꽤 어두웠으나 장거리를 지나 촌가로 접어들었다. 그곳에는 천석(泉石: 수석, 물과 돌로 이루어진 자연경치)이 아름다운 조그만 산골짜기에 아담한 집 한 채가 있었다.

그는 반가운 김에 안을 살피니 아직 작은 등잔불이 반짝이고 있었다.

"주인 계십니까?"

"……."

"주인장 계신가요?"

한참동안 방에서는 아무런 말이 없더니 조금 있다가 얼굴이 해끄무레하고 나이는 열서넷쯤 되었을까 말았을까 한 소녀가 나타났다. 어스름한 어둠 속에서 바라보니 영리하고 꽤 총명한 얼굴로 어두운 그늘이라곤 찾아 볼 수 없었고 예쁘장한 얼굴이었다. 바깥사람이 사내임을 알자 소녀는 약간 부끄러운 듯 머리를 다소곳이 숙이고 낭랑한 목소리로 차분히 물었다,

"어디서 오시는 손님이세요?"

"오냐, 지나가는 길손이다. 우연히 이곳을 지나다가 날은 저물고 길은 어두운데 주막집이 벌써 모두 문들이 닫혀 있어 찾다보니 너희 집에 불이 켜져 있기에 찾아왔다. 하룻밤 신세질 수 없겠느냐?"

나그네는 소녀가 알아듣도록 차근차근 말하였다.

"오늘 밤에 아버지 어머니께서는 친척집에 제사가 있어 이웃 마을에 가셨어요. 내일에야 돌아오신다 하고 가셨는걸요."

"그럼 야단났구나."

"……."

"주인 없는 집에서 자고 가자 할 수도 없고"

실로 양 승지는 처지가 곤란하였다. 이를 알아차린 소녀는

다시 입을 열었다.

"이 밤에 어디 가실만한 데도 없으실 테고."

하다가 다시,

'어쩌나.'

하고 혼자 중얼거리더니,

"저희 집에서 주무시고 가십시오. 제가 겨우 말죽은 끓일 줄 아옵니다."

하는 것이 아닌가. 양 승지는 실로 반갑지 않을 수 없었다.

"그래 반갑고 고맙다. 주인도 안 계신 터에 미안하기 짝이 없다마는 이 밤중에 어디 달리 갈 만한 곳도 없고 하루 밤 폐를 끼칠 수밖에 도리가 없구나."

양 승지는 말을 마당가에 있는 늙은 버드나무에 매고 사랑에 들어가 피곤한 다리를 쉬고 있었다.

부엌에서 무엇인가 딸그락거리고 한참동안 부산하더니 소녀는 말죽을 끓여가지고 말에게 주려고 가지고 나왔다.

"참으로 영특(英特)한 소녀다."

양 승지가 감탄하고 있는 중에 다시 소녀는 밥상을 차려가지고 나붓이 양 승지 앞에 가져다 놓는 것이 아닌가. 밥상 위에는 산채밖에는 없었으나 음식이 깨끗하고 조촐하여 입맛이 저절로 날만 하였다.

나이 어린 소녀로서는 놀라지 않을 수 없는 능숙한 솜씨였다.

"말죽만 좀 쑤어 달랬는데 저녁은 웬 저녁이냐?"

양 승지가 놀라는 시늉으로 물었더니 소녀는 아무렇지도 않다는 듯이 대답했다.

"말이 배가 고플 텐데 사람은 오죽 하겠습니까. 말보다도 사람이 더 소중하지 않겠사옵니까?"

소녀치고는 생각이 꽤 이치에 맞는 말이었다. 양 승지는 이윽고 소녀를 자세히 불빛 아래로 바라다보았다. 실로 이러한 산골짜기에서는 너무나 보기 드문 총명하고 영리한 소녀였다. 환한 불빛 아래 다시금 바라보니 눈빛이 초롱초롱하였다.

"너, 나이 몇 살이니?"

"올해 열세 살이옵니다."

"부모님은 뭣을 하고 지내시니?"

"농사를 짓고 살아가십니다."

양 승지는 농사꾼의 딸 중에 이만한 소녀가 있다고는 생각지 못하였다. 참으로 영리하고 총명한 여아(女兒)라고 감탄하지 않을 수 없었다.

하룻밤을 소녀의 후한 배려로 편히 쉬고 난 양 승지는 이튿날 아침이 되자 돈 몇 냥을 소녀에게 주면서,

"돈은 비록 적지만 받아두어라."

하였다. 그러나 소녀는 그 돈을 보자 펄쩍뛰었다.

"그게 무슨 말씀이시옵니까? 우리 집에 찾아오신 분은 손님 이신데 어찌 밥값을 받겠습니까. 예로부터 전해오는 미풍양속 (美風良俗)을 소녀더러 깨뜨리라고 하시는 말씀이옵니까?"

소녀는 또랑또랑한 눈을 들어 양 승지를 바라보았다. 양 승지는 남의 신세를 지고 그냥 있을 수도 없고 실로 난처하지 않을 수 없었다. 그는 할 수 없이 짐짝 속에서 붉고 푸른 부채 한 쌍을 꺼내어 소녀에게 선물로 주면서 일부러 농담 삼아 한다는 말이,

"아가, 네가 밥값을 굳이 받으려고 하지 않으니 그 대신 이 부채 두 자루를 받아라. 이 부채는 너에게 특별히 채단(采緞: 혼 인 때에, 신랑 집에서 신부 집으로 미리 보내는 푸른색과 붉은색의 비단. 치마 나 저고릿감으로 쓴다.) 삼아 주는 것이다."

농담조로 양 승지는 그렇게 말하였느냐 소녀는 그 말을 진실 로 들었던 모양이었다.

"황송하온 분부시옵니다. 주시는 이 부채가 채단이라 하시오 면 그냥 맨손으로야 받을 수 있사오리까. 그 청홍선자(靑紅扇子) 를 이 보자기 위에 놓아주소서."

소녀는 언제 준비하였는지, 아니면 가지고 있던 보자기인지 붉은 보자기 한 장을 펴들었다. 양 승지는 그 말할 수 없이 현명한 소녀에게 재삼재사 감탄해 마지않으면서,

"이 궁벽한 산촌에 한 마리 용이 태어났구나. 실로 귀여운 처자로다."

하고 칭찬함을 아끼지 아니하였다.

02. 오십에 소실을 둔 양 승지

그럭저럭 안변(安邊)의 벽촌에서 영리한 소녀를 만난 지 삼 년이란 세월이 흘렀다. 양 승지는 귀경하여 들떴던 마음을 가라앉히며 그동안의 주유(周遊: 두루 돌아다니면서 구경하며 놂)를 회상하고 있었다. 그러다가 비록 늦게였지만 벼슬길에 나서게 되어 승지가 되었다.

어느 날, 양 승지 앞에 협수룩한 시골 노인 한 사람이 찾아와

계단 아래에 꿇어앉았다.

"그대는 누구기에 나를 찾소."

노인이 씰룩거리는 얼굴의 근육을 더욱 움직이면서 말하였다.

"대감께 한 가지 물어 볼 말씀이 있습니다. 대단히 황송하옵기 이를 데 없사오나 삼 년 전에 안변 땅을 지나실 때 어느 촌가에서 주무시면서 소녀에게 청홍의 부채 한 쌍을 내리신 일이 있으십니까?"

양 승지는 벌써 세월이 3년이나 흘렀는지라 금시 생각이 떠오르지 않았다.

"곰곰이 생각하니 그런 일이 있었던 것 같소이다."

그 말을 듣고 노인은 금시에 희색이 만면하여지면서,

"그때 그 소녀가 바로 제 딸자식이옵니다. 그 애가 올해 열여섯이 되었습니다. 그래 출가를 시키려 하였삽더니 그 애가 하는 말이 '이미 대감님한테서 예물을 후히 받은 바 있는데 어디 다른 데로 시집을 갈 수가 있느냐?'고 절대로 갈 수가 없다고 하지 않겠습니까? 여러 번 타이르기도 하고 회유도 해보았습니다마는 앙칼지고 고집 센 딸자식의 마음을 바로 잡을 길이 없었습니다. 소인이 여러 가지로 생각해보다가 할 수 없이 딸의 갸륵한 생각을 저버릴 수 없어 불원천리하고 대감을 찾아 왔습니다."

노인의 말은 간곡하였다. 양 승지는 그 소리를 다 듣고 또한 웃지 않을 수 없었다.

"허허헛, 여보시게 노인, 내 나이 벌써 오십이 넘어 육십이 다 되어가는 사람이 소녀에게 무슨 딴 생각이 있어서 그것을 폐백이라고 주었겠소. 소녀가 하도 영리하고 총명하였으므로 밥값을 받지 않기에 그렇게 농조(弄調: 실없이 놀리거나 장난으로 하는 말)로 준 것인데 일이 이렇게 되었으니 내가 큰 실수를 하였소."

"대감께서는 비록 일시적 농조로 그렇게 하셨다 하시더라도 제 딸애는 그것을 진실 이상으로 생각하여 죽어도 다른 데로는 시집을 가지 않는다고 하오니 대감께서는 이 사정을 가납(嘉納: 받아들이다.)하여 주시옵기 바라나이다."

"그것 참 야단났구려. 노인의 규수를 나에게 준다하더라도 나는 이미 육십에 가까운 노인이라 당신의 딸이 소녀 과수가 될 것을 생각해 보시요. 그런 일이 될 법이나 한 노릇이요. 이제 노인은 돌아가시어 따님에게 이런 사유를 이야기하고 좋은 배필을 구해 가도록 타이르시오."

"황송하신 분부십니다. 그러면 돌아가 여식 아이를 타이르겠습니다. 안녕히 계십시오."

노인은 어느 정도 수긍을 하고 그 길로 물러갔다.

그러나 그 후 십여 일이 지난 어느 날이었다. 그 노인이 다시 양 승지의 앞에 나타나 이번에는 더욱 침통한 얼굴을 하고,

"소인이 귀가(歸家)하여 딸자식에게 모든 사유를 다 말하여 타일렀으나 딸은 조금도 움직이는 빛이 없이 오로지 대감님께라야만 시집을 가지 다른 곳으로는 죽어도 갈 수 없다하오며, 소인이 한양 갈 길을 사양하였사옵더니 여식이 굶어 죽기로서 항거하오니 대감께서는 이 애통(哀痛)한 일을 굽어 살피시어 제 딸년을 댁의 종년으로라도 써주시기 바라옵나이다. 딸아이는 함께 한양에 와서 있사옵니다."

참으로 난처한 일이 벌어졌다.

"허허참, 이거 난처한 일이로세. 딸의 생각이 정 그러하다면 내 집으로 보내주시구려."

이리하여 양 승지는 오십이 훨씬 넘어 소녀를 첩으로 삼는 수밖에 도리가 없었다.

03. 양봉래(楊蓬萊)를 낳다

양 승지는 본래 성품이 고결하고 청백하여 비록 명목은 소실이라 하여 소녀를 두었으나 조금도 그녀와 상관하지 않았다. 워낙 나이가 동떨어진 차이요 더욱 며느리, 손자 등과 자식들 보는 앞에서 어린 소녀 첩을 희롱하고 있을 수는 없었기 때문이었다.

그러므로 그는 상배를 당한 지 십년이 넘도록 딴 여자를 알지 못하고 있었던 것이었다. 그는 사랑방에서 혼자 자면서 소실은 조금도 관계하지 않았다.

그러던 어느 날,

그가 안방에 들어와서 보니 뜰이 환하게 깨끗하며 마당에는 온갖 기화요초가 만발하여 눈이 휘황하였다. 뿐만 아니라 안방에서는 향내가 진동하고 가장집물에 기름진 윤기가 돌았다. 그에게 본실 있을 때는 천연 보지도 못하던 일이었다. 양 승지는 의심스러워 그 큰며느리를 돌아보고 물었다.

"집안이 이렇게 청결하고 아름다우니 무슨 까닭이냐?"

며느리는 수줍은 듯 얼굴을 들지 못한 채 답변을 했다,

"안변 서모(庶母: 아버지의 첩)님이 오신 뒤부터 그렇게 되었습니다. 안변 서모님은 바느질과 길쌈뿐이 아니고 집안을 가꾸고 다스리는 법도가 놀라우며 더욱 가간(家間: 온 집안)을 어떻게나 잘 살피시는지요, 지금은 집안에 부족한 것이 하나도 없사옵니다. 그뿐만 아니오라 덕성이 높으시고 성품이 순후하여서 일가

가 모두 화목하여 집안에는 항상 훈풍이 감돌고 있사옵나이다. 안변 서모님과 같으신 훌륭한 분은 생전 처음이옵니다."

며느리는 입에 침이 마르도록 서모를 칭찬하였다.

"내가 소실을 너무 괄대(恝待: 업신여겨 소홀히 대접함)하였구나. 오늘 밤엔 한번 얘기나 해볼까?"

과연 안변댁은 만고에 없는 현숙한 부덕을 갖춘 여인이었다. 벌써 양 승지 집에 온 지 삼 년으로 방년 열아홉이었다. 피어날 대로 피어난 몸매, 부풀대로 부풀어 오른 젖가슴, 반짝이는 눈, 마늘쪽 같은 코, 앵두 같은 입술, 흑단 같은 머리카락, 가느다란 허리, 고운 손발, 양 승지는 멀거니 마치 딸과 같은 또 손녀와 같은 이 귀여운 소실을 바라다보고 있었다.

'볼수록 아름다운 여인이로구나.'

정말로 안변댁은 날이 갈수록 미모가 더해가고 있었다.

"여보게."

"……."

안변댁은 말이 없다. 부끄러움을 감춘 것 같은 그의 눈초리는 더 한층 빛나고 있었다.

"여보게."

"예."

"집안을 어찌 이리 훌륭히 만들었나?"

"계집의 본분입지요."

"허허, 그래."

안변댁이 한번 화사하게 웃는데 그 웃는 입에서 흰 이가 모두 드러났다.

"이쁘기두 하고나."

"소첩이 이쁘다고 말씀하신 것은 안변 산골 저의 집에서부터 이었습지요."

"그랬었지. 좀 가까이 온."

"……."

말이 없이 그 분부를 기다리던 안변댁이었다.

"손발이 꼭 양반집 딸 같구나.

"그 말씀에 불복하옵니다."

"그건 왜?"

"양반이 따로 있습니까?"

"허허허."

"마음이 양반이라야죠."

"그렇긴 하다. 자네가 오늘부터 내 방을 맡겠나?"

"분부하시는 대로 따르겠사옵니다."

"이리 가까이 오게."

"……."

소녀를 보료 위에 앉힌 양 승지는 나이에 비해 더욱 젊어지는 것 같았다. 아무튼 양 승지는 그날 밤부터 안변댁과 함께 침소에 들었다.

이튿날 아침 두 며느리들이 하인배를 데리고,
"야, 아버님이 회춘하셨다."
"어머님도 화색(和色: 얼굴에 드러나는 온화하고 환한 빛)이 도시는 걸."
"호호호."
"안변 서모님이 제일이야."
"뉘 아니래."
"서모님 오신 후부터 집안이 환해졌어."
"이제 두고 봐요."
"뭘요."
"사랑이 깨알 쏟아지듯 할 텐데요."

며느리들이 모두 그 안변 서모의 소박 풀린 것을 좋아하며 경하하였다. 양 승지는 젊은 부인을 맞이한(실제로 소실 대우를 하던 날부터) 후부터 더욱 정기 왕성하여 젊은 사람보다 더욱 젊어보였다.

"양 승지가 소실을 얻더니 스무 살은 더 젊어 보여."

"젊은 계집의 사타구니가 인삼, 녹용보다도 낫다니까."

"흐흐흐, 젊은 여인이 인삼이지, 아니 산삼이지."

"옥수계곡(玉水溪谷)에서 노니는 것이야말로 불로장생(不老長生) 신선이지."

"크하하하."

양 승지의 동료들이 양 승지를 놀리는 이야기였다. 아닌 게 아니라 늙은이가 젊은 부인을 데리고 살면 젊어진다는 것은 사실인 모양이다. 양 승지와 젊은 안변댁은 잠깐 동안에 아들 형제를 두게 되었다. 맏아들이 그 유명한 양사언, 둘째가 양사기이다.

04. 성종(成宗)의 행차를 예측하다

늘그막에 양 승지만큼 유복한 사람도 드물 것이었다. 젊고 고운 소실은 두 아들을 낳았으나 조금도 가도(家道)를 흐리게 하는 법이 없었고, 양 승지의 집안은 안변댁의 능란한 치산으로 인하여 더욱 부유해졌고 일가가 화목하여 그야말로 춘풍화기(春風和氣)의 경지에 이르렀다. 또한 두 아들은 무럭무럭 커갔다. 그 두 아들이 8, 9세 되던 해 어느 날 봄 안변댁이 양 승지를 보고 말하였다.

"영감."

"왜 그러오."

양 승지도 그 소실에게는 해라를 못하였다. 나이의 차이가 심한 데도 그러하였다.

"소첩이 영감께 와서 벌써 십여 년에 이만큼 한 은고를 입고 지내게 되었사오나."

"……."

"그러하오나."

"갑자기 왜 비감한 말을 하오."

"그런 게 아니옵고……. 소첩 소생의 아이들이 벌써 팔구 세가 되었사온즉 아이들의 장래를 생각하와 집을 한 채 따로 지어 주셨사오면 하고 아뢰고자 하였습니다."

"그야 어려운 일이 아니오 마는 아주 별거(別居)를 하려고 하는 것인가요?"

"아이들의 장래사를 생각하오면 역시 그렇게 하는 것이 합당할 듯하와 그러하옵나이다.”

“그러면 어딜 소원하오.”

“자하문(紫霞門) 밖이 합당할 듯하나이다.”

“그렇게 멀리 아주 떨어져 살고 싶소?”

“풍광이 명미(明媚: 경치가 맑고 아름답다.)하고 산촌이 수려하와 가히 아이들 기르기에 해롭지 않을 듯하옵니다.”

“그거야 어려울 것 하나 없소.”

“그런데 영감.”

“무슨 말이오.”

“또 한 가지 소청이 있사온데.”

“말해 보시오.”

“자꾸만 소청이 많사와 황송하옵니다마는 집을 짓는 데 대문을 솟을대문으로 크게 하여 주시오면 더욱 황감하겠사옵니다.”

“그거야 또한 어려운 일이 아니오.”

양 승지는 안변댁이 평소에 놀라울 만큼 지혜롭다는 것을 알고 있었으므로 안변댁의 소청은 무엇이든지 그대로 들어주었다. 그해 봄에 아담하고 날아갈 듯한 기와집 한 채를 자하문 밖에 지었는데 과연 대문이 크고 높은 솟을대문이었다.

안변댁은 무슨 영문인지 모르지만, 본가를 떠나 아이들을 데리고 그 집으로 이사를 하였다. 크고 아담한 집에 솟을대문을 세웠으니, 정승 판서의 집을 방불케 하였다.

안변댁은 그 큰 집에 들어앉아서 아들 형제를 훈육하고 있었다.

그 집에 이사 온 지 일 년의 세월이 흐른 뒤에 어느 화창한 봄날이었다. 하루는 풍류소리와 함께 성종대왕이 시종 여러 명과 함께 자하문 밖의 춘광(春光)을 즐기게 되었다. 화란춘성 (花爛春盛: 꽃이 만발한 한창 때의 봄) 만화방창(萬化方暢: 따뜻한 봄날에 만물(萬物)이 나서 자람)한 가운데 임금과 신하가 하루를 즐기게 되었는데 한낮이 기운 후에 갑자기 하늘이 칠흑 모양으로 흐려지고, 큰 빗방울이 듣거니 맺거니 하더니 소낙비가 우박처럼 쏟아지기 시작하였다. 느닷없이 내리는 소나기인지라 임금과 신하가 모두 당황하던 중 그중 제일 집이 크고 문간까지 솟을대문인 안변댁 문 앞으로 모여들었다.

임금께서 신하 몇 사람과의 미행인지라 누가 누군지 알 수도 없었지만 하여간 성종이 대문에서 안마당을 들여다보니 마당에는 기화요초가 만발하여 완연히 별유천지(別有天地: 특별히 경치가 좋은 곳)를 이루고 있었고 마당이 정결하기가 말할 수 없이 깨끗한데 마당으로 통하는 길 한편으로는 황토까지 새로 깔아 놓았다. 성종은 감동하여 신하 한 사람에게 하문하였다.

"이 집이 대체 뉘 집이냐?"

"이 집은 바로 승지 양희수의 소실집이라 하옵니다."

"그러냐?"

성종이 자못 반가워하는데 십여 세 내외 되어 보이는 어린아이 둘이 비가 오니까 밖에서 놀다가 안으로 뛰어들었다. 성종이 가만히 그 아이들을 바라보니 그 기상이 비범하게 보였다.

"이리 온."

"너희들은 뉘 집 아이들이냐?"

아이들은 땅에 엎드리면서 공손히 국궁배사(鞠躬拜謝: 몸을 굽히고 절을 함)했다.

"승지 양희수의 아들이옵니다."

"오오, 그러하냐. 그러면 이 집이 너희 집이로구나."

"네."

"그래, 어디 좀 가까이 온."

성종은 아이들을 불러 옆에 세우고 머리를 쓰다듬었다.

"글은 무엇까지 배웠느냐?"

"칠서(七書: 사서삼경)를 다 떼었습니다."

"벌써 그랬단 말이냐?"

"예."

"그래, 그럼 어디 논어 첫 장 한번 외어봐라."

아이들은 논어를 암송하는 데 있어서 조금도 막힘이 없이 여병주수(如瓶注水: 병에 든 물을 따르듯 술술)다.

"그래 신통하고나."

왕은 시부를 지어보라 하였고, 또 이것저것을 물어보았다.

무엇을 물어보아도 아이들은 응구첩대(應口輒對: 묻는 대로 거침없이 대답함)다.

"너희들이야말로 장차 큰 인물이 될 아이들이구나."

칭찬이 한창 놀라운데 시종 한 사람이 밖으로 나왔다.

"지금 안에서 양 승지 부인이 수라를 진찬(珍饌: 진귀하고 맛있는 음식)한다 하오니 어찌 하옵실런지요."

"절에 색시는 중 하라는 대로 한다면서. 허허허"

왕은 웃으시다가 하명을 하였다.

"주인의 뜻이 그렇게 갸륵한 바에 어찌 이를 막을 수 있겠느냐."

왕과 일행이 곧 사랑으로 안내되니 병풍과 돗자리에는 이미 봉황이 그려져 있었고, 꽃방석 위에는 용틀임을 하는 푸른 용 한 마리가 수놓아 있었다.

"이 집 주인의 솜씨가 한층 놀랍구나."

성종은 부인을 크게 칭찬하였다. 곧 수라상이 들어오는데 산해진미(山海珍味)와 용미봉탕(龍味鳳揚)이 수라간 음식을 보는 듯하였다. 맛있어 보이는 정갈하고 향기로운 음식, 솜씨가 보통이 아니었다.

"오늘이 내 생일인가 보다."

성종은 하도 음식이 맛이 있어 한두 잔의 술기운에 거나하여 친히 안변댁을 불렀다.

"어쩌면 이렇게 많은 음식을 어쩌면 이렇게 삽시간에 맛있게 만들었소."

"황공하오나 과찬(過讚: 지나치게 칭찬함)이시옵나이다."

성종은 안벽댁을 크게 칭찬하였다.

"너희들 두 형제는 장차 내 동궁의 보필의 재를 삼을 테니 궁으로 들어가서 더 학업을 닦도록 하자."

그러면서 성종은 그들 형제를 궁으로 데리고 갔다.

안변댁이 자하문 밖을 선택한 것, 또 솟을대문을 짓게 하여 달라한 것, 음식을 미리 준비해 두었던 것, 모두 그 비범한 예견에서 나온 것이 분명하였다. 선견의 밝음이 그에게 벌써부터 있었던 것이었다. 이리하여 양봉래의 두 형제는 크게 출세의 길이 열렸던 것이다.

05. 적서(嫡庶)의 차별을 없애주오

그로부터 또다시 세월이 흘렀다. 양 승지 영감은 젊은 소실에서 아들을 형제를 보고 이제 칠순이 넘었다. 그리하여 우연히 병을 얻어 자리에 눕게 되었으니 안변댁은 남편의 병을 간호하기에 여념이 없었다. 그러나 워낙 노환인데다가 이제는 소생할 가능이 없게 됨을 알고는 비수(匕首: 날이 예리하고 짧은 칼) 한 자루를 남몰래 갈았다. 그 후 며칠 만에 양 승지는 기어코 세상을 하직하고 말았다. 남편이 죽자 안변댁은 사흘 동안 물 한 모금을 마시지 아니하였다. 성복(成服: 초상이 나서 처음으로 상복을 입음. 보통 초상난 지 나흘 되는 날부터 입는다.)날이었다. 여러 가족이 다 모인 앞에서 안변댁이 입을 열었다. 얼굴엔 이미 비장(悲壯: 슬프면서도 그 감정을 억눌러 씩씩하고 장하다.)한 결심의 빛이 감돌고 있었다.

"종친 여러분께 내가 감히 간청할 말씀이 있습니다. 그동안 첩이 이 댁에 와서 변변히 한 일도 없거니와 이만한 허락을 여러분이 들어주실는지요."

"지극히 현숙하신 서모님께서 저희들에게 분부하시는 말씀을 어찌 함부로 거역할 수 있겠습니까?"

맏아들이 나서며 대답하니, 안변댁은 그 말에 안심하듯이 말을 이어나갔다.

"첩이 대감을 모신 후 이 문에 들어와서 아들 형제를 두었는데 빼어나지는 못하였사오나 그다지 옹졸하지는 않다고 생각합니다. 하오나 우리의 국법이 적서(嫡庶)의 차별이 혹심하와 종헌(宗憲)에도 참례할 수 없고 그 앞길이 막막하와 두 아이의 장래가 크게 걱정되옵니다. 제가 살아있을 적에야 여러분의 가호를 입을 터이지만 첩이 죽은 후에 어찌 첩의 소생이 활달히 세상에 나가 설 수 있겠습니까. 그리하여 성복하는 이 마당에 소첩이 자결하오면 적서의 구별이 없어질 듯하오니 여러분은 첩을 어여삐 생각하시어 첩으로 하여금 구천의 아래에서까지 원을 품는 일이 없도록 하여 주시옵소서."

이러니, 여러 종친이 모인 자리라 모두 크게 놀라지 않을 수 없었다.

맏상제가 손을 크게 저으며 말린다.

"무슨 말씀이십니까. 서모께서 자결하신다니 무슨 말씀입니까. 적서차별을 안 할 것은 제가 다짐을 두고 실천하겠습니다. 서모님."

"여러분의 뜻은 감격하는 바이오나 첩의 뜻이 또한 이미 정해져 있는지라 더는 만류하지 마시옵소서."

말을 마치자마자 안변댁은 비수를 꺼내어 가슴을 겨누어 찌르면서 앞으로 엎어졌다. 비수가 가슴 깊이 박히면서 안변댁은 그 길로 남편을 쫓아가게 되었던 것이다. 종친과 일가들은 크게 놀랐으나 이미 안변댁은 소생할 가망은 없었다. 어떻게 손써 볼 새도 없이 엄청난 일이 순식간에 일어난 것이었다.

안변댁의 순후하고 현숙한 부덕을 사모해오던 일가들은 그 몸을 희생해서까지 부탁하는 후사를 망각할 수가 없었다.

"우리 집엔 적서(嫡庶)가 없다."

그리하여 양사언, 양사기 형제는 소실에서 나온 형제였지마는 크게 입신양명(立身揚名: 출세하여 이름을 세상에 떨침)하여 천하 후세에 그 이름을 드날렸으니 그것이 모두 그 현숙하고 가상한 안변댁이 두 아들을 염려하는 지극한 정성에서였던 것은 다시 말할 여지도 없다.

[5] 황음무도(荒淫無道)한 연산군 (燕山君)

01. 폐비 윤 씨와 성종

친모(親母) 윤 씨의 복수심에 불타오르던 연산군이 무오사화(戊午士禍) 이후 여러 차례의 사화에 선비란 선비는 대개 능지처참(陵遲處斬: 대역죄를 범한 자에게 과하던 극형. 죄인을 죽인 뒤 시신의 머리, 몸, 팔, 다리를 토막 쳐서 각지에 돌려 보이는 형벌)하였고 죽은 사람은 죽은 사람대로 부관참시(剖棺斬屍: 죽은 뒤에 큰 죄가 드러난 사람을 극형에 처하던 일. 무덤을 파고 관을 꺼내어 시체를 베거나 목을 잘라 거리에 내걸었다.)하였을 뿐 아니라 쇄골표풍(碎骨漂風)이라 하여 그 부관참시한 것을 다시 가루를 만들어 바람에 날리게 하는 것이다. 한두 번 벌어지는 그 무시무시한 사화로 인하여 선비들은 그 상소(上疏)로 올리던 최후의 의견 개진도 무서워서 도저히 할 수 없게 되었다. 이제 연산군은 마음 내키는 대로, 발길 닿는 대로 못된 짓만 골라 하게 되었던 것이었다.

여기서 잠깐. 연산군이 이 지경이 된 연유를 알아보자. 물론 일차적인 요인은 자제(自制)하지 못한 자신에게 있지만, 연산군의 경우 환경적인 요인을 무시할 수 없다.

연산군의 부왕인 성종은 역대의 이조 군왕 가운데서 어쩌나 풍류를 즐겼던지 주요순(晝堯舜) 야걸주(夜桀紂)라고까지 하였다. 곧 낮에는 고대 중국의 요임금, 순임금과 같은 이상적인 군주였으나, 밤에는 고대(古代) 중국 하(夏)나라의 마지막 임금인 걸(桀)왕과 은(殷)나라의 마지막 임금인 주(紂)왕을 이르는 말로 호색 음란한 군왕이란 뜻이다. 이렇듯 성종은 신하를 사랑하고 백성을 부유케 하는 데 항상 관심을 가졌으나, 해가 지고 밤만 되면 인성이 돌변하여 여색에 골몰하였다.

"오늘 밤은 이 후궁"

"내일 밤은 장 숙의"

"모레 밤은 한 상궁"

왕은 육체와 육체를 탐닉하면서 매일 밤 여인들의 향연을 열었다.

이렇게 여색을 밝히던 성종의 유전인자는 연산군에 이르러 크게 진화하여 연산군은 밤낮으로 황음(荒淫: 함부로 음탕한 짓을 함)을 일삼게 되는 것이다.

그러면서 성종은, 할머니 되는 세조 왕비(世祖王妃) 정희왕후(貞熹王后) 윤 씨와 어머니인 소혜왕후(昭惠王后) 한 씨며 숙모인 예종왕비 안순왕후(安順王后) 한 씨 등의 세 분 왕비를 모시어 그들에 대한 효성이 극진하였다. 뿐만 아니라 친형님인 월산대군(月山大君)에 대한 공경과 흠앙(欽仰: 공경하여 우러러 사모함)의 정이 또한 극진하였다. 월산대군이 세조의 맏손자인데도 보위에 나아가지 못하고 대신 아우인 자신이 왕이 된 데 대하여 성종은 항상 미안하고 죄스러운 생각을 금할 수 없었다. 그리하여 많은 노비도 하사하였으며, 보통 종친으로서는 꿈도 꾸지 못할 큰 저택을 하사하였으니 그것이 오늘의 덕수궁 자리였다.

성종의 인간적인 면모는 이 정도로 봐두고, 연산군의 친모인 폐비 윤 씨와의 관계를 알아보자.

성종 5년 4월 15일에 왕비 한 씨는 세상을 떠났다. 왕비는 열아홉 살의 한창 나이에 그만 세상을 하직(下直)했다. 왕은 2년 후에 그때 숙의(淑儀)로 있던 윤기무의 딸 윤 씨(尹氏: 후에 폐비가 됨. 연산군의 어머니)를 승차(陞差: 윗자리 벼슬로 올림)시켜서 왕비로 봉하였다. 왕은 아직 약관에 한 씨를 맞이하였으므로 한 씨에 대한 크나큰 애정은 모르고 있었다. 왕은 이제 나이가 스물이 넘었고 한창 원기가 왕성하였다. 왕성한 원기에 아름다운 숙의 윤 씨를 가까이 하면서 매일같이 불타는 밤을 보냈던 것이다.

당시 윤 씨는 성종보다 두 살(일부 기록에 열두 살 많은 것으로 되어 있으나, 지난 1996년 국립문화재연구소에서 서삼릉의 태실을 발굴하던 도중 폐비 윤 씨의 태지가 발견되었다. 그 태지에는 폐비 윤 씨가 1455년 6월 1일(윤달)에 태어났다고 적혀 있었다. 이로써 폐비 윤 씨의 나이는 성종보다 두 살 연상인 것으로 밝혀졌다.)이 많았는데 얼마나 미모가 출중했으면 성종은 단박에 빠져 허우적거리기 시작한 것이다. 요즘말로 물광 피부, 자체 발광, 탱글탱글한 탱탱볼 같은 살집에다 무수한 빨판이 달린 몸이었던 모양인지 한번 빨려들면 빠져나오기가 어려웠던 모양이었다.

"밤은 역사를 만든다."

하였거니와 인류의 모든 애정사(愛情史)는 밤이어야지만 성숙하는 모양이었다. 왕은 밤만 되면 윤 숙의 방으로 쇠붙이가 지남철에 끌리듯 끌려갔으며 한번 빨려 들어간 몸은 쉽게 빠져 나오지 못하였다. 이렇게 지내다보니 천지신명과 자연의 조화로 드디어 윤 숙의가 회임하게 되었다. 왕은 윤 숙의의 배가 점점 불러감에 따라 그녀를 드디어 왕비(王妃)로 책봉하였고, 왕후가 된 후 네 달 만에 원자(후일의 연산군)를 탄생시켰다.

"내 고운 왕후가 아들까지 낳았다."

왕의 기쁨은 이루 말할 수가 없었다. 뿐만 아니라 시절은 풍년이 크게 들어 백성은 배부르고 풍족하므로 만조백관이며 일반 백성들까지 경하하여 마지 아니 하였다. 윤 씨는 이에 중궁(中宮)으로서의 명망이 일세를 뒤흔들 만하였다.

그러나 여색을 좋아하는 성종은 윤 씨에만 만족하지 못하고 여러 후궁들과 가까이 하였다. 그러던 중에 조선시대 최고의 성 스캔들이라는 어우동과도 관계를 하고 있었던 모양이다.

한편,

왕비 윤 씨는 성종의 모든 사랑을 독차지하다시피 하다가, 성종이 눈길을 돌리기 시작하자, 타고난 강한 질투심이 이때쯤에서부터 표출되고 만다. 그 사건이 바로 성종의 용안을 손톱으로 할퀸 사건이다.

하루는 연산군이 윤 씨의 침소에 들었다가 작은 함을 발견하고 열어보니 그 속에는 치명적인 독약인 비상이 들어있었다고 한다. 독약인 비상은 독살할 때도 쓰이는 무서운 약이었다. 그뿐만 아니라 이번에는 방양(方禳)하는 책까지 발견되었다. 이 책은 누구를 어찌하면 죽고, 어떻게 하면 해를 입게 되고 하는 그러한 책이었다.

왕은 깜짝 놀라 윤 씨를 다그쳤더니, 윤 씨가 정 소용과 엄 숙의를 없애려고 계교하였던 것이 드러났다. 결국 이로 인하여 윤 씨는 작위를 빼앗기고, 여종 삼월이는 교형(絞刑: 교수형)에 처해졌다.

이 사건으로 인해 윤 씨는 별거하게 되었으나 왕은 그때까지도 그녀의 미모에 빠져있었으므로 가끔 처소를 찾았다고 한다. 이때쯤 해서 정 소용과 엄 숙의의 모함도 극에 달하여 시시 때때로 인수대비에게 좋지 못한 소리를 늘어놓고 있었다. 여색을 탐하는 성종은 여러 여자들에게 빠지게 되었다. 이러니 윤 씨의 질투는 점점 더해지게 되었다.

어느 날 왕이 윤 씨를 찾았다가 사소한 말다툼을 했는지, 사랑싸움을 했는지는 분명치 않으나 어쩌다 보니 용안(龍顏: 왕의 얼굴)에 손톱자국이 나게 되었다. (야사에도 두 가지 내용이 있는데 하나는 윤 씨가 싸우면서 대들다가 얼굴을 할퀴었다는 것과 또 하나는 윤 씨가 손을 뻗어 왕에게 다가가려다가 왕이 급히 몸을 돌리는 바람에 실수로 얼굴에 손톱자국이 났다는 이야기가 있다. 역사는 승자편이어서 윤 씨가 싸우다가 고의로 왕의 얼굴을 할퀴었다는 내용으로 전한다.)

어찌되었든 이 사건으로 인하여 윤 씨의 신세는 더욱 악화되기 시작하였다. 그렇지 않아도 윤 씨를 곱게 보지 않았던 인수대비는 노발대발하였다.

'얼굴 반반한 년이 나라를 말아 먹을 것이다.'라는 생각을 하고 있던 인수대비는 이참에 아예 윤 씨를 제거하려고 마음먹었다.

"임금을 해치려는 반역(反逆)죄에 해당한다."

인수대비는 크게 호통을 쳤다.

어전회의가 소집되고 여러 신하들의 찬반 양론이 있었지만, 결국엔 왕비 윤 씨는 폐출되어 서인으로 강등되고 말았다.

그래도 왕은 윤 씨를 못 잊어 언문으로 편지를 써서 '회개하라, 곧 부르리라.' 하고 보내었지만, 인수대비의 철저한 감시와 통제 속에 단 한 번도 전달되지 못하였다. 왕과 윤 씨가 통할 수 있는 모든 통로는 인수대비가 다 막아버렸기 때문이었다. 당시에 내시가 들락거렸는데 인수대비가 돈으로 매수하였던 것이다.

한편, 윤 씨는 진심으로 회개하면서 어머니 신 씨와 단둘이서 근검하게, 아니, 먹을 것도 없어서 죽을 먹어가면서 근신하였다. 그러면서 자나 깨나 왕의 부름을 받기만을 염원하였다.

어느 날 인수대비는 환관(宦官: 내시)을 시켜,

"왕비가 매일 단장만 하고, 조금도 회개하는 기색이 보이지 않고 호의호식만 한다."

하고 왕에게 허위 보고하게 하였다. 왕은 대노하였을 뿐만 아니라 이제 정도 떨어져서 미움으로 가득 차게 되었다. 그럭저럭 3년이란 세월이 흘렀고, 왕은 숙의 윤 씨를 왕비로 봉하였다.

인수대비는 왕에게 또 채근하였다.

"그년을 그냥 두었다가는 무슨 액화를 당할는지 모르니 무슨 대책을 강구하라."

이러니 왕도 이제 윤 씨 때문에 '후환이 걱정된다.'는 생각을 갖게 되었고, 이것이 결국 윤 씨를 사사(賜死: 임금이 독약을 내려 스스로 죽게 하던 일)하기로 한 것이다.

왕비는 죽을 때 사약인 부자탕을 마시면서 흐르는 피를 금삼(錦衫: 비단으로 만든 적삼)의 한삼(汗衫: 손을 감추기 위해 두루마기나 여자의 저고리 소매 끝에 길게 덧대는 소매)을 뜯어서 닦고는 어머니에게 주었다.

"다음에 내 아들이 살아서 왕이 되거든 이 천 조각을 두었다가 전하여 주시고 내 원통히 죽은 한을 갚아 주세요."

이렇게 윤 씨는 왕비에 오른 지 삼 년 만에 폐비가 되어 궁궐에서 쫓겨나고 다시 삼 년 후에는 사약을 마시고 죽음을 당하게 되었는데, 당시 나이 스물여덟 살이었다.

윤 씨가 죽은 후 어머니는 노비로 전락하여 온갖 고생을 하다가 후에 윤 씨의 아들이 왕(연산군)이 된 후, 이 피 묻은 비단 천 조각(한삼)을 보여주게 되고, 이것을 본 연산군은 그때부터 광분하여 피바람을 몰고 다니게 된 것이다.

"상감, 전하의 외조모 되십니다."

"나의 외조모라고?"

임사홍과 신수근은 신 씨(폐비 윤 씨의 친모, 연산군의 외할머니)가 귀양에서 풀려난 것을 알고 신 씨를 연산군 앞으로 데려왔다

"상감, 이 한삼 자락을 보시고 폐비 마마의 원한을 풀어주시오."

신 씨는 부복하여 있다가 피 묻은 한삼 자락을 연산군에게 바쳤다.

"한삼 자락과 어마마마의 한이라니요?"

아직 구체적인 내막을 모르는 연산군은 어리둥절한 표정으로 신 씨를 내려다보았다.

"상감의 생모이신 폐비 마마께서는 후궁들의 모함으로 억울하게 누명을 쓰고 사약을 받아 돌아가셨나이다. 제발 폐비 마마의 한을 풀어주소서."

"뭣이라고?"

연산군은 머리가 '피잉~' 돌면서 가슴속에 뭣이 울컥하고 치밀어 올랐다. 하지만 왕은 벌떡 일어나서 아래로 내려갔는데 이때 다리가 휘청하면서 정신이 아득해졌다.

"상감. 옥체를 보존하소서."

옆에 있던 환관들이 급히 부축을 하여 간신히 정신을 가다듬고 계단 아래로 내려가 신 씨에게 다가갔다.

"외조모님. 그럼 이것이 마마께서 흘리신 피입니까?"

"예, 그렇사옵니다."

왕은 피 묻은 한삼을 받아들고 눈물을 뚝뚝 떨구기 시작했다.

연산군이 어려서 일곱 살 때 생모인 윤 씨가 사약을 받고 돌아가셨건만, 아무것도 모르고 정현왕후(정현왕후는 왕자 융(연산군)을 잘 돌보지 않고 미워하여 툭하면 잘못을 인수대비에게 일러바쳤다. 후에 진성대군(중종)을 낳게 되자 융은 아예 거들떠보지도 않게 되었다.)를 친모로 알고 자랐던 것이다. 그 후 이복동생인 진성대군이 태어나자 그때부터 연산군은 별채에 기거하게 되었다. 이렇게 어려서부터 모정을 모르고 자라온 그에게 생모의 피 묻은 한삼은 충격을 주었다.

"폐비 마마의 한을 풀어주소서."

"네 이 여우 같은 계집년들아, 네년들이 과인의 생모를 모함하여 죽인 죄를 아직도 모르느냐?"

엄 숙의와 정 숙의가 붙들려 와서 부복하고 있는데, 연산군의 추상같은 호령이 떨어졌다.

"네 이년들을 그냥"

연산군은 더 이상 대답을 들을 것도 없다는 듯이 득달같이 내려와서 주먹으로 두 여인의 면판을 사정없이 내리 갈겼다.

"아악~ 악!"

"악! 상감, 살려주세요."

연산군은 그런 말을 들을 여유조차 없었다. 아니 아무것도 안 들렸다. 이번에는 발을 높이 쳐들어 엎드려 있는 엄 숙의와 정 숙의의 허리를 있는 힘껏 내려찍었다. 두 여인은 비명을 지르며 그대로 엎어졌다. 머리, 등, 허리 등을 발로 마구 내려찍으니 드디어 두 여인은 피를 토하고 죽고 말았다.

하지만 이것으로 분이 풀린 것이 아니어서 시체를 갈기갈기 찢어 소금에 절인 후 까마귀밥이 되도록 산에다 버리라고 명령했다. (또 다른 기록으로는 두 여인을 각기 흰 자루 속에 넣고 곤장으로 때리고 그녀의 자식들로 하여금 때리게 하고, 마지막에는 각각 1000대씩이나 곤장으로 때려서 죽인 다음에 역시 시체를 찢어서 까마귀밥에 되게 산에 버렸다고 한다. 또 형틀에 묶어놓았다가 연산군이 철퇴로 머리를 내리쳐 즉사시켰다는 내용도 있다.)

<hr />

이 소식을 들은 인수대비는 칠십의 노구를 부축 받으면서 나타났다. 인수대비는 연산군을 꾸짖었지만 그는 듣지 않았다.

"아니, 뭐라고? 이 늙은 것이 생모를 죽여놓고는."

연산군은 두말 할 것 없이 몸을 날려 인수대비의 가슴을 머리로 들이받았다. 인수대비는 '헉!' 소리를 내며 쓰러졌고, 가쁜 숨을 몰아쉬며 겨우 목숨은 부지했으나 이것이 원인이 되어 얼마 못가서 돌아가시고 말았다.

이에 그치지 않고 연산군은 의금부에 명하여 정 숙의에게서 태어난 이복동생인 안양군과 봉안군을 참형(斬刑: 베어 죽임)시켰다.

이렇게 연산군의 복수가 시작되었는데, 연산군이 왕위에 오른 지 10년이 되는 해였다. 이것이 바로 갑자사화의 시작으로 폐비 윤 씨에 연루된 수많은 사람들이 조석으로 죽어 나갔다.

기록에 의하면 239명이나 된다고 하니 가히 피바다를 보았다고 해도 과언이 아니다.

이 중 억울하게 죽은 사람도 있었는데 이세좌라는 사람은 사약사발을 들고 갔다고 하여 죽임을 당했다고 한다.

이후로 연산군은 정신적인 쇼크를 받아서 성품이 돌변하게 되어 거의 야수 같은 모습과 행동을 보이기 시작했다. 이때부터 주걸왕, 야걸왕처럼 오직 색정만을 탐하게 되는데 아래의 내용은 주로 이런 사건들만 다루었다.

02. 연산군을 조종하는 장녹수

연산군은 이제 나이도 거의 삼 십이 되었고 기운도 장대하여 여색이라면 진실한 맛을 알게 되었으므로 그의 엽색 행각도 최고조에 달하게 되었다. 연산군은 왕비와 곽씨 외에도 윤훤(尹萱)의 딸을 맞아 숙의(淑儀)를 삼았다. 그때쯤 되어서는 연산왕이,
"계집을 좋아한다."
"미녀만 바치면 벼슬도 높아질 수 있다."
"왕의 비위를 맞추는 데는 이쁜 계집을 바치면 된다."
하는 것이 일반 벼슬아치들의 짐작하는 바였다. 이 눈치를 제일먼저 알아차린 자는 김효손(金孝孫)이었다. 그는 자기의 처

매(妻妹: 처제)가 예쁘다는 것을 생각해냈다.

"옳지 됐다."

그는 무릎을 탁 쳤다.

"그만 한 얼굴이면 되겠다."

모두 좋은 일을 왜 않겠느냐? 그는 일어나서 이 일을 연산군에게 고하였다. 연산군은 그 처매인 장녹수(張綠水)를 한번 보고 그만 반하여 버렸다. 장녹수는 본시 예종대왕의 둘째 아들인 제안대군(齊安大君)의 여복(女僕: 여종)으로 있던 여자였다. 처음의 장녹수는 성질이 인자하고 영리하며 또 노래를 잘 부르고 춤도 잘 추었다.

더구나 노래 소리는 어쩌나 청아한지 듣는 사람으로 하여금 감탄케 하였다. 나이는 그때 서른 살로 연산군보다 두 살 위였으나 아직 열여섯 살 내외로 보이게끔 어려 보였고 고와보였다고 한다. 연산군은 그녀를 숙원(淑媛)으로 봉하였으며, 정분은 날이 갈수록 더해갔다. 장녹수를 사랑하게 된 후부터는 임금은 경연(經筵: 고려·조선 시대에, 임금이 학문이나 기술을 강론·연마하고 더불어 신하들과 국정을 협의하던 일)은 고사하고 조회(朝會)에도 참여하지 아니하였다. 술과 노래와 그 다음엔 황음(荒淫: 함부로 음탕한 짓을 함)이었다. 황음 끝에 고단하니 경연이고 조회고 있을 리 없었다. 이제 연산군은 장녹수 곁을 한시도 떠나서는 살 수 없을 만큼 그녀에게 매혹되고야 말았다. 장녹수는 이제 연산군을 완전히 자기 것으로 만들었고, 성품도 바뀌어 뭐든지 자기 마음대로 휘저으려고 하였다.

"호호호."

장녹수가 한번 웃기만 하면 연산군은 360개의 골절(骨節)이 녹아드는 것 같았다. 장녹수에게 노비와 상품 하사가 너무 많았으므로 국고(國庫)가 탕진될 정도였다. 그는 아무리 노여웠다 하더라도 장녹수만 한번 대하면 만면춘풍(滿面春風)이 되는 것이었다. 그러므로 장녹수에게는 모든 청원(請願)이 관청보다 더 많게 되었다. 관청에 청을 드리는 것보다는 장녹수에게 청을 잘하기만 하면 금방 소원이 성취되는 것이었다. 그때 장안에서는 생남(아들)하지 말고 생녀(딸)해야 한다는 노래까지 나돌게 되었다.

長使天下 父母心
不重生男 重生女

천하의 부모 마음이
생남을 원치 아니하고
계집아이 낳기를 원한다

연산군이 장녹수를 사랑한 것이 그만큼이나 열렬하였던 것이다. 장녹수는 하도 고와서 오히려 화장을 하면 고움이 덜하였다고 한다. 그녀는 웃어도 예쁘고, 울어도 곱고, 노여워도 곱고, 찡그려도 곱고, 잠잘 때에도 한없이 고왔다. 더욱 한 번 웃을 때에는 보는 남자들로 하여금 오장육부가 녹는 듯하였다. 궁중 연회는 장녹수의 독무대(獨舞臺)였다. 노래 부르고, 춤추고, 취하고 그런 후에는 황음에 잠기는 것이었다.

탕녀 장녹수는 그리 썩 예쁜 얼굴은 아니었으나, 요염한 교태로 연산군을 옴짝달싹못하게 만들어 버려서 꼭두각시처럼 조종하였고, 방중술에 얼마나 능통한지 연산군을 성의 노예로 만들어 버렸다. 두 사람은 낮이고 밤이고 가리지 않고 침전에 틀어박혀 성의 유희를 즐겼다.

장녹수는 폭군 연산군의 온갖 황음무도한 짓을 부추기면서 자신의 욕망도 채웠다. 왕으로부터 많은 금은보화와 전택(田宅) 등을 하사받았고, 연산군의 총애를 발판 삼아 정치를 좌지우지하였다. 모든 상과 벌이 그녀의 입에서 나온다는 말이 나올 정도였다.

뿐만 아니라 권력을 마구 남용하여, 궁 밖의 사가(私家)를 재건하기 위해 민가를 헐어버리게 하였으며, 미모가 좋은 두 여인을 시기하여 두 사람의 부자 형제를 하루아침에 다 죽이게도 했다. 옥지화(玉池花)라는 기녀는 장녹수의 치마를 한 번 잘못

밟았다가 참형을 당하기까지 했으니 장녹수의 위세가 하늘을 찔렀음을 엿볼 수 있다.

03. 여승들을 집합시켜라

왕은 많은 여색을 탐하여 본 결과 천편일률적인 음란에 염증을 느끼기 시작하였다.

"이런 여자 저런 여자 다 그게 그거다. 뭐 별 다른 것은 없는가?"

"보통여자 말고 뭔가 특별한 여자는 없는가?"

이것이 연산군의 심경이었다. 어느 날 왕은 내시(內侍) 십여 명을 데리고 정업원(淨業院)으로 미행(微行)을 나섰는데 그곳은 여승들만 공부하는 승방이었다. 갑자기 임금이 당도하니 주지(住持) 이하 모든 여승들이 어찌할 줄을 몰랐다.

"황공하옵나이다."

중들은 합장하고 배례하였다.

"흠, 너의 절에 여승이 전부 몇 명이나 되느냐?"

"삼십여 명 있사옵니다."

"흠."

"그래 젊은 중은 몇이나 되느냐?"

"십오륙 명은 실히 됩니다."

"흐흠, 그러냐."

연산군은 무엇을 생각하는 듯하다가 내시를 불러서 귓속말로 무어라 이르니 내시가,

"거행하겠사옵니다."

하고 물러갔다.

한참 후 정업원 별당채 안에는 밖으로 두꺼운 발이 처지고 젊은 여승들이 전부 그 별당채 안방에 하나 둘 모여들기 시작하였다.

"?"

주지가 이상하다는 듯 연산군을 바라보고 있었다. 연산군은 보료 위 안침(安枕: 몸을 비스듬히 하여 편안하게 기대어 있을 때 팔을 받치는 받침대)에 의지하여 비스듬히 앉아 있고 젊은 여승들은 모두 방 윗목에 쪼그리고 앉아 있었다.

"이제 거의 다 모셨습니다."

그때 내시 한 명이 발 밖에서 아뢰었다. 연산군은 젊은 여승들을 바라보다가 그중 제일 젊고 이쁘장한 여승 하나를 가까이

오라 하였다. 여승은 황공하여서 가까이 가지 못하고 어물어물 하고 있다.

"이리와 봐라, 고운 여승도 있구면."

"?"

여승들은 겁에 질려 모두들 몸을 사시나무 떨듯 하였다.

'이 일을 어찌하나.'

그러나 소리를 지를 수도, 도망을 할 수도 없는 노릇이었다.

"옷을 벗어라."

여승이 벌벌 떨며 주저주저 한다.

"어서 옷을 벗지 못할까."

연산군이 크게 호령하였다. 어느 명령이라고 거역하랴. 먼저 저고리를 벗고 한 손으로 봉긋한 한쪽 젖만 가리고 머뭇머뭇하고 있다.

"바지도 벗지 못하느냐?"

왕이 또 호통을 치니까 여승은 바지마저 벗고는 머리를 푹 숙이고 얼굴을 들지 못하고 있다. 왕은 후다닥하고 달려들어 꽃봉오리 같은 젖가슴을 어루만졌다.

"으흐흐후, 됐어, 됐어. 좋구나."

왕은 회심(會心: 마음에 흐뭇하게 들어맞음)의 미소를 띠고 가쁜 숨을 몰아쉬기 시작하였다. 왕이 고운 여승 하나를 건드리고 나서,

"너희들도 다 옷을 벗어라."

왕은 그렇게 호령하고 하나하나씩 주무르기 시작하였다. 여
승들이 고통을 호소하면 왕은 더욱 좋아하였다.

"아직 모두 처녀였구먼."

"으ㅎㅎㅎ 홈."

왕은 자못 흥미 있다는 듯이 여승들을 실컷 농락하였다.

늙은 중들은 밖에서 한탄과 불경을 외우는 수밖에 다른 도리
가 없었다.

"부처님도 무심하시지."

"나무아미타불 관세음보살"

"저런! 임금님이 이런 짓을 하시니 누구 믿고 사오."

"쉿! 쉿!"

노승이 말하자마자 주지가 손사래를 쳤다. 쓸데없는 소리를
하다가 효수되지 말라는 말이었다. 중들은 장탄식을 하였으
나, 연산군은 오랜만에 흐뭇한 경험을 쌓았다.

04. 서매(庶妹)의 유린

왕의 황음무도(荒淫無道: 주색에 빠져 사람으로서 마땅히 할 도리를 돌아보지 않음)함이 점차로 노골화하기 시작하였다. 그 때 왕이 제일 신임하던 신하는 신수근이었는데, 그는 처남이라 하여 더욱더 신임하였다. 그 다음이 임사홍(任土洪)이었다. 임사홍은 연산군의 신임을 독차지한 사람이었다.

그는 자기 맏아들인 임광재(任光載)로 하여금 예종의 사위가 되게 하였고 둘째 아들 임숭재(任崇載)는 성종대왕의 사위가 되게 하여 왕가로 하여금 끊으려야 끊을 수 없는 인척관계를 맺어 두었다. 임사홍은 그런 인척관계를 이용하여 연산군에게 온갖 아첨을 다하였다. 더욱 둘째 아들 임숭재는 남의 미첩(美妾)을 빼앗아다가 임금께 바쳤으므로, 임금은

"너는 내 다정한 친구다."

라고까지 하면서 왕은 이따금 임사홍의 집에 놀러가기도 하였다.

왕은 임숭재와 사사로운 자리에서는 못할 말이 없이 친하게 이야기하였다. 왕은 그를 특별히 기특하게 여겨 연회에 매일 함께 참여하는 것은 말할 것 없고, 그의 집도 대궐과 같이 꾸미게 하여 주었으니 그의 집 부근에 민가 사십여 채를 철거케 하여 담도 궁성과 같이 높게 쌓았고 더욱 창덕궁 대궐과 연하여 궁성(宮城)의 일부로 보이게 하였다. 그 집 내외는 모두 땅의 그러한 우악(優渥: 은혜가 매우 넓고 두텁다.)한 처분에 감사 감격하였던 것은 다시 말할 것도 없었다.

왕은 임숭재의 집에 자주 놀러가서 함께 술을 마시고 그 집 식구와는 한집안 식구 모양으로 되어 버렸다. 문제는 바로 여기에 있었다. 남녀 간이란 자주 만나기만 하면 눈이 맞아 탈이 생기기 때문이다. 임숭재의 부인은 휘숙옹주(徽淑翁主)로 왕에게는 서매(庶妹: 아버지는 같으나 어머니가 다른 누이로 정실이 아닌 첩에게서 태어난 누이)였다.

어느 날 왕은 임숭재의 집으로 가고 싶은 생각이 불현듯 솟아올랐다. 그것도 임숭재와 담화라도 하고 싶어서가 아니라 그의 부인인 휘숙옹주의 달덩이 같은 얼굴이 자꾸만 연산군의 머리에 떠올랐기 때문이었다. 휘숙옹주는 그 때 나이 25세밖에 안 된 바야흐로 무르익은 과실과 같은 여인이었다.

'그 달덩이 같은 얼굴도 좋거니와 그 살집 있는 풍만한 엉덩

이는 실로 훌륭해, 흐흐흐 누이라고, 그게 더 좋지, 더 좋구 말
구, 임숭재, 그놈이 내게 뭐라고 하랴.'

왕은 자기에게만 유리하게 제멋대로 해석을 하고는 '에헴.'
하고 한번 헛기침을 한 다음,

"임숭재의 집으로 미행이다."

하고 명령을 내렸다. 벌써 꽤 밤이 깊었는데 왕이 임숭재의
집에 미행한다는 것은 알 수 없는 노릇이었다. 별감 두어 사람
이 뒤를 따르고 담 하나를 격한 임숭재의 집으로 슬그머니 들
어갔다.

그 때 임숭재는 몹시 술에 취하여 부인인 휘숙옹주와 이미 초
저녁 방사(房事)놀음을 한바탕 하고 난 뒤 심한 피곤에 떨어져
부부가 그냥 자고 있는 판이었다.

왕은 임숭재와 휘숙옹주가 끌어안고 자는 장면을 보자 한번
히죽이 웃었다.

'흠 근사하다. 남녀란 모름지기 저래야 하는 법이지.'

무예별감은 임숭재를 두들겨 깨우고 그에게 귓속말로 소곤거
렸다.

"뭐라구?"

임숭재는 말문이 막혀버렸다.

'전하께서 아니 처남께서 이게 무슨 짓이오니까?'

한번쯤 항의도 하고 싶었으나 임숭재는 연산군의 성벽(性癖:

굳어진 성질이나 버릇)을 누구보다도 잘 알고 있는 터라 목이 서늘
하였다.

'아이구, 하느님 맙소사.'

임숭재는 아무 말도 못하고 조용히 방을 피해주었다. 왕은
임숭재가 놓고 간 그의 부인, 곧 서매(庶妹)인 휘숙옹주의 잠자
는 모습을 바라보았다.

"으흠, 보기 좋다, 으흐흐흐."

"칼을 들고 방문을 숙직해라."

왕은 별감에게 나직이 명령했다.

왕의 입가엔 더욱 흥미로운 미소가 풍겨졌다. 한 마리 영맹
(獰猛: 모질고 사납다.)한 호랑이가 살찐 개 한 마리를 물어다 놓고
희롱하는 격이라고나 할까.

"으으~"

왕은 신음에 가까운 소리를 내며 혼곤히 잠든 휘숙옹주의
전신을 덮쳤다.

"으응? 왜 이러세요. 두 번씩이나."

옹주는 혼잣말을 하면서 남편인 임숭재가 곁에 있는 줄만 알
았다.

"으흐흐."

그 때 연산군의 음침한 웃음소리가 한 번 방안을 흔들었다.

"?"

이상한 낌새를 눈치 챈 옹주가 벌떡 일어나려고 하였을 때 왕이 재빨리 옹주를 휩싸 안았다.

"옹주."

"아니 전하, 마마 아니십니까?"

"으응 내야, 쉬잇."

"……."

옹주는 더 이상 말문이 막히고, 몸을 부들부들 떨기 시작했다.

"좋다, 참 좋구나."

연산군은 그것이 어찌나 기특하고 귀엽고 순박해 보였던지 감탄을 하였다. 옹주는 부끄러움과 수줍음, 공포와 당황으로 얼굴빛이 더욱 창백해져서 백옥(白玉: 빛깔이 하얀 옥)처럼 보였다.

"과연 미색(美色: 여자의 아리따운 용모)이로군."

왕이 더 이상 망설일 것도 없이 옷을 훌훌 벗어버리고 옹주에게 달려들었다. 옹주도 이 지경이 되어 가지고는 피할 길이 없음을 깨달았던지 눈을 딱 감고 왕이 하는 대로 맡겨버렸다.

촛불이 어른거리는 방속에서 왕은 지금 하늘로 올라가는지 땅으로 꺼져가는지 알 수 없는 무아지경에서 쾌락의 늪에 빠져버렸다.

"옹주, 옹주가 제일이야."

연산군은 그날 밤. 시근벌떡거리고 구슬 같은 땀을 흘리면서 옹주와 일을 치렀다. 왕이 일을 다 마치고 임숭재의 집을 나갈 때 임숭재를 불렀다. 비록 겉으로는 내색을 하지 않고 있으나 임숭재의 입은 돼지주둥이만큼 나와 있었다.

"여보게, 숭재."

"……."

"왜 말이 없나?"

"황공하옵니다."

"음, 이걸 입에 물고 있게."

왕은 조그만 쇠끌 하나를 임숭재에게 주었다.

"무엇이옵니까?"

"응, 쇠 꼬투리야. 입에 물고 있으면 하고 싶은 말도 안하게 되느니."

"……."

"함부로 입을 벌리면 안 돼. 알겠느냐?"

"황공하옵니다. 성려(聖慮: 임금의 염려를 높여 이르는 말)를 어지럽게 하와."

"음, 됐어."

왕은 한마디 하고는 곧바로 어둠을 뚫고 대궐로 돌아왔다.

05. 말들의 교접 흉내

연산군의 광태는 날이 갈수록 더하여 갔다. 풍악, 술, 춤과 그 다음에는 으레 여자였으며 여자가 없으면 살맛이 없었다. 말 놀음도 해 보았는데 왕의 이 말놀음이란 동서고금에 없던 성유희였다.

어느 날 왕은 마소(말과 소) 기르는 곳을 지나다가 말들이

"히히히힝."

하고 서로 울부짖으며 덤벼들어 교접(交接)하는 것을 보게 되었다.

"옳거니, 내 한번 저 짓을 해봐야겠다."

왕은 환궁하는 길로 곧 내시들에게 명하여 젊은 궁녀 삼십 여명을 부르게 하고 또 콩을 여러 말 볶게 하였다. 그리고는 큰 방 하나를 택하여 젊은 궁녀들이 모이게 하였다.

"너희들 전부 옷을 벗어라."

"?"

"?"

"빨리 옷을 벗지 못하느냐?"

궁녀들은 한 사람 한 사람 서로서로 눈치를 봐가며 위 아래옷을 홀딱 다 벗었다.

"볶은 콩을 온 방에 뿌려 놓아라."

"예이~"

내시가 돌아다니며 콩을 뿌렸다.

"너희들은 듣거라. 엎드려 말 모양으로 '오호호홍' 하고 콧소리를 내면서 저 콩들을 주워 먹으렷다. 알겠느냐?"

궁녀들은 말이 없이 머뭇머뭇 거리다가 그냥 시키는 대로 무릎으로 엎드려

"오호호홍."

하고 말울음 흉내를 내며 콩을 주워 먹기 시작하였다.

"어허. 소리가 작다. 더 크게 하라."

"오호호홍, 오호홍."

"무릎을 들거라. 무릎을 들고 두 손과 두 발로만 엎드리거라."

이러니 발가벗겨진 궁녀들은 엉덩이를 뒤로 번쩍 들어 올린 채 기어 다니면서 '오호호홍' 소리를 내면서 볶은 콩을 주워 먹어야 했다.

이때 연산군도 서서히 옷을 벗기 시작하였다.

"?"

"?"

궁녀들도 내시들도 무엇을 하려는가 하고 모두 의아한 눈으로 왕의 행동을 주시하였다.

"히히히힝."

왕은 자신이 한번 말울음 콧소리를 낸 다음 엎드려 콩을 주워 먹는 벌거벗은 궁녀의 육체를 말 모양으로 뒤에서 공격하였다.

"어마낫!"

"아이고!"

기겁을 한 궁녀들이 비명을 지르기 시작하였다. 왕은 그 짓이 자못 재미있는지 이리 저리 옮겨 다니면서 뒤를 공격하였다.

왕을 모시고 있던 모든 내시들도 혀를 빼어 물지 않을 수 없었다. 왕은 크게 만족하는 모양이었다.

"히히히힝."

왕은 소리를 내고 호통을 치면서 궁녀들에게, 아니 인간 말들에게 덤벼드는 것이었다.

06. 음란비밀실(淫亂秘密室)

　　연산군은 날이 갈수록 황음하여 갔다. 한 가지의 방법이나
기술만으로는 아무래도 만족할 수가 없었다.
　　"무슨 신통한 방법이 없는가?"
　　하는 것이 그의 점증(漸增: 점점 증가함)하는 변태성욕(變態性慾)
이었다. 여승도 상관해 보았다. 무당, 기생, 궁녀, 별의별 계
층의 여인을 다 상관하여 보았으나 별다른 쾌락을 느낄 수 없
었다. 왕은 이제 이 최후의 성도락(性道樂)조차 마음대로 할 수
가 없음을 깨닫자 비상한 방법으로 신하들의 부인을 욕보이기
로 결심했다.

　　연산군 15년 5월 5일 대궐 안에서 큰 잔치를 열었다. 잔치가
어마어마하게 크기 때문에 이루 말할 수 없는 큰 비용이 들었
다. 한 탁자의 음식에 오른 밀가루의 양이 40석이었으니 가히
그 호화찬란함을 짐작할 수가 있다. 각종의 떡과 부침떡 위에
는 금과 은으로 수를 놓는 등 가지가지로 색채를 가하여 사치

와 호화의 극치를 이루었던 것이었다. 왕이 이 큰 잔치를 여는
데는 은밀한 계획이 숨어 있었던 것이었다.

"나의 모든 욕망은 충족되어야 한다."

그는 스스로 자기를 편달하여 큰 잔치에 고관의 부부를 청하
여 놀기로 하고, 그때 부인들은 제각기 가슴에 명패(名牌)를 차
고 오게 하였다. 왕은 그 명패에 보고 미인만을 골라 점찍어 놓
고 사람을 시켜,

"궁중예절에 어긋나는 화장을 하고 왔으니 그런 무엄한 일이
있느냐? 저리 가서 고쳐가지고 와 앉으라."

하면 대개는 다 무안하고 또한 황공하여 그 사람을 따라 비밀
장소로 가게 되는 것이다. 거기에는 술에 취한 연산군이 대기
하고 있다가,

"오오, 고읍구나."

하고 달려들어 능욕을 자행하면 여인은 왕에게 감히 항거할
수가 없게 되는 것이었다.

그날 큰 잔치에는 왕과 왕후뿐만 아니라 왕족이며 대신들이
남자만 천여 명이요 여자가 삼백여 명에 달하는 성대한 잔치
였다.

여자 손님의 저고리 가슴에는 누구의 아내 누구라는 이름이
쓰여 있게 하였으니 이 연유를 사전에 안 사람은 한 사람도 없
었다. 왕은 그 가운데 제일 아름답고 또한 젊고 고운 여자들만

을 골라 푸른 옷을 입은 내시를 시켜 밀실(密室)로 인도하게 하는 것이었다. 그날 연산군은 이미 취기가 몽롱하자 미리 십여 명의 고운 여자들만을 골라 내시를 시켜 알려주고 자기는 별다른 밀실로 가서 대기하고 있었다. 긴 복도로 된 마루에 벌써 여자의 발자국 소리가 들려왔다. 왕은,

"흐흠."

하고 문구멍으로 일어서서 내시를 따라 걸어오는 여인을 바라보았다.

"미인이로구나."

순간 방문이 사르르 열리며 여자가 안으로 들어왔다.

"?"

여인은 웬 영문인지도 모르고 우뚝 섰는데 내시가,

"상감마마 대령하여 왔습니다."

하고 알렸다.

"음 누구냐?"

"예, 공조참판 강모의 아내올시다."

"음, 미색이로구나. 흐흐흐."

여인은 더욱 의심이 짙어지자 몸을 와들와들 떨었다.

"떨지 마라. 흐흐흐."

"에그머니. 아이구."

왕이 벌벌 떠는 여인을 보료 위에 눕히자, 여인은 어떻게 해

볼 도리가 없이 체념하고 만다.

"왜 떠느냐, 진정해라. 별다른 일 없다."

왕은 여인을 달래면서 여인의 옷을 벗기기 시작하여 곧바로 하얀 속살이 다 드러났다. 온몸을 다 드러낸 여인은 어쩔 줄 몰라서 가늘게 떨기만 하였으나 왕은 회심의 미소를 지으면서 입을 젖가슴으로 가져가 갓난아이처럼 행동을 하기 시작하였다. 왕은 그냥 여인을 평범하게 상관하는 것만으론 만족할 수가 없었다. 쪽쪽 빨아보기도 하고, 그러다가 살짝 깨물어보기도 하고 혹은 꼬집기도 하면서 여인에게 온갖 희롱을 다 하였다.

"으아아~"

하고 여인들이 소리를 지르면 더욱 성적으로 흥분하곤 하였다. 여자들은 대개 얼굴이 파리하게 질리기도 하지만 어떤 여자들은,

"황공하옵신 처분이로소이다."

하고 영광된 선물로 아는 사람들도 있었다. 그런 여자들은 대개 그 밀실에서 삼사일씩이나 묵기도 하였다. 이런 여자가 집으로 돌아간 며칠 후에는 대개 남편의 벼슬이 오르곤 하였다.

정경부인(貞敬夫人), 정부인(貞夫人), 숙부인(淑夫人) 그러한 계급도 없었다. 왕은 어떠한 부인이든지 고운 여자면 그 밀실로 데려오기를 잊지 아니하였다. 교리(校理) 벼슬로 있던 이장곤(李長坤)이 곤욕 당한 아내를 타살하고 달아났다가 중종반정(中宗

反正) 후에 판서가 되었던 일은 너무도 유명한 일이다.

07. 극에 달한 질투

왕의 애첩인 장녹수도 왕만큼 시기가 말할 수 없이 많았다.

"고관대작의 여편네들 꼴 좀 보자."

장녹수는 연산군으로 하여금 비밀실을 만들게 하고 양반의 부녀자들을 농락하게 하였거니와 이제는 왕이 그것에 진실로 재미를 붙이게 되어 장녹수로도 어쩔 수 없게 되어 버렸다. 장녹수에게 은은한 그리고 캄캄한 밀실에 초조히 미녀를 기다리고 앉아 있는 심정은 말할 수 없이 기쁨 이었다.

장녹수는 본시 여비(女婢)였으므로 그 성장할 때 받았던 양반들로부터의 멸시와 천대를 한번 설욕(雪辱: 부끄러움을 씻음)해 보자는 심사에서였다.

'흥, 네깐 년들이 얼마나 도도한 체 견디나 어디 한번 보자.'

하는 심정이 장녹수의 가슴에 파동치고 있었다.

왕은 이제 마음대로 미인이라고 정한 여자는 수시로 궁궐로 불러들였다. 그것이 고관의 부인이거나 미관말직의 부인이거나 아무 꺼릴 것이 없었다. 어느 판서의 젊은 소실이 판서에게 단단히 나무람을 받았던지라,

"또 부르시면 결사적으로 들어가지 않으리라."

고 마음을 독하게 먹고 있는데 궁에서,

"직각(당장에 곧)으로 입내하라."

는 전교가 내렸다. 그 판서의 소실은 상냥스러울 뿐 아니라 살결이 보드랍고 희기가 백옥과 같아 연산군은 그 흰 살결에 반하였던 모양이었다.

"어쩜 좋아. 죽을 수도 없고."

판서가 옆에 있다가 소실을 위로하였다.

"어명인데 할 수 있나, 어서 다녀나 오게."

"……."

소실은 아무 말도 없이 장문을 열더니 치마와 속옷 열두 벌을 끼어 입었다.

'치마와 속옷이 열두 벌이면…….'

여인은 단단히 무장을 하고 궁으로 들어갔다.

연산군은 안석(案席: 벽에 세워 놓고 앉을 때 몸을 기대는 방석)에 비스듬히 기대어서 여인이 들어오기만 기다리고 있다가 여인이

들어오므로 덥석 그의 손을 잡았다.

"……."

여인은 별로 말이 없었다. 그런데 몸이 그 전보다 엄청나게 뚱뚱해 졌다.

"그동안 뭘 먹고 살이 이리 쪘나."

"……."

왕이 여인의 배를 어루만졌다. 살이 찐 것이 아니라 옷을 많이 입은 것이었다.

'단단히 무장을 하고 왔구나.'

왕은 그렇게 생각하자 불쾌한 감정이 들었으나 내색은 하지 않았다.

'그래, 네년이 얼마나 견디나 보자. 내게 덤비지 않곤 못 견디리라.'

연산군이 누군가. 여인들 희롱이라면 하늘 아래 최고일 것이다. 온갖 방법으로 그녀를 다루어 드디어 치마를 하나씩 하나씩 벗기 시작하였다. 얼마 있다가 여인은 다시 치마를 벗어 던졌다. 얼마 후에 여인은 다시 치마를 벗어 던졌다. 얼마 되지 아니하여 여인은 치마와 속옷 열두 벌을 모조리 다 벗어버리고 알몸이 되어 연산군의 품으로 달려들었던 것이었다.

"으흐흐흐, 네가 그러면 그렇지."

왕은 만면에 웃음을 띠면서 여인을 휘어잡아 보료 위에 눕혔던 것이었다.

한번은 황윤헌이라는 샌님이 살림은 비록 가난하였으나 최보
비라는 미인 소실을 두었는데 그 소실이 한없이 아름다워 이웃
에 소문이 자자하였다.

"황생원이 고운 첩을 두었다."

"말 할 수 없는 미인이다."

그런 소문이 이웃에 자자하니 왕에게 상금과 벼슬을 타려는
무리들이 그냥 있을 수 없었다. 그 소실은 또한 가야금 명수(名
手)였다. 그때 구수영이라는 자가 이를 왕에게 말하여 왕은 곧
최보비를 뺏어다가 한번 방사를 치르고 보니 기가 막힌 여자인
지라 크게 좋아하였다. 그러나 아무리 연산군이 최보비를 쭉쭉
빨다시피 애무하여도 최보비는 조금도 희색이 없는지라 왕은
속으로 괘씸하게 생각하였다.

"네가 아직도 황윤헌을 생각하고 있는 모양이로구나. 흥, 건
방진 년 같으니라구"

왕은 그 길로 황윤헌의 목을 베어 죽였다.

연산군이 귀여워하는 여인 가운데는 설중매(雪中梅)라는 기생
이 있었다. 상당히 고운 여자였으므로 왕의 총애를 받는 것은
다시 말할 것도 없었다. 왕의 사랑이 놀라우면 여자들은 대개

그전 남편들을 잊어버리게 마련이었다. 왕의 총애를 한껏 받고 있는 설중매는 호강에 겨운 눈으로 다른 기생들을 보고 간밤의 꿈 이야기를 늘어놓았다.

"별일도 다 있지."

"뭐야 무슨 일인데."

"어젯밤 꿈이 하도 이상해서"

"응. 무슨 꿈인데?"

"남편이 꿈에 눈물을 흘리면서 한번 이별한 후에 그렇게 만나지 못하는 법이 어디 있느냐. 나는 연연불망(戀戀不忘)하여 그대를 잊을 수 없었노라 하더라."

설중매가 꿈 이야기를 생시인 것처럼 말하였다.

연산군은 다른 기생 하나를 그날 밤에 맞이했다. 그 기생은 왕이 설중매만을 좋아하고 편애하는 것을 시기하고 있었다.

"마마."

"왜 그러느냐?"

"드릴 말씀이 있사와요."

"무슨 말이냐?"

"다름이 아니오라 설중매 언니가요"

"그래서?"

"예전 남편이 꿈에 나타나서 연연불망한다고 했다네요."

"뭐어? 설중매가?"

"아니에요. 언니의 남편이지요."

"으응, 알았다."

연산군은 가슴에서 투기의 불길이 활활 타올랐다.

"여봐라"

"예이~"

상궁이 대령하였다.

"금부도사를 불러라."

"예이"

곧바로 금부도사가 대령하여 왕의 지령을 받았다.

다음날, 왕은 설중매를 불렀다.

"설중매를 불러라."

"예이."

설중매가 어전에 불리어 왔다.

그때 한 사람의 궁녀가 은소반 위에 흰 보자기를 씌운 물건을 가지고 왔다.

"설중매야."

"저 상 위에 보자기를 벗겨 봐라."

"예."

"어서."

"예."

설중매의 고운 손이 보자기를 벗겼다.

"아악!"

설중매는 비명을 지름과 동시에 나가 동그라졌다.

"어떠냐?"

"……."

"네 남편이다."

남편의 목에는 아직도 선혈이 낭자하였다.

"헉."

"이년아, 이래도 네 그놈을 생각하겠느냐?"

왕은 대갈(大喝: 가슴속에서부터 터져 나오는 듯한 큰 소리로 외쳐서 꾸짖음)하였다.

"저년을 당장 끌어내어 목을 베어라."

설중매는 발버둥을 쳤으나 금부나졸들은 사정없이 그녀를 끌어내어 목을 베어 죽였다.

또 한 가지,

영남에 장 아무개라는 선비가 있었다. 입이 나오고 입술이 두꺼워 모두 돼지주둥이라고 불렀다. 선비가 술을 즐기는 것은 예나 이제나 마찬가지라 그 돼지주둥이도 여러 친구들과 함께 기생집에 드나들었다. 그 중 월홍이라는 이쁜 기생이 하나 있

어 늘 그 기생을 좋아하였는데, 그 기생이 홍청(興淸)으로 뽑혀
연산군의 귀여움을 독차지하게 되었다.

어느 날, 종묘에서 큰 제사를 지내게 되었다.
큰 제사상에는 온갖 제사음식과 돼지머리를 통으로 삶아서
상 위에 올려놓았다. 기생은 그것을 보자 시골 사는 돼지주둥
이라고 별명 듣던 선비의 얼굴이 생각나서 자기도 모르는 중에
그만 '피식' 하고 웃어버렸다.
"왜 웃느냐?"
"아닙니다. 별거 아니에요."
"아니라니, 웃는 연유가 있을 게 아니냐. 어서 말해보아라."
그 기생은 임금 앞에서 거짓말을 여쭐 수 없어 시골 사는 선
비가 있는데 돼지와 비슷하여 별명이 돼지주둥이인데, 지금 상
위에 놓여 있는 돼지의 주둥이와 비슷하여 웃었노라고 대답하
였다.
"으음, 그러냐."
왕의 얼굴빛이 확연히 변하였다.

며칠 후, 그 영남의 선비 돼지주둥이는 금부에 잡혀 목이 베
어졌다.
연산군은 선비의 머리를 그 기생에게 보여주면서 빈정거렸

다,

"네가 불망(不忘: 잊지 못함)하던 돼지 서방을 봐라."

"으악!"

그 기생은 놀라 혼절하고 말았다는데 그 이후의 소식은 전해지는 바 없다. 아마 죽임을 당했을 것이다.

그해에 성세정(成世貞)이라는 사람이 영남안찰사(嶺南按察使)로 나갔다가 미모가 출중한 상산(商山)기생 하나를 사랑하여 한양으로 데리고 와서 소실로 삼았다. 왕이 이 소식을 듣고 그냥 있을 리가 없었다. 신하를 시켜 불러다가 여러 날 희롱하였다.

"얘야, 너 성세정을 지금도 생각하고 있지?"

"아니옵니다."

"무어야."

"생각은커녕 이가 갈립니다."

"그건 왜?"

"소녀를 데려다 두고 성 씨는 큰집이 무서워서 한 번도 마음 놓고 소녀의 집에 오지 못하였습니다."

"흐흠."

"그리하여 소녀로 하여금 외롭게 살게 한 것을 생각하오면 아직도 치가 떨립니다."

"흠 그렇단 말이냐?"

"밉기 한이 없습니다."

"죽이고 싶으냐?"

"죽이되 단번에 죽일 것이 아니오라 귀양 정배로 떠돌아다니며 갖은 고생을 다 시키다가 죽였으면 좋겠습니다."

이때 그 기생이 성세정의 목숨만이라도 구하고자 기지(機智: 경우에 따라 재치 있게 대응하는 지혜)를 발휘하였다고 한다.

"으흠, 알았다."

왕은 성세정을 국경지방에 귀양 보내어 네 번이나 전전하다가 급기야 중종반정(中宗反正)이 있어 살아나게 되었다고 한다.

08. 채청사(採靑使), 채응견사(採鷹犬使)

왕은 임숭재의 벼슬을 다시 높여 경상, 충청 양도에 특파하여 채홍준사(採紅駿使)로 삼았다. 채홍준사라 함은 아름다운 여자와 훌륭한 마필을 선발하여 오게 하는 임무였다. 임숭재는 한양을 떠난 지 두어 달 만에 미녀 63명과 준마(駿馬) 150필을 가지고 돌아왔다. 왕은 크게 기뻐하여,

"오오 숭재, 숭재가 그만이야."

하고 그의 벼슬을 높여 주고 노비를 열 명이나 하사하였다.

임숭재의 아버지 임사홍은 항상 채홍사로 집에 있으면서 자기의 부하 윤귀수(尹龜壽)를 황해도, 평안도 양도에 보내 젊은 여자 이십여 명을 구해 왔으나 음률(音律)을 아는 여자는 한 사람도 없었다.

왕은 크게 노하여 성정몽, 홍숙 등을 평안도로 보내어 다시 채진케 하였다. 왕은 다시 한편으로 채청사(採靑使)와 채응견사(採鷹犬使)를 팔도에 특파하였으니 채청사라는 것은 출가하지 아니한 예쁜 처녀들을 뽑는 일이요, 채응견사는 훌륭한 사냥개와 매를 수집해 오는 역할을 하게 하였으므로 시골에서는 처녀난리가 났다.

"아무개 집 딸이 미인이라오."

"아무개 소녀가 이쁘다고 합니다."

이런 말이 들리기만 하면 그 집 처녀는 피할 수가 없어서 상하귀천(上下貴賤)을 막론하고 함부로 붙들려 오게 마련이었다. 그 뿐만 아니라 연산군은 속홍(續紅)이라는 것을 또 채택케 하였으니, 그때 벌써 양반사회의 풍류를 즐기는 이들 사이에 몇 사람씩의 여인에게 가무 음률을 알게 하여 놀이와 연회에 함께 즐기게 하였는데 그 중에 상당히 고운 계집들이 있음을 알고 왕은 속홍(續紅)이라 하여 이들을 징발하게 하였던 것이었다.

연산군은 고금에 드문 후궁(後宮)을 두는 셈이니 그 때문에 이렇게 하여 전국에서 모여는 여자들. 즉, 남의 아내, 첩, 새 아씨, 기생, 시종, 무당들의 총 수효가 실로 만여 명에 달하여 그들의 거처할 곳이며 또한 생활비를 조달하는 것이 큰 문제였다.

원각사(지금의 종로2가 파고다 공원에 있던 절) 중들을 다 내몰고 방을 여러 백 개나 만들었으나 방이 부족하였다. 이것이 바로 연방원(聯芳院)이라는 이름의 기방(妓房)이다. 왕은 할 수 없이 대궐 안에 방을 여러 백 개 따로 만들고 유흥할 본격적인 사업을 경영하기 시작하였다. 그 중에서 이마 임금의 부름을 받아 한두 번 정교(情交: 남녀가 성적인 교합을 함)를 당한 여자는 천과흥청(天科興淸)이라 하고, 아직도 부름을 받지 아니한 여자는 지과흥청(地科興淸)이라 하여 대기하고 있게 하였다.

요새로 치면 꼭 천막과 같은 방도 있었는데 임금은 이 방을 사냥 나갈 때 산야나 들판으로 가지고 다녔다. 문득 사냥을 하여 짐승의 고기와 좋은 술에 얼큰히 취하면 임금은 또 계집 생각이 나므로 이동하는 방이 필요하였던 것이었다. 그 방속에서 임금은 수시로 여인을 끼고 상관하는 것이었다. 그러한 방을 거사(擧舍)라 하였는데 들고 다니는 집이란 뜻이다.

임금은 들로 산으로 사냥을 나갈 때 이 거사를 갖고 가는 것은 물론이려니와 여자들도 가마에 태워가지고 가는 것이 보통이었는데, 그 가마나 보교(步轎: 사람이 들고 다니는 가마의 하나)는 성균관의 유생들에게 억지로 메게 하였다. 그뿐 아니라 성균관(成均館)에는 무당들을 수백 명 불러들여 유학자들에게 갖은 모욕을 주었다.

09. 추악한 처용무

연산군은 장악원(掌樂院)의 기녀(妓女)들을 전보다 갑절이나 늘리되 될 수 있는 대로 나이는 스물 이내요, 얼굴이 예쁜 자를 선택하여 들이게 했다. 그리고 그들에게 취악(吹樂)과 현악(絃樂)을 가르쳐 연회에 참여케 하는 동시에 처용무를 가르치게 하였다. 또한 악공(樂工)을 광희(廣熙), 기악(妓樂)을 흥청(興淸) 혹은 운평(運平)이라고 하였는데 흥청악은 3백 명, 운평악은 7백 명으로 수효를 정하였으며, 흥청은 사예(邪穢) 즉, 더러운 것을 씻어버린다는 뜻이요, 운평은 운태평(運太平) 즉, 국운(國運)이 태평한 때를 만났다는 뜻이었다.

그들은 물론 연회에 출연(出演)하는 것이 그 임무였으나 때로는 처용무라는 춤을 추게 하기도 했는데 그 춤을 출 때에는 여러 가지 난잡한 행동을 보이게 하며, 심지어는 옷을 입히지 않고 춤을 추게 하고 임금도 벌거벗은 채 그 뒤를 따라다니며 춤추었으니 그 추악상은 차마 눈으로 볼 수 없을 정도였다.

그 때 환관(宦官)중에 김처선(金處善)이라고 성격이 강직한 사람이 있었다. 그가 연산군에게 대하여 가끔 임금으로서 그렇게 하여서는 아니 된다는 말을 여러 번 하였으나 듣지 않을 뿐더러 도리어 김처선을 미워하기에 이르렀다. 하루는 대궐에 들어가기 전에 자기 집 가족들을 보고,

"상감께서 처용무인가 뭔가 하는 춤을 추게 하시는 것은 사람으로서 차마 볼 수 없는 일로 오늘은 내가 한번 강경하게 반대할 터이니 아마 살아 돌아올 수는 없을 것이다."

는 말을 남겨 놓고 대궐로 들어갔다. 그러자 그 날도 역시 처용무를 추는데 김처선이 보다 못하여 임금에게,

"이 늙은 놈이 세조 대왕 때부터 4대 임금을 모시고 대궐 안에서 살아 왔사오나 한 번도 임금님의 뜻에 어그러지는 말을 한 일이 없사옵니다. 또 사기(史記)도 약간 읽어 고금(古今)을 짐작하기 때문에, 역대 임금께서 소신에게 정 2품의 직계까지 주셨사온데 상감께서 지금 추시는 춤은 임금으로서 너무 과한 일이옵니다. 아마도 고금에 이러한 임금은 없을 줄로 아뢰오."

하고 소리를 높여 아뢰었다.

연산군은 노여움이 극도에 달하였다.

"이런, 늙은 고자 놈이 뭘 안다고 아니꼽게 고금이 어떠니 하고 떠들고 있느냐."

왕은 곧바로 활을 김처선의 가슴을 향하여 쏘아대니 갈빗대에 가서 박혀버렸다. 김처선은 아픈 것을 참아가면서 소리를 높여 외쳤다.

"조정 대신들도 죽는 것을 두려워하지 않건만 하물며 이 늙은 고자 놈이야 무어 죽는 것을 아낄 것이 있겠습니까. 다만 원통한 것은 상감님께서 그러시다가 임금 노릇을 오래 못하실 것이 걱정이옵니다."

이에 연산군이 또 한 번 활을 쏘아 맞추니 김처선은 그만 땅에 쓰러지고 말았다. 분이 풀리지 않은 왕은 칼을 빼어들고는 김처선의 한쪽 다리를 내리쳐서 부러트렸다.

"네 이놈, 일어나서 걸어 보거라."

"상감께서도 부러진 다리로 걸어 다닐 수 있사옵니까?"

김처선이 끝까지 말대답을 하자, 이번에는 신하를 시켜서 혓바닥을 잘라버리니 김처선은 자기 손으로 자기 배를 갈라서 창자를 끊고 숨이 질 때까지 입으로 무엇이라고 중얼거렸다.

연산군은 더욱 노여워서 그 시체를 호랑이에게 주워 먹게 하고 다른 사람들로 하여금 김처선이라는 놈은 나쁜 놈이니 김처선의 처자(處字)가 들어있는 글을 읽거나 말을 하지 말라는 분부까지 내렸다 한다.

연산군은 그래도 부족하여, 김처선의 양자 이공신(李公信)을 죽이고 그 가산을 몰수한 다음, 그 집을 헐고 그 자리에 연못을 팠으며 그의 본관(本貫)인 전의(全義) 고을을 폐(廢)하여 버렸고, 그 부모의 무덤을 평지로 만들고, 석물을 철거시키고, 그 일가 중에 7촌까지 중벌을 주었으며 처(處)자 든 것을 고치기 위하여 처서(處暑)라는 절계(節季)의 이름을 조서(徂暑) 처용무(處容舞)를 풍두무(豊頭舞)라고까지 고쳤다.

10. 반정, 연산군을 몰아내라

아무리 힘없던 사회라도 이런 미친 임금에 대한 만백성들의 원한이 들끓기 시작하여 동짓날 팥죽 끓듯하고, 뜻있는 선비와 벼슬아치들도 삼삼오오 모이기만 하면 폭군을 제거하고 구국제민(救國濟民: 위태로운 나라를 구하고 도탄에 빠진 백성을 구함)해야 한다고 입을 모으고 있었지만, 어느 누구 하나 선뜻 나서는 사람이 없었다.

그러던 중, 드디어 때가 왔다.

반정을 최초로 모의한 사람은 성희안이었다.

성희안은 성종 16년(1485) 문과에 급제해서 연산군 10년 이조참판(오늘날 장관 지위)까지 올랐다. 하루는 연산군이 양화도에 놀러갔을 때 호종(護從: 보호하면서 따라감)하는 신하들에게 시를 짓게 했다. 이때 성희안은 "임금은 본래 청류(淸流)를 좋아하지 않는다."라고 읊어 연산군의 노여움을 사서 종9품(조선시대 18품계 중 최하위 품계: 오늘날의 9급 공무원쯤) 부사용(副司勇)으로 좌천되었다. (즉, 장관쯤의 지위에서 9급 공무원쯤으로 좌천됨)

이때부터 성희안은 연산군에 대한 반감이 커지기 시작하여 반정을 결심했던 것이다. 그리고 도총부 도통관으로 있던 박원종과 이조판서 유순정을 끌어들였다. 박원종은 자신의 누이가 연산군에게 겁탈당해 자결했으므로 분노가 극에 달해 있었다. 반면 유순정은 사태를 지켜보느라 시간을 끌다가 마지못해 승낙했다.

이들은 자순대비(성종의 두 번째 왕비인 정현왕후 윤 씨)의 아들인 진성대군을 추대하기로 결정했다. 그것은 궁중 최고의 어른이 자순대비였으므로 반정의 정당성에 별 문제가 없으리라는 판단 때문이었다.

드디어 1506년 9월 1일 조선 개국 이래 최초로 신하가 임금을 갈아치우는 반란이 일어났다. 원래는 9월 2일 연산군이 석벽으로 놀러가는 날을 택했는데 이를 취소하자 하루 앞당겨 거사를 일으켰다,

분노가 극에 달한 반정군이 궁으로 몰려갔을 때 연산군은 장녹수와 함께 침소에 있었다. 반정군은 연산군을 동궁으로 유폐하고, 장녹수는 끌고 갔다가, 전비, 백견우 등과 함께 모두 목을 베어 죽였다.

백성들은 이들 여인들이 처형된 후 그 목 없는 시체들에 무차별 폭행을 했다. 백성들은 그녀들의 음호(陰戶)를 돌과 기왓장으로 찧으며

"이 구멍이 한 나라를 다 들어먹었다."고 욕을 했다.

그 날 밤에 악명 높았던 임사홍과 연산군 처남 신수근도 집을 습격한 반정세력에게 철퇴에 맞아 처단되었다.

신수근은 무오사화의 주동자였으며 반정 참여를 거절했기에 제일 먼저 제거했다. 그는 신승선의 아들로서 왕비 신 씨의 오라비가 된다. 그의 딸은 중종의 빈(단경왕후)이었는데 반정 성공 후 7일 만에 강제 폐위되어 서인으로 강등당하여 궁궐에서 쫓

겨났다. 단경왕후는 조선의 역대 왕비 중 가장 짧은 재위기간인 7일 동안 왕비였다. 그런데 중종(진성대군)과 단경왕후는 서로 간에 금슬이 좋았었는데 느닷없이 역적의 딸이라고 하여 폐출되어 서인으로 강등되고 생이별을 해야 했으니 얼마나 그립고 애통했으랴. 중종은 그녀가 너무 보고 싶고 그리워서 신 씨가 폐출되어 나가있던 사가(私家: 가정집) 방향을 틈만 나면 바라보곤 했다고 한다. 그 방향이 바로 인왕산이다. 곧바로 그 사실을 전해들은 신 씨는 자신의 분홍색 치마를 인왕산의 바위 위에 매일같이 걸어놓아 중종이 볼 수 있도록 했다고 하는데 이것이 바로 인왕산 치마바위의 전설로 남아있다.

무소불위(無所不爲: 하지 못하는 일이 없음)의 권력을 휘두르던 연산군은 강화섬 교동도(섬 이름)에 유폐되었는데, 그 집은 부인인 왕비 신 씨가 태어나서 어린 시절을 보낸 구택(舊宅)이었다고 한다.

그런데 연산군의 수명은 얼마가지 못하여 겨우 두 달을 넘겼다고 했다. 중종실록은 이렇게 기록했다.
"역질에 걸려 심히 고생하는데 일어서지도 못하고 음식도 먹을 수가 없어 11월 6일, 아무 말 없이 죽어 갔다."
그해가 1506년으로, 이때 연산군의 나이 서른한 살이었다.

[6] 청두령 · 홍두령

01. 어명이요, 사약을 받으시오

"대감님! 대감님!"
"무슨 일로 이렇게 호들갑이냐?
한 대감댁의 머슴인 창주가 숨이 넘어갈 듯이 뛰어들었다.
"무슨 일인가 어서 아뢰어라."
"지금 동구 밖 객점(客店: 여관)에 십여 명의 포졸들이 들이닥
쳐서 석반을 먹고 있는데 내일 아침에 이 동네 누구에게 사약

을 내릴 것이라고 합니다. 그래서 혹시나 하고 걱정되어 냅다 뛰어왔습니다."

"뭣이라고? 그게 참말이냐?"

"예, 참말입니다."

"으흠, 올 것이 온 모양이구나."

한 대감은 안방에 들어가서 부인과 마주앉았다.

"부인, 드디어 때가 왔소이다."

"이제 우린 죽게 되나요?"

"할 수 없소. 어명인데 거역할 수가 없소이다."

한 대감 내외는 눈물로 얼룩진 얼굴로 대화를 하기 시작했다.

"그럼 우리 나영이도 죽게 되나요?"

부인은 이제 네 살 된 나영이도 죽게 되느냐고 물었다.

"나영이라도 살려야지, 내가 이럴 때가 올 줄 알고 미리 대비해놓은 게 있으니 나영이는 걱정 마시오."

한 대감은 급히 머슴인 창주를 불렀다.

"창주야, 너도 알다시피 우리는 내일 아침에 사약을 받게 될 것 같다. 그러니 지금부터 내가 시키는 대로 해라."

"아이구, 대감마님. 이를 어쩌나요. 속히 피신하시면 안 될까요?"

"그런 소리 말아라, 피신한다고 해서 숨을 곳도 없을 뿐더러 죄만 눈덩이 커지듯 커지게 된다. 다른 소리 말고 내가 시키는 대로 속히 시행해야 한다."

"예, 어서 말씀하세요."

"여기 전대가 두 개 있는데 하나는 네 몫이고 하나는 나영이 몫이다."

"그게 무슨 말씀이신지요?"

"그냥 들어라. 시간 없다."

"예."

"넌 나영이를 등에 업고 말을 타고 밤새 달려서 충청도 청양에 있는 최상언 진사 댁을 찾아서 여기 서신과 나영이를 맡겨라. 그리고 너는 그 말을 타고 아무도 모르는 곳에 가서 살아라. 전대에 들어있는 돈은 상당히 많은 금액이니 어디 가서 장가들고 전답을 사서 충분히 먹고 살 수 있다. 알았느냐?"

그제야 말뜻을 이해한 창주는 고개를 숙이고 눈물을 떨구고 있었다. 이때가 저녁놀도 막 지기 시작하여 어둠이 찾아들 무렵이었다. 대감과 마님은 울면서 나영이를 머슴인 창주 등에 업히고 단단히 동여매었다. 그리고 가다가 먹을 물과 간단한 간식거리를 싸서 말 등에 얹었다.

"어서 가거라! 포졸들이 와있다는 그쪽 방향으로 가지 말고 논길이나 밭길로 그 쪽을 피해서 한참을 가서 피한 다음에 큰

길에 들어서서 전속력으로 달려야 한다.”

“예.”

창주의 등에 업힌 나영이는 겁에 질려서 울지도 못하고 벌벌 떨고만 있었다.

“나영아, 잘살아야 한다.”

한 대감(大監: 원뜻은 조선 시대, 정이품 이상의 벼슬아치를 높여 부르던 말이나 오늘날 고위 관직자나 사회적인 명사의 존칭으로 쓰이기에 본서에서는 이를 기준으로 대감, 진사를 혼용하였다.)과 부인은 눈물 속에 작별을 하고 창주는 힘껏 말고삐를 잡고는 순식간에 눈에서 사라졌다.

창주는 대감님이 시키는 대로 얼마간을 논길, 밭길로 가다가 큰길로 나와서는 마구 말을 내달렸다. 예전 조선의 법도에 의하면 신분이 낮은 사람들은 함부로 말을 타고 다녀서는 안 되었으나 무관 출신인 한 대감이 혼자 말을 타고 다니기에 적적하여 머슴인 창주에게도 말 타는 것을 가르쳤다. 그래서 집에 말 두 필이 있었다.

창주는 밤새 달려서 새벽녘에 어느 허름한 주막집에 다다라서 등에서 잠든 나영이를 깨워서 함께 요기를 하고 말의 먹이도 사서 먹였다. 거기에서 잠시 쉰 다음 곧바로 말을 타고 청양으로 내달렸다. 창주는 그날 밤 해가 막 넘어갔을 무렵에 청양의 최상언 진사 댁에 다다랐다.

"대감님, 수원의 한홍길 대감님께서 보내서 여기까지 왔습니다."

"무슨 화급한 일이라도 생기었느냐? 등에 업힌 아이는 누구냐?"

"예, 한 대감님께서 사약을 받으실 모양입니다."

"뭣이라고? 그럼 저 아이는 한 대감의 여식이냐?"

"그렇사옵니다."

"어허. 어찌 이런 일이……."

최 진사는 숨을 거칠게 몰아쉬면서 간신히 진정을 하고 있었다.

"여기 서신도 가지고 왔습니다."

최 진사는 뭔가 짚이는 것이 있었기에 황급히 서신을 뜯어보았다.

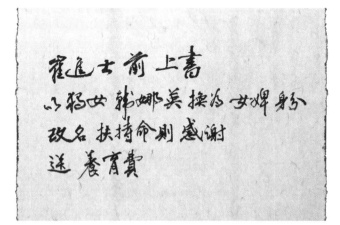

최 진사님. 외동딸 한나영(韓娜英)을 종의 신분으로 바꾸고, 이름도 바꾸어서 목숨만 부지하게 해주신다면 감사하겠습니다. 양육비도 보내드립니다.

"어허, 이런 일이, 한 대감이 늘 걱정을 하더니만 실제로 이런 일이 일어나다니, 믿을 수가 없다."

최 진사는 자탄(咨歎: 한숨을 쉬며 한탄함)을 하면서 나영이를 맞이하였다.

"알았다. 사건이 매우 위급하다. 어서 네 갈 길로 가거라."

"예, 감사합니다."

창주는 어둠 속에 말을 타고 어디론가 사라졌다. 이후에 창주가 어느 땅에서 살게 되었는지는 알려진 게 없다.

최 진사는 즉시 나영이의 이름을 '은분이'라는 종의 이름처럼 바꾸고 행랑채의 나이 먹은 여종의 방으로 들여보냈다. 거긴 혼인을 한 남종과 여종의 방이 있었는데 이들은 둘 다 사십 대 후반이었다. 이들 사이에 난 아이로는 아들 하나 딸 둘 있는데 모두 열 살이 넘어서서 다른 집의 종으로 나갔다. 조선시대는 신분이 세습되던 때라 종의 자식은 모두 종이 되었다.

"할멈, 오늘부터 이 아이를 잘 건사(잘 보살피고 돌봄)하게."

"예, 그런데 이 아이는 누군가요?"

"응, 아는 사람이 데리고 있던 여종인데, 지금 그 집의 형편이 여종을 데리고 있을 수 없어서 나에게 보내왔네."

"예, 예."

이렇게 하여 나영이는 은분이란 이름으로 최 진사 댁에서 생활하게 되었다. 최 진사는 은분이를 할머니 종과 같이 살게 하면서 노비문서(奴婢文書: 종에 관련된 문서, 일종의 종의 신분증)를 만들어 두었다. 종이라고 해도 어려서부터는 크게 할 일은 없었다. 조금씩 나이를 먹어감에 따라 잔심부름도 하고 부엌일, 집안일, 바느질 등을 배우는 것이다.

나영이는 그렇게 크기 시작하였다.

여기서 잠시 한홍길 대감은 무슨 일이 있었기에 사약을 받게 되었나 알아보자.

6년 전에 한홍길의 먼 집안 친척이 역모(逆謀)에 연루되어 종사관(從事官: 종6품, 현 중위~대위급)으로 있던 한홍길 대감이 파직(罷職: 관직에서 물러나게 함)을 당해서 낙향하게 되었다. 설상가상으로 그해에 역병이 돌아서 혼인한 지 5년이나 된 본처가 죽게 되었다. 본처는 임신을 해보지도 못하고 죽었다. 다음 해에 한 대감은 재혼하여 일 년 만에 딸 나영이를 낳았고 삼년 후에 아들 기철이를 낳았는데 기철이는 돌도 채 지나지 않아 죽고 말았다.

그런데 이번에 먼 집안 친척의 역모의 죄상이 과거보다 크게 발각되어 "삼족(三族: 부계(父系), 모계(母系), 처계(妻系)를 통틀어 이르는 말)을 멸하라."라는 어명으로 한홍길 대감 부부는 사약을 받게 된 것이다.

한홍길 대감과 최상언(崔祥彦) 진사는 젊었을 때에 한양에서 스승 김혁제(金赫齊) 아래서 같이 공부를 한 적이 있어서 결의형제(結義兄弟: 의로써 형제의 관계를 맺음)를 맺은 바 있었다. 한홍길 대감은 독자인데 미래를 예측하였었나, 최상언 진사에게 먼저 형님이라고 부르면서 결의형제를 맺게 된 것이다. 최상언 진사는 진사시(進士試)에 합격한 후 과거에 몇 번 응시했으나 낙방하여 그냥 고향에서 벼슬 없이 진사로 살고 있었다.

그러나 그는 큰 벼슬을 얻지 못했어도 돈이 아주 많은 부자였기에 별 신경 쓰지 않았다. 사람들은 그를 최 진사님, 최 진사댁 혹은 최 대감님이라고 부르고 있었다.

한편,
나영이의 부모님은 밤새 잠 못 자고 울면서 날을 새워야 했다.
과연 다음날 조반을 먹기도 전에
"어명이요~"
라는 소리와 함께 십여 명의 포졸들과 관리가 나타났다.

한 대감 부부는 벌벌 떨면서 부복하여 있고 관리는 죄상을 읽어 내려가고는 사약을 내리는데,

"이 집에 여식(女息: 딸)이 하나 있는 줄 아는데 지금 어디 있나?"

라고 물었다.

"몇 년 전에 역병이 돌 때 전처와 여식이 죽었습니다."

라고 한 대감이 대답했다. 그러니

"으음, 그런가?"

하고 그 관리는 더 이상 따져 묻지 않고 사약을 내려서 부부는 그 자리에서 절명(絶命: 목숨이 끊어짐.) 하고 말았다. 이날이 경진(庚辰)년 6월 9일이었다.

02. 가혹한 세금

"지난번에도 무슨 세금 무슨 세금을 내지 않았습니까?"

"아, 세금을 내라면 내야지 왜 이리 군말이 많은가?"

마을 사람들 남녀 이십여 명과 고을 관리인 호방(戶房) 아전(衙前)인 서칙주(徐則朱)가 나타나서 승강이(昇降-: 서로 자기주장을 고집하며 옥신각신하는 일)를 하고 있었다.

서 아전이라는 사람은 꼭 생김새가 쥐새끼 같았는데 풍문에 의하면 돈을 주고 벼슬을 샀다고 한다. 서 아전의 업무 중에는 세금에 관련된 일이 있어서 가끔 마을에 나타나서 세금을 내라고 하고, 독촉도 하고 각 호당 세금을 부과하기도 하는 등 역할이 매우 중요했다. 그래서 이 사람은 가끔 마을에 나타나서 공술을 얻어먹으면서 거드름을 피우기 일쑤였다. 더러는 대낮부터 취해서 마을 사람들에게 공연히 시비를 걸기도 하여 사람들이 피해 다니기도 하였다.

오늘 서 아전이 와송리 마을에 나타난 것은 새로 부임해온 군수가 새로운 세금을 부과한다고 하여 세금을 걷기 위해서였다. 이러니 또 세금을 내는 것은 부당하다고 불평하는 마을 사람들과 언쟁을 벌이고 있는 중이다.

"아, 그래, 이번에 새로 신설된 세금의 이름은 뭡니까? 세금 이름이라도 알아야지요."

마을에서 원로격인 김 노인이 물었다.

"새로 오신 군수님께서 수세(水稅)를 걷으라고 하십니다."

"수세라니요? 우리가 저수지 물을 쓰는 것도 아니고 하늘에서 내리는 비로 농사짓지 않습니까? 가당치도 않습니다."

"맞아요. 하늘에서 내리는 비도 세금을 내야 합니까?"

여러 사람들이 이구동성으로 반박을 하니 쥐 서방은 입술을 씰룩거리면서 대꾸를 하는데,

"상감님은 천자(天子)인즉 하늘에 자손이고, 비는 하늘에서 내리는바 상감님의 소유요. 그러니 상감님의 수세, 자세히 말하면 천수세(天水稅)인바 세금을 내라면 내는 것이요."

"아이고 말도 안 되는 소리 그만 하슈. 동서고금에 천수세라는 말은 처음 듣는 소리요."

모두들 불평불만에 가득차서 저마다 한마디씩하기 시작했다.

"난, 못 냅니다. 말도 안 되는 세금이요. 그럼 앞으로 일광세(日光稅: 햇볕세), 월광세(月光稅: 달빛세)도 내야 합니까?"

이렇게 말하는 사람은 이 마을에서 거인처럼 취급받는 사람으로 키가 5척 9치(179cm, 조선시대 남자 평균키 160cm 안팎, 여자 150cm 정도임)나 되고 체구도 황소 같은 사람으로 남대진(南大進)이라는 사람이다. 이 사람은 여기 와송리(臥松里)뿐만 아니라 인근 마을에 까지 잘 알려진 사람이다. 부인은 이차희(李次熙)인데 부인도 거구로 5척 5치(167cm)나 되었다. 이들 부부가 잘 알려진 것은 말을 타기 때문이다. 처음엔 남자만 말을 탔으나 후에 말 한 필을 더 사서 부부가 말을 타고 다녔다. 남대진이라는 사람이 말을 타게 된 이유는 바로 과거시험인 무과에 응시하기

때문인데 벌써 두 번이나 낙방을 해서 낙심이 매우 컸다.

그런데 그때 당시에 암암리에 벼슬을 돈으로 살 수 있는 매관매직(賣官賣職)이 있어서, 남대진도 얼마간의 전답을 팔아서 현금을 마련해놓고 있었다. 즉, 연줄이 닿으면 말단직이라도 돈을 주고 살 요량(料量: 앞일을 잘 헤아려 생각함)이었다.

그런 중에 들리는 소문에 의하면 쥐 서방이라고 불리는 서 아전이 돈을 주고 벼슬을 샀다는 말이 돌았고, 생김새는 꺼벙해도 수완이 매우 좋다고 평판이 나있었기에 남대진도 한 번 만나서 술 한 잔이라도 사주려고 기회를 엿보고 있었다.

서 아전의 본명은 서칙주(徐則朱)로 외양은 정말로 볼품이 없었다. 키는 5척 남짓에다가 체구는 꼭 마른 멸치같이 작았다. 작은 눈이 찢어진 듯 생겼으며 코는 뾰족한데 콧방울이 거의 없었고 입은 쥐 입처럼 작은 입이 앞으로 약간 삐죽이 나와 있었다. 수염도 쥐 수염처럼 몇 가닥 되지 않은 것이 콧수염, 턱수염으로 자라고 있어서 이걸 보고서야 남자구나라고 판단을 할 지경이었다. 이렇게 생겼지만 쥐 서방이 아주 잘하는 게 있었다. 윗사람에게 아첨 잘하고 세금을 잘 거두어 늘 군수의 주머니를 채워주는 것이었다. 그러니 전임군수나 신임군수나 서 아전을 신임할 수밖에 없었다. 지금 천수세라는 것도 새로 부임해온 군수의 머리가 아니라 서 아전의 머릿속에서 나온 것이다. 군수의 배를 채워주고 자기배도 채울 욕심이었던 것이다.

(조선시대의 가혹한 세금은 전국 각지에서 민란의 원인이 되기도 하였다. 진주 농민 봉기, 동학 농민 운동 등)

서 아전은 세금을 가량 100냥쯤 걷으면 80~90냥 거두었다고 하고 10~20냥은 적당히 착복하였다.

"그래, 남 서방은 못 내겠다는 건가?"

"못 냅니다. 동서고금에 천수세가 어디 있습니까? 세금을 거둬도 합당해야지요."

남 서방이 강하게 나오니까 마을 사람들 모두 이에 합세하였다.

"맞습니다. 천수세라는 게 뭡니까? 일광세, 월광세도 걷나요?"

이러니 서 아전은 입술을 씰룩거리면서 여러 명의 마을 사람들을 대적할 수 없다고 판단했는지 남 서방에게 한 발짝 다가갔다.

"아하, 그러니까 주모자가 남 서방이군그래, 세금을 못 내겠다는 거지."

"누가 주모자라고 그랬습니까. 난 그런 말 한 적 없소."

"당신이 못 내겠다니까 마을 사람들 모두 못 낸다는 게 아닌가?"

"내 마음이 그렇듯 마을 사람들도 같은 마음인 게지요."

"아무튼 당신이 주모자야. 어엉?"

그러면서 서 아전은 육모방망이를 들어서 삿대질하듯 마구 휘두른다. 원래 아전들은 육모방망이를 들고 다니진 않는데, 마을에서 기르는 개들이 유독 서 아전만 보면 물을 듯이 "컹, 컹!" 짖으며 대들어서 언젠가부터는 육모방망이를 들고 다니게 되었다. 개들이 물을 듯이 짖어대면 방망이를 흔들어서 위협을 주는 것인데, 이러다 보니 개들과는 점점 앙숙이 되어버렸다.

"아 이거, 왜 이러슈, 왜 눈앞에서 방망이를 마구 휘둘러요."

"휘두르면 어때, 이걸로 한 대 맞아볼래? 아니면 관아에 끌려가서 곤장을 백여 대 맞다가 죽어볼래?"

"아니, 내가 왜 곤장을 맞습니까? 내가 무슨 대죄를 지었다고."

"어허, 점점 가관일세. 세금을 내라면 내야지, 세금을 내지 못하게 마을 사람들 선동한 것은 죄가 아닌가? 이 사람아."

"내가 언제 선동을 했다고 자꾸 그러십니까?"

"지금 하고 있잖아. 세금 못 내겠다고 자네 입으로 말했잖아."

이러면서 서 아전은 육모방망이로 남 서방의 배를 꾹꾹 눌러대었다. 이에 화가 난 남 서방이 손으로 방망이를 내쳤다.

"어럽쇼. 이제 아전에게 반항을 하네. 진짜 곤장 맛을 볼 작정이군."

"서 아전님, 왜 자꾸 이러십니까. 내가 무슨 죄가 있다고 덮어씌우나요? 그만 돌아가시지요."

"이 자식이 이젠 나더러 이래라저래라 명령까지 하네."

서 아전은 순간 머리꼭지가 돌았는지 이렇게 내뱉는 동시에 육모방망이로 남 서방의 머리를 "따악!" 하고 내리쳤다.

"아악~"

남 서방이 비명을 지르면서 머리를 두 손으로 감싸고는 털썩 주저앉았다.

"아이고머니!"

"아이고 사람 죽이네!"

"서 아전이 사람 때려죽이네!"

모여 있던 사람들이 일시에 비명을 질렀다. 하지만 거구이자 강철 같은 남 서방이 그렇게 맞았다고 죽지는 않는다. 그는 곧바로 일어서더니 왕방울 같은 눈을 부라리고 숨을 씨근벌떡 쉬더니 두 손으로 서 아전을 세게 밀쳤다.

"어어어~"

키도 작고 마른 체구의 서 아전은 그대로 석장(三丈: 4.5m)쯤 뒤로 나가떨어지더니 머리를 꽈당 하고 짓찧으면서 "아이쿠!" 소리를 내고 손발을 잠시 버르적거리다가 뻗어버렸다.

"어어~"

"엄마나~"

마을 사람들이 깜짝 놀라면서 서 아전을 쳐다보았는데 웬일인지 일어나질 않고 눈을 감고 있었다.

"아이쿠, 무슨 일 났네, 죽었나?"

몇몇 사람들이 서 아전을 일으켜보았다. 서 아전은 뒤통수에 피를 조금 흘리고 있었는데, 하필이면 뾰족하게 튀어나온 돌에 뒤통수를 정통으로 짓찧어서 뇌진탕으로 죽어버린 것이다.

"숨을 쉬지 않아, 맥도 끊겼어!"

"아이구, 사람이 죽었다."

"서 아전이 죽었어."

이 말에 남 서방과 그의 아내는 크게 놀라서 가까이 다가가보니 서 아전은 정말로 숨을 쉬지 않고 죽어 있었다. 마을 사람들 모두 웅성거리면서 남 서방도 죽게 생겼다고 입을 모았다.

남 서방은 아내를 이끌고 급히 집으로 들어갔다.

"여보, 관아에 끌려가서 곤장을 맞다가 죽거나, 도망치다가 붙잡혀서 죽거나 매한가지요. 피신합시다."

"그래요, 어서 도망쳐요."

마을 사람들이 웅성거릴 때 부부는 빠져나와서 집으로 단걸음에 뛰어갔다. 마침 여섯 살배기 철우가 혼자서 마당에서 놀고 있었다. 이들은 전광석화(電光石火: 극히 짧은 시간 또는 썩 재빠른 동작)같이 행장을 꾸리고 궤짝 깊숙이 숨겨둔 전대를 꺼냈다. 이 돈이 바로 과거시험에 또 낙방을 하게 되면 암암리에 벼슬 한자리를 사려고 전답을 팔아서 만든 돈으로 꽤 큰돈이었다.

아내는 철우를 등에 업고 단단히 동여매고, 남 서방은 피신하면서 써야할 것들을 챙겨서 봇짐을 꾸린 후 등에 지고 말에 실었다. 부부는 각자 말을 타고서 집을 빠져나왔다. 아직까지도 마을 사람들은 큰 마당에서 웅성거리고 있었다.

"안녕히 계시요."

"에엥? 남 서방, 피신하나?"

"이래 죽으나 저래 죽으나 마찬가지요. 도망치다 잡혀 죽는 게 나을 것 같습니다."

"그래, 어디로 가나?"

"아, 사람 많은 한양으로 가야지요. 거기가야 운이 좋으면 살아남겠지요."

"오호, 그런가, 어서 가게."

마을 사람들 모두 배웅을 하다시피 했다.

"그럼, 안녕히 계세요."

부부는 말고삐를 잡아채더니 곧바로 북쪽으로 질주하기 시작했다.

불과 반 시진(1시간)도 안 되어서 포졸 네 명이 말을 타고 나타났다.

"그래 그 년놈들이 어디로 도망쳤소?"

"북쪽으로요, 한양으로 간다고 합디다."

"알았소."

포졸 네 명은 큰칼을 옆에 차고 있었다. 곧바로 말 네 마리가 북쪽으로 폭풍처럼 사라졌다.

03. 도피하는 철우의 부모

한편,

남 서방 부부는 북쪽으로 한 식경(食頃: 약 30분) 질주하다가 급히 멈추고는 서쪽으로 방향으로 틀어서 마을 쪽으로 말머리를 돌려서 한참을 들어가더니 이번에는 다시 남쪽으로 방향을 바꾸었다. 거긴 큰길이 없이 작은 논길, 밭길로 이어졌다. 부부는 그런 길로 가면서 말을 재촉했다.

남 서방은 과거시험 무과에 응시했었기에 전술이나 용병술 등을 남들보다 많이 알고 있었다. 지금은 적의 눈을 속이는 작전으로 기만술(欺瞞術: 남을 속여 넘기는 술책)이었다. 일부러 마을 사람들에게 북쪽인 한양으로 간다고 하고선 북쪽으로 가다가 방향을 바꾸어서 남쪽으로 내려가는 것이다.

도망칠 때의 시간이 대략 미시(오후 1~3시)였는데 이들은 그때부터 남쪽으로 해가 넘어갈 무렵까지 내려갔다. 해가 넘어갈 무렵에 그들은 큰길로 나와서 전력질주하기 시작하였다.

"이럇~, 이럇~"

부부는 살아남기 위해 필사적으로 말을 몰았다.

천안삼거리에 와서 주막집에서 요기를 한 다음 곧바로 말을 몰고는 아산 쪽으로 내려가기 시작하였다. 밤새도록 달려서 어디쯤인지 모르나 좌측으로 꽤 높은 산들이 나타나서 그쪽으로 말을 몰고 갔다. 어느 정도 가니까 더 이상 길이 없어졌다.

"여보, 이쯤해서 말을 버리고 걸어서 산속으로 숨어서 가야 될 것 같소."

"그렇지요. 말을 타고 다니다간 눈에 띄기 십상이요. 이제 걸어서 산속으로 숨어들어가서 살아야 할 것입니다."

그리하여 남 서방은 말에서 내렸다. 말에게 채찍질을 세게 쳤다.

"자 마음대로 아무데나 가서 살아라."

말 두 마리는 "히힝!" 하고 크게 소리를 치고는 제멋대로 달아났다.

이때 남 서방이 챙겨온 물품에는 무예를 수련한 사람답게 창, 활, 긴 칼, 짧은 칼, 옷가지, 작은 솥, 약간의 식량 등이 있었다. 평상시 가끔 산에 가서 사냥을 한 적이 있기에 늘 준비해놓고 있었던 것이다.

여기는 예산(禮山)으로 들어가는 초입으로 동쪽으로 산이 연이어 보이는 곳이었다. 부부는 곧바로 산속으로 들어가서 이동하기 시작하였다. 산속에서 숙식을 해결해가면서 거의 열흘간을 이동하여 청양군의 칠갑산자락의 외진 곳에 왔다.

이때가 辛未년 4월 초순경이었다. 나무를 잘라서 임시로 나무집을 짓고는 세 식구가 생활하기 시작했다. 그런데 그 임시 나무집이 너무 좁고 근처에서 물을 구하기가 쉽지 않아서 며칠 후에 또 옮겨야 했다.

"여보, 여기에서 저 위쪽으로 한 식경(食頃: 약 30분으로 밥 한 끼를 먹을 정도의 시간) 정도 올라가면 펑퍼짐한 땅이 나오고 바로 옆에 작은 계곡도 있고 옹달샘이 있더라구, 거기로 갑시다."

"그래요? 그런 데가 있다니 천만다행입니다. 앞으로 여기서 살아야 할 테니 거기에다 나무집을 여기보다 크게 지읍시다."

"그럽시다."

이리하여 부부는 거처를 위쪽의 산속으로 옮겼다. 거긴 정말로 펑퍼짐한 땅이 있었는데 고목도 없이 잡목만 우거져 있었고, 그 옆으로는 산골짜기 물이 "졸졸졸" 흐르고 있었다.

그들은 거진(거의) 보름에 걸쳐서 방 두 칸에 부엌, 헛간을 만들었다. 온돌방에 쓰는 구들 구하기가 매우 어려웠지만 남 서방이 여기저기 돌아다니면서 하나씩하나씩 등에 업고 날랐다.

깊은 산중이라고 해도 반 시진 남짓 내려가면 작은 마을이 있었고, 거기에서 얼마를 더 가면 큰 마을로 연결되어 있었다. 그 마을에는 논과 밭도 많았다.

맨 먼저 살림에 필요한 여러 가재기물을 사야 했기에 남 서방의 아내가 큰 마을로 내려가서 필요한 가재기물(家財器物: 가재도구)을 사왔다. 남 서방이 가끔 잡아온 사냥감도 아내가 장에 가서 필요한 물품으로 바꾸어왔다. 이밖에도 이들 부부는 살아남기 위해서 근처에 고른 땅이 있으면 밭을 일구어서 감자, 고구마, 수수 등의 작물을 키우기 시작하였다.

여섯 살 먹은 철우는 어안이 벙벙했지만 곧 산속 생활에 익숙해지기 시작하였다. 그러나 한편으로는 같이 놀 동무들이 없어서 매우 심심해 하였다. 동생이라도 있으면 좋으련만 동생도 없다. 아니 어려서 죽었다. 그러니까 철우가 네 살 때 두 살 먹은 남동생이 홍역을 앓고 있었다. 그때 마을에 열이 나는 역병이 돌아서 집안 식구 네 명이 모두 앓았다. 그때 아버지, 어머니, 철우는 기사회생했지만 홍역을 앓고 있던 어린 남동생은 죽고 말았다. 그때 철우의 어머니도 심하게 앓아서 거의 죽다 살아났는데 이후로 아이가 들어서지 않아서 철우는 외톨이가 된 것이다.

여름과 가을, 겨울이 지나고 다음해 봄이 왔다.

철우 어머니는 심심해 하는 철우에게 천자문을 가르치기 시작하였다.

철우 아버지는 근처에 밭이 될 만한 땅들을 찾아서 괭이로 파고 삽질을 해가면서 땅을 일구어 작물을 심기 시작하였다. 생각보다 개간할 땅은 많았다.

04. 사냥꾼으로 살아보자

간간히 철우 아버지는 비탄에 빠져서 어쩔 줄을 몰라 하면서 당장이라도 죽을 듯이 말하곤 하였다.

"내가 무과에 급제하여 말단 벼슬이라도 얻으려고 했는데, 이게 도대체 어떻게 된 일인가. 조상님으로부터 물려받은 전답 팔아가면서 마술, 궁술, 창술, 검술 등을 배우느라고 적지 않은 돈을 써야 했고, 말 두 필 건사하느라 얼마나 힘이 들었던가. 전생에 무슨 죄를 지었기에, 일순간에 운명이 비틀리어 살인자가 되고 도망자 신세가 되다니⋯⋯. 참으로 안타깝다."

이럴 때마다 아내가 위로하긴 했지만 아내 역시 똑같은 신세였다. 그래서 둘은 하염없이 눈물을 흘려야 했다. 그런데 생각해 보면 참으로 기이한 사건이었다. 서 아전은 처음부터 남 서방 내외를 아주 못마땅하게 여기고 있었다. 체구도 커서 위압감을 주는 데다가 내외간에 말을 타고 다니는 것이 눈꼴시었기 때문이다. 그래서 트집을 잡을 기회만을 노리고 있었다. 그러다가 이번에 세금 때문에 격론(激論: 몹시 세차고 사나운 논쟁)이 벌

어지자, 그동안 만만하게 보아왔던 남 서방에게 육모방망이로
몸을 꾹꾹 찌르고 마침내 머리통을 한대 갈겨버린 것이다. 그
러자 이에 남 서방이 더 이상 분을 참지 못하고 세게 밀친 것이
그만, 서 아전의 뒤통수를 뾰족한 돌에 부딪히게 하여 즉사시
켰던 것이다. 참으로 이해할 수 없는 일이 순식간에 이루어진
것이다.

　이제 남 서방은 전답도 모두 포기한 채 도망자 신세가 되었
다. 그가 수중에 가진 돈이라곤 혹시나 싶어 벼슬 한 자리를 사
려고 모아둔 돈 뿐이었다. 사실 그 돈도 적은 돈은 아니었다.
그렇다고 그 돈을 솔랑솔랑 쓰다가는 종국에는 거지꼴을 면치
못할 것이다. 살아남기 위해선 농작물을 재배하고, 사냥을 해
서 조금이라도 살림에 보태야 했다.

　어찌되었든 남 서방 가족은 그럭저럭 하루하루를 보내고 있
었다. 일 년도 안 되어서 아래 마을 사람들 몇몇을 알게 되었
고, 어떤 젊은이들은 올라와서 사냥에 대하여 묻기도 하였다.
한번은 청년들 세 명이 와서 멧돼지 사냥을 함께 가자고 자꾸
졸라대어서 남 서방은 할 수 없이 이에 동의했다.

　며칠 후에 이 청년들 세 명과 함께 사냥에 나갔는데 동네 청
년들은 사냥에 도움을 주기는커녕 훼방이 될 지경이었다. 청년
들은 사냥도구도 제대로 갖추지 않고 낫하고 칼만 가져왔다.

남 서방은 기가 찼으나 이제 와서 안 된다고 할 수도 없어서 혼자 가는 셈 치고 사냥에 나섰다. 이 세 청년은 주변을 관찰해가면서 멧돼지 발자국이나 똥을 찾아야 하는데 그저 건성으로 따라다니기만 하였다. 남 서방은 화가 조금 났으나 그냥 참으면서 두리번거리기도 하고 귀를 쫑긋 세우고 소리를 듣기도 하였다. 그렇게 허탕을 치고 있는데 점심때가 되었다.

그런데 운 좋게도 점심으로 주먹밥을 먹고 나서 잠시 쉬려는데, 근처에서 "꿀, 꿀"하는 소리가 났다.
"멧돼지다. 멧돼지. 조용히들 해요."
"……."
"지금부터 일체 발자국 소리도 내지 말고 내가 시키는 대로 해야 합니다."
"예."
남 서방은 세 명의 청년들에게 저쪽 편으로 돌아가서 멧돼지를 이쪽으로 몰라고 지시를 했다. 남 서방은 짧은 창(6尺: 180cm)을 꼬나들었다. 창을 던짐과 동시에 옆에 찬 칼을 빼낼 참이었다. 남 서방의 사냥용 칼은 칼날이 1척 반(45cm) 정도에다가 끝이 양쪽으로 날이 서있어서 찌르기에 좋게 생긴 칼이었다. 원래 이런 칼은 시중에서는 판매하지는 않는데 남 서방이 사냥을 하면서 고안한 것으로 대장간에 직접 주문해 만든 칼이었다.

즉, 찌르기, 베기가 아주 쉬운 칼로 날이 시퍼렇게 서있었다.

잠시 후,

남 서방이 휘파람 소리를 내니 세 명이 발자국 소리를 내면서 멧돼지를 몰아왔다. 이때 큰소리가 나면 멧돼지는 놀라서 뒤도 돌아보지 않고 맹렬한 속도로 도망치고 만다. 아무튼 사람 소리가 나니까 멧돼지가 슬금슬금 남 서방 쪽으로 다가오기 시작하였다. 드디어 십여 걸음 앞까지 왔을 때 남 서방이 급히 나서면서 창을 던졌다.

정확히 멧돼지의 옆 가슴에 맞았다.

"꿰엑~"

멧돼지가 비명을 지르면서 내닫자 남 서방을 그 틈을 주지 않고 칼을 빼어들고는 멧돼지의 목을 찔렀다. 멧돼지는 또 한 번 "꿰엑~" 소리를 내면서 몇 발짝 못 가서 쓰러지고야 말았다. 족히 150근(1斤은 600g, 90kg)은 나가는 놈으로 몸집이 큰 개보다 훨씬 더 컸다.

세 명의 청년들이 다가와서 환호성을 치고 남 서방을 치켜세웠다.

"아이구, 형님, 조선에서 최고 가는 사냥꾼이십니다."

"대단하십니다. 단번에 명중시키다니"

그들은 난생 처음 잡아보는 멧돼지 사냥에 너무너무 기뻐하였다. 칡넝쿨을 끊어서 돼지 발목을 묶고, 기다란 장대 같은 나무를 잘라서 돼지 발목을 걸었다. 150근짜리 멧돼지를 이렇게 해서 둘이서 메고 산에서 내려오는 것은 매우 힘들어서 둘이서 교대를 하면서 간신히 남 서방 집으로 왔다.

"형님, 여기까지도 간신히 왔는데 어떻게 마을까지 내려가지요."

"글쎄, 내가 내려갔다 와야 하나? 둘이서 교대하려면 넷이 있어야 하니까."

"아이구, 아닙니다. 형님. 형님이 다 잡은 거나 마찬가지인데 여기서 해체해서 저희가 반만 가지고 가겠습니다."

청년 중 한 명이 이런 제안을 했더니 다른 청년들도 이구동성으로 그렇게 해야 한다고 말했다. 무거워서 마을까지 통째로 가지고 갈 수도 없고, 여기 형님이 잡은 거나 마찬가지이나 반이라도 주시면 고맙겠다고 거듭 말했다.

"정, 그렇다면 내 몫으로 뒷다리 한 쪽만 차지하려네."

"아이참, 아닙니다. 저희들이야말로 다리 한 쪽만 있어도 됩니다."

"허허허, 아니라니까, 아무튼 그리 알고, 가져가기 쉽게 여기에서 해체해서 나누면 좀 수월할 거야."

"예, 예, 그렇게 하시지요."

이렇게 타협이 되어서 남 서방과 청년들 세 명이 달라붙어서 멧돼지 한 마리를 순식간에 덩어리로 잘라냈다. 남 서방이 제안한 대로 남 서방은 뒷다리 하나만 차지하고 나머지 부분은 끈으로 묶어서 세 등분하여 각기 메고서 내려가기로 하였다.

세 청년들이 삼사십 걸음 내려갔을 무렵이었다. 남 서방은 토방(土房: 방에 들어가는 문 앞에 좀 높이 편평하게 다진 흙바닥)에 앉아서 잠시 숨을 돌리고 있었는데, 내려가던 청년 중 한 명이 헐레벌떡 뛰어서 다시 올라왔다.

"형님! 형님!"

"어엉? 왜 그래? 무슨 일 났어?"

"아닙니다. 형님도 같이 내려가시지요."

"아니 왜? 힘든데 집에서 쉬려네."

"아닙니다. 지금 내려가서 아예 동네잔치를 할려구요. 멧돼지 고기가 많아서 저희 세 명이 다 먹을 수도 없고 그래서 마을 사람들 다 부르려고 합니다. 술은 집집마다 담아놓은 것이 있을 테니 걱정 안해도 됩니다. 같이 내려가시지요."

남 서방은 참으로 난처하였다. 여기에 온 지 일 년이 조금 넘었지만 아직도 동네 사람들과 제대로 만나본 적이 없었기 때문이다. 도망자 신세이기에 사람들 앞에 나타나지 않았던 것이다. 청년이 자꾸 팔을 이끌면서 가자고 하니까 남 서방의 아내가 "무슨 일 있겠어요? 어차피 동네 사람들과 친분이 있어야 여기서 삽니다." 이렇게 귓속말을 하였다.

이렇게 해서 남 서방이 따라 나서는데 한 덩어리 고기를 남 서방이 메도록 하고 그 청년은 쏜살같이 뛰어 내려갔다. 먼저 가서 동네잔치 준비를 시킨다는 것이다.

"아이구, 어서 오시게"
"멧돼지 잡은 사냥꾼이 오셨다."
마을의 큰 마당에 솥을 몇 개 걸고는 불을 지피고 있었고, 나이 많은 남자 어른들이 열서너 명이 나와서 남 서방을 맞이하였다. 모두 남 서방을 극찬하였다. 남 서방은 마치 전쟁에서 이긴 개선장군처럼 환대를 받았다. 사람들에게 둘러싸여서 이런저런 이야기를 하긴 했지만, 남 서방은 마치 바늘방석에 앉아있는 것 같아서 불안하기만 했다.
'혹시 저들이 나를 알아보지는 못하겠지. 아내 말로는 무슨 일이 있겠냐고 했는데.'

"남 서방, 어쩌다가 여기 깊은 산골로 오시게 되었나?"
마을의 원로격인 수염이 허연 노인이 물었다.
"아, 예. 가세가 기울어서 여기저기 떠돌아다니면서 사냥을 하고 겨우 연명하고 있습니다."

"어허, 그런가."

당시에 양반들도 몰락하여 신분을 숨기고 험하게 사는 사람들이 더러 있었기에 그 원로는 나름대로 이해하였다.

"거기에서 지내기도 용이치 않을 터인데."

"아닙니다. 사냥감은 많지 않아도 산 등판에 펑퍼짐한 땅이 조금 있어서 거길 개간하여 작물을 조금 심었습니다. 세 식구니까 굶지는 않겠습니다."

"어허, 그러면 생계는 되겠네만 그래도 외따로 떨어져 있으니 어려움이 많을 게야. 거기서 지내보다가 기회가 되면 여기로 내려와서 생활하시게."

"예, 예, 그렇게 하도록 하겠습니다."

그 외에도 여러 사람들이 여러 내용으로 질문을 해대어서 남서방은 말대답을 하느라고 정신이 혼미할 지경이었다. 혹시나 말실수를 할까봐서 매우 조심스러웠다.

잠시 후,

음식이 다 되었는지 마당에 큰 멍석을 여러 장 깔고 잔칫상에 쓰이는 큰상이 여러 개 준비되었다. 처음엔 주로 노인장들로만 열서너 명이었던 것이 어느새 남녀노소 삼십 여명이 모여서 그야말로 잔칫집을 방불케 하였다. 이때가 마침 석반을 먹을 시간이어서 그런지 사람들은 한두 명씩 더 모여들고 있었다.

남 서방은 아까 멧돼지를 같이 잡았던 세 명의 청년과 다른 원로들과 자리를 함께 하였다. 뜨거운 돼지고기찌개가 올려져 왔고, 탁주와 함께 김치, 새우젓, 밥도 내왔다.

"여기 칠갑산에 멧돼지가 사는 것은 알지만 멧돼지 고기는 처음이네."

"고마워요, 남 서방."

"아이야~ 진짜 맛있다."

여기저기에서 쫄깃거리는 멧돼지찌개를 먹어보고는 감탄해 마지않았다. 이러니 남 서방은 또 한 번 개선장군처럼 대우를 받게 되었다.

탁주 한 잔을 쭈욱 들이켜니 온몸에 열기가 돌았다. 여기로 온 지가 일 년 남짓 되었는데 그동안 술 한 잔을 못 먹어보다가 술 한 잔이 들어가니 온몸이 후끈거리기 시작하였던 것이다. 아무튼 남 서방은 실수를 하지 않으려고 최대한 자중을 하면서 웃어른한테 공손하게 대하고 아랫사람격인 청년들이 묻는 말에도 말대답을 잘해 주었다

주로 사냥에 관한 이야기였는데, 청년들은 사냥의 무서움을 모르는 채 쉽게 사냥을 하는 줄 알고 있었다.

"깊은 산속에 들어가면 무서워요. 그런데는 혼자서는 절대로

못 갑니다. 여러 명이 가도 위험해요."

"호랑이가 있나요?"

"그럼요. 호랑이, 곰, 늑대가 무섭지요."

"사람 보면 막 달려드나요? 잡아먹으려고."

"막 달려들지는 않더라고요. 호랑이를 멀찍이서 만난 적이 있는데 가만히 쳐다보다가 그냥 발길을 돌리더구먼요. 그때 오금이 저려서 꼼짝을 못했었지요."

"하하하, 그랬겠네요. 나 같으면 오줌을 지렸겠네요."

이런 저런 대화를 나누며 모두가 매우 흥겨워하였다. 마을 사람들은 우리 마을에 큰 장군이라도 온 것처럼 자랑스러워했다. 아무튼 그날 남 서방은 돼지고기찌개에 술과 밥을 배불리 먹고 해가 지고 달이 떴을 때에 작별인사를 하고 집으로 올라왔다. 집에서는 아내가 또 돼지고기찌개를 만들어서 기다리고 있었다.

"아이고, 난 저 아래 마을에 가서 배터지게 먹고 왔어요, 어서 임자하고 철우하고 먹어요."

"그래요? 호호호, 대우는 잘 해줍디까?"

"아 그냥 개선장군처럼 환대하더라고, 내가 민망해서 죽을 뻔했네. 하하하."

"옴마나, 그랬어요? 잘 되었네요. 언젠가는 통성명하고 지내야할 사람들인데. 지금도 너무 늦었어요. 앞으로도 별일 없을 테니 기 펴고 살아요. 여보."

"그래야지, 현명한 아내 덕분에 별 탈 없을 거야."

"호호호, 그래요. 호호호."

보름쯤 후,

"철우 아부지!, 철우 아부지!"

남 서방이 혼자서 개간하느라고 괭이질과 삽질을 하고 있는데, 저 아래편에서 아내가 숨이 넘어갈 듯 뛰어오고 있었다.

"아이구, 무슨 큰일이 났네 보네."

남 서방도 너무 놀라서 삽을 내팽개치고 아내를 향하여 뛰어 내려갔다.

"여보, 무슨 큰일 났소?"

"큰일이라면 큰일입니다. 이를 어째."

"아니, 무슨 일인데 그래요."

"관아에서 아전이 와서 호구조사(戶口調査: 호수(戶數)와 인구를 조사함)를 한다고 합니다."

"뭣이라고? 아이구 이를 어쩌나, 도망칠 수도 없고."

"잡으러 온 것 같지 않으니 빨리 모셔오라고 합디다. 지금 우리 집에서 기다리고 있어요."

"에엥? 행색이 잡으러 온 것 같지 않다고, 그래도 호구조사 해서 이름이 올라가면 다 들통 날 텐데. 전국으로 수배령이 떨어졌을 거요."

"에구머니, 이를 어쩌나. 지금 당장 어디로 피신할 수도 없으니 일단 내려가 봅시다."

"그럴 수밖에 없네. 아이구."

남 서방과 아내는 사설을 늘어놓으면서 울음소리를 내었다.

"안녕하시오? 나으리."

남 서방은 허리를 낫처럼 구부리면서 인사를 하고는 죄인처럼 머리를 조아렸다.

"허허, 어려워할 것 없소, 듣자하니 작년쯤부터 여기에 와서 살고 있다는 소문을 듣고 호구조사 하러 나왔소이다."

"아, 예, 식구는 셋입니다. 저와 아내, 아들이 하나 있습지요."

"으음, 그런데 어쩌다가 이렇게 험한 산골에서 살게 되었나?"

"가세가 폭삭 망하여 걸인이 되다시피 했습니다. 그런데 도저히 걸인 생활을 할 수가 없어서 깊은 산골에 들어와서 사냥도 하고 초근목피로 반 짐승 같은 생활을 하고 있습니다."

"흐흠, 그럴 것 같군그래. 호구조사를 해서 호적에 올리면 세금도 내야 하는데."

"아이고, 나으리 살려주십시오. 이렇게 사느라 목에 거미줄

치는 것을 겨우 면하고 있는데 세금 낼 형편이 못됩니다. 후에 형편이 피면 세금을 내도록 하겠습니다. 살려주십시오."

남 서방은 세금보다는 호구조사를 해서 이름이 올라가서 혹시 체포되지나 않을까 하는 염려 때문에 안절부절 못하였다. 곁에 있던 아내 역시 "살려주세요. 지금 굶어죽지 않는 것만도 다행입니다." 이렇게 애원을 하고 철우는 제 어미의 치마를 붙잡고는 울먹울먹하고 있었다.

아전이 보기에도 딱해 보이긴 했다. 엉성하게 나무로 지은 나무집에다가 이런 깊은 산골에서 무얼 찾아먹고 사는지 걱정스러웠다.

마침내 부부는 무릎을 꿇고 애원을 하기 시작하였다. 호구조사를 해서 세금을 내게 되면 식구들 다 죽게 된다고, 지금도 먹을 식량도 없어서 초근목피로 겨우 연명하고 있다면서 정말로 남이 보기에도 눈물이 나올 정도이고 비굴할 정도로 애원을 했다.

'흐흐흠, 이를 어쩌나. 보기에도 딱하구먼.'

아전은 조금이나마 측은지심이 생겼는지 고개를 돌리면서 몇 걸음 걸어가서 토방에 걸터앉았다.

"나으리, 한번만 눈감아 주십시오. 호구조사만 안하면 저희들의 목숨은 붙어있게 됩니다."

이렇게 눈물 나게 애원을 하니까 드디어 아전도 마음을 돌리는 모양이었다.

"남 서방, 남 서방이라고 그러던데 맞나?"

"예, 남 서방입니다."

"사냥을 잘해서 지난번에 멧돼지를 잡아서 마을 잔치를 했다고 하드만 맞소?"

"예, 맞습니다. 마을 청년들 세 명이 올라와서 멧돼지 사냥을 나가자고 채근(採根)을 해서 사냥을 나갔는데 운 좋게도 백오십 근짜리 멧돼지를 잡았지요."

"어험, 백오십 근짜리면 큰놈일세 그려."

"그렇지요. 아주 다 큰놈입니다. 멧돼지는 집돼지하고 달라서 살이 많이 오르지 않더군요. 보통 백 근 남짓 합니다."

"허험, 그럴게요. 그런데 멧돼지가 온갖 약초를 뜯어먹고 산삼도 캐먹는다는데 사실이요?"

"예, 그렇습니다. 산에 돌아다녀보면 멧돼지가 약초나 산삼을 주둥이로 파서 캐먹은 흔적이 더러 발견됩니다. 영악하고 신통한 놈이죠."

어쩌다 보니 호구조사가 엉뚱하게 멧돼지 사냥 쪽으로 흘러가고 있었는데 이는 아전이 일부러 유도한 것이다. 하지만 남 서방은 그런 사실을 모르고 묻는 대로 답변을 할 수밖에 없었다.

"남 서방, 그러면 내가 하나 제안을 함세."

"예, 예. 어서 말씀하세요."

"내가 호구조사를 안 하는 대신에 나에게 일 년에 한 마리씩 멧돼지를 잡아다 줄 수 있겠나? 백 근 넘는 놈으로."

"예에? 하이구 감사합니다. 잡아 드리겠습니다. 초겨울에 잡기 쉬우니까 그때쯤 잡아다 올리겠습니다."

"허허험, 그러면 내가 남 서방을 도우는 격이 되네. 가혹한 세금을 낼 수 있는 형편이 안 되니 멧돼지 한 마리를 잡는 것이 손쉽지, 안 그런가?"

"아무렴요. 나으리, 이번 초겨울에 꼭 한 마리 잡아서 은혜에 보답하겠습니다."

"허허허, 무슨 은혜야. 은혜는, 조금 편리를 봐준 것뿐이지. 호구조사해서 호적에 올라가면 나도 어쩔 수 없으니까, 남모르게 눈감아 주는 것뿐이라고, 그리고 남들에게 이런 얘기를 해선 절대로 안 되네."

"아이구, 여부가 있겠습니까."

"감사합니다. 나으리, 저희들 목숨을 구해준 거나 다름없습니다."

아내 역시 고마워서 어쩔 줄을 몰라 했다.

"그럼 그런 줄 알고 이만 내려가겠네."

"나으리 잠깐만요."

철우 아버지가 막 내려가려는 아전을 세웠다.

"왜? 뭔가?"

"어제 올가미로 잡아놓은 토끼 한 마리가 있는데 가져가실 랍
니까? 토끼탕 끓여먹으면 맛이 일품입니다."

"허허, 주면이야 고맙지. 산토끼 고기 맛이 일품이더구만."

"잠깐만 기다리세요."

철우 아버지는 광으로 뛰어 들어가서 잿빛 나는 산토끼 한 마
리를 작은 망태기에 담아서 들고 왔다.

"어제 저녁때 잡은 거라 아직 싱싱합니다. 집에 가서 바로 가
죽 벗기고 요리하시면 됩니다."

"허허허, 고맙네, 고마워."

아전은 정말로 고마운지 입이 귀에 걸리도록 싱글벙글거리면
서 내려갔다.

남 서방과 아내는 아전의 뒷모습을 보면서 한숨을 내쉬었다.

"잘 되었어요. 죽지 않고 살 모양이네요."

아내가 위로의 말을 했다. 남 서방은 얼마나 긴장을 했는지
온몸이 땀으로 후줄근했다.

"그러게. 여기에서 살게 될 모양이네. 희유 참."

여기에 살고 있는 한 언젠가는 호구조사를 받겠지만, 이번에

는 지난번에 마을에서 멧돼지 잔치를 하는 통에 동네방네 소문이 난 것이다. 달리 생각해보면 잘된 일이다. 정식으로 호구조사를 면하는 대신에 멧돼지 한 마리를 상납하는 것이 훨씬 유리했기 때문이다.

이후로는 별다른 일 없이 춘하추동이 지나갔다. 철우는 열두 살이 되니까 여기 산골생활에 만족치 못하고 툭하면 아랫마을에 가서 동무들과 놀다가 오곤 하였다. 하지만 어머니 아버지는 이를 말릴 수는 없었다. 그저 조심하라고 하고 좋은 친구 사귀라고 말할 뿐이었다. 한문 공부는 어머니 아버지가 교대로 꾸준히 시켜서 천자문, 동몽선습, 계몽편을 떼고 삼국통감(삼국지)을 배우고 있었는데 그 내용이 퍽 재미있었는지 제 혼자 스스로 예습 복습을 하는 격이었다.

철우가 열네 살이 되면서부터 몸이 부쩍부쩍 크기 시작하여 어깨도 넓어지고 키도 커지기 시작하였다. 철우 어머니는 아버지를 닮아서 황소같이 커질 모양이라면서 대견스러워 하였다. 그때도 여전히 아랫마을에 가서 놀다 들어온 철우가 하루는 동네 어른들이 말씀하시길 철우가 품삯일을 하면 어른의 반(半)몫을 쳐준다고 하여 앞으로는 그런 일이 있으면 간다고 하였다. 체구가 커지고 힘도 있으니까 어른 품삯의 반을 준다고 한 모양이었다. 이때도 역시 부모는 반대할 수가 없었다. 언젠가 철우는 마을에 가서 살아야 했고, 여러 사람들과 어울려서 사회생활을 하는 것을 알아야 하기 때문이었다.

철우가 열다섯 살이 되자 이제 어엿한 장정의 모습으로 바뀌었다. 턱수염도 조금씩 나기 시작하고 목소리도 어른스러워졌으며 덩치도 점점 커져서 작은 몸의 어른들보다도 훨씬 컸다. 이때부터 품삯을 어른 몫으로 받기 시작하였다. 이러니 철우는 집만 산속에 있지 몸과 마음은 늘 아랫마을이나 큰 마을에 있다시피 하였다. 마을 사람들도 모두 사냥꾼의 아들이라고 잘 알고 있었다.

05. 씨름대회

철우가 열여섯 살이 되었다.

단오 날 씨름대회가 있었는데 철우도 거기 가서 구경을 하고 있었다. 씨름대회가 해마다 있었다는데 그동안 별 신경도 쓰지 않다가 이번에 처음으로 구경을 하게 된 것이다. 철우보다 몸집이 큰 장정들이 각가지 기술을 써가면서 상대편 선수를 넘어트리는데 많은 사람들이 환호성을 치고 있었다. 철우는 온몸이 짜릿거리면서 왠지 모를 흥분에 싸이게 되어 저절로 환호성이 터져 나왔다.

그날 장원은 타동네의 젊은 장정이었는데 상품으로 황소를 한 마리 받았다. 황소 한 마리면 굉장한 상품이었다. 모두를 입을 크게 벌리고 "야아~" 하고 감탄을 했다. 그렇게 구경을 하고 동무들과 잡담을 하면서 몇 걸음 옮겼을 때였다.

갑자기 앞에서 곰같이 덩치가 큰 청년이 나타났다.

"너, 철우지. 사냥꾼 아들."

"예, 누구신데요."

"으응, 그건 조금 있다 알려주마. 너 씨름 배워볼래?"

"예에? 씨름요? 배우고 싶어요."

이러니 옆에 있던 네댓 명의 동무들이 한결같이 힘이 세다, 동작이 빠르다는 등으로 치켜세웠다.

"하하, 그럴 줄 알았다. 나 재작년에 씨름 장원을 한 김진수라고 한다. 내가 씨름을 가르쳐 줄 테니 배워볼 테냐?"

"예, 배우고 싶어요. 그런데 쉽지 않을 것 같아요. 배우는 데 시간도 많이 들어갈 것 같고."

"으음, 그렇지, 하지만 배우는 데는 요령이 있어야 된다. 힘을 써도 요령껏 써야 이기는 거야. 매일 할 수는 없고 적어도 열흘에 세 번 정도는 배워야 한다. 지금부터 열심히 배우면 내년 이맘때인 단오 씨름판에 나올 수 있을 게야."

"아이구, 감사합니다, 형님."

이렇게 해서 철우는 생각지도 않게 씨름을 배우게 되었다. 정말로 행운이었다.

게다가 가르치는 비용도 없이 무료라고 하였으니 이보다 더 좋은 일이 어디 있을까.

집에 돌아온 철우는 부모님께 이런 일을 소상히 말씀드렸다.

"어허, 그거 참 잘되었다. 나도 젊어서 씨름을 조금 배우다 말았지."

"예에? 그러셨어요? 아버지가 씨름했다면 장원을 했을 텐데요."

"암만, 그랬겠지. 그런데 난 과거 무과 준비 때문에 씨름보다는 마술, 창술, 검술, 궁술 등을 배워야 했다."

"아하, 그러셨군요. 그럼 과거시험에 응시는 하셨어요?"

"했다, 두 번이나 낙방을 해서 그렇지. 에유 참. 그때부터 뭐가 꼬인 거야."

"아이참, 안타깝네요."

철우는 이제 머리가 커서 이것저것 물었지만 어머니와 아버지는 적당히 둘러대거나 회피해야 했다. 다만 씨름을 열심히 하면 꼭 장원이 아니더라도 좋은 일이 있을 것이라고 말해주었다.

"좋은 일이 어떤 건데요?"

"왜? 지금 알고 싶어?"

"예, 말씀하세요."

"하하하. 좋은 일이라는 건 네가 몸이 좋고 힘도 좋다는 것이 여러 사람들에게 알려지면 잘 사는 집안에서 중매가 들어올 수도 있지. 하하하."

"하하하, 그 말씀이었어요?"

"그렇단다. 아버지의 말씀이 맞아, 사윗감 고를 때 신체 건강하고 체격 큰 사람을 좋아한단다."

어머니도 거들었다. 이렇게 하여 철우는 그때부터 씨름을 배우기 시작하였고, 품삯일이 있으면 그것도 했다.

06. 사냥하러 가자

그해 가을쯤이었다.

"이제 사냥을 나갈 때가 되었네, 올봄에 낳은 사슴이나 고라니 새끼들이 지금쯤이면 꽤 컸을 거야. 어미는 잡기 어려워도 새끼는 잡기가 좀 수월하지."

"그렇지요. 불쌍하긴 하지만 우리도 먹고 살기 위해선 어쩔 수 없네요."

"그래, 어쩔 수 없어. 우리 인간들만 사냥하나? 호랑이, 늑대들은 밤낮으로 짐승 잡아먹는데, 그게 자연의 섭리야."

"언제 가시게요?"

"내일 나가려고, 생각난 김에 산속을 한번 뒤져봐야지."

"또 혼자 가시나요?"

"그럼 혼자지, 누구 갈 사람 있어?"

"나랑 가지요."

"으흥, 그럴까?"

전에도 둘이서 사냥을 간 적이 더러 있었기에 남 서방은 수락을 했다. 아내가 사냥을 따라다니어서 아예 아내 몫으로 사냥 도구를 한 벌 다 장만했다.

아내 몫의 단창은 남 서방 것보다 한 자가 짧은 다섯 자 (150cm)짜리였고, 칼날 끝이 양날로 되어서 찌르기 좋은 사냥용 칼, 각반(脚絆: 걸음을 걸을 때 발목 부분을 가뜬하게 하기 위하여 발목에서 부터 무릎 아래까지 돌려 감거나 싸는 띠, 스패츠 (spats))에 찰 수 있는 짧은 칼 두 자루이다. 이외에도 망태기, 가죽 신발(장화 비슷), 모자 등을 마련했던 것이다. 남 서방은 활은 가지고 다니지 않았다. 왜냐하면 외형이 너무 커서 나무가 우거진 산속을 헤집고 다니기가 매우 불편했기 때문이다.

"철우도 데려갈까요?"

"철우? 내일 마을에 내려가지 않으려나?"

"그럼 이따가 철우 오면 물어보지요."

"응, 그런데 철우 몫의 사냥도구는 없는데."

"제 것을 가지고 가면 되지요. 그냥 나들이 삼아서 갑시다. 이번 기회에 사냥기술도 가르쳐주고,"

"그러지."

남 서방은 철우를 데리고도 여러 차례 사냥을 나가긴 했지만 이번처럼 세 식구가 모두 사냥 나가기는 처음이었다.

"점심이나 간식으로 주먹밥을 준비할까요?"

"주먹밥? 조금만 준비해봐, 간식으로 먹게."

"그럼 점심은요?"

"솥단지 없이 밥하는 비법으로 밥을 할 거야."

"옴마나, 그런 게 있어요. 처음 듣네요."

"하하하, 당신이랑 갈 때는 그럴 필요가 없었으니까 그냥 주먹밥을 가지고 다녔잖아. 이번엔 철우가 동행하니까 솥 없이 밥하는 비법을 가르치려고."

"호호호, 그런게 있어요? 진짜 기대되네요."

그날 저녁, 철우가 밥을 먹을 때쯤 올라왔다.

"철우야, 내일 우리 세 식구가 사냥을 나가려고 하는데 내일 뭐하니?"

"아이구야. 내일 박첨지네 밭일 도와주기로 했어요. 모레 가면 안 되나요?"

"모레? 상관없어, 안 그래? 여보."

"저도 상관없어요. 그럼 모레 같이 가도록 하지요."

"어엉, 그러지, 철우야 그럼 모레 사냥 가자. 그냥 나들이 기분으로 가는 거야. 사냥 기술도 배우고, 잘하면 노루나 사슴새끼 한마리라도 잡을 테고, 운 좋으면 멧돼지 잡는 거다."

"예, 좋아요."

세상의 모든 남자들이 그렇듯 철우도 사냥을 아주 좋아하였다. 그런데 남 서방이 사냥꾼이라고 해서, 매번 뭘 잡아오는 것은 아니었다. 세상에 날 잡아가슈 하고 기다리는 짐승은 단 한 마리도 없기 때문이다. 일 년에 멧돼지 너덧 마리. 노루나 고라니 두세 마리, 여우 두세 마리 정도 잡으면 많이 잡은 셈이다. 토끼는 많이 잡아서 적어도 일 년에 열 마리 이상을 잡는다. 가을철에 올가미로 꿩을 잡기도 한다.

이중에 토끼와 여우는 창이나 칼로 잡는 것이 아니라 올가미로 잡는다. 특히 여우는 털가죽이 매우 비싸서 손상 없이 잡아야 하기 때문에 올가미를 잘 놓아야 한다. 여우는 몸통보다도 기다란 꼬리털이 매우 부드럽고 따뜻해서 돈 많은 부잣집 마나님들이 겨울에 목도리로 애용하므로 가격이 비싸다. 토끼 털가죽도 매우 요긴하다. 겨울 방한복, 가죽털신발 등을 만들 수 있기 때문이다. 이렇게 잡은 사냥감은 집에서 남 서방과 아내가 털가죽을 벗기고 살을 발라내어 말려서 육포로 만들어 먹기도 하고, 때로는 장에 가서 팔기도 하였다. 큰 동네에 배 서방이라는 봇짐장수 있는데 이 사람이 여기저기 돌아다니면서 무슨 짐승이 필요하니 잡으면 연락 주라고 하여 때로는 사냥감을 배 서방에게 돈을 받고 넘기기도 하였다.

아무튼 일 년에 잡는 사냥감은 그리 많지 않았지만 가격이 대체로 비싸게 형성되어 있어서 남 서방 식구들은 그럭저럭 먹고 살 만하였다.

07. 수건으로 밥 짓기

이틀 후,

남 서방 가족들은 다소 들뜬 분위기에 조반을 먹고는 산에 올라갔다. 남 서방은 든든한 지원군을 얻은 셈이어서 전에 잘 가지 않던 깊은 산속 골짜기 쪽으로 방향을 잡았다.

"철우야, 사냥을 하려면 짐승들이 어디어디로 다니는지를 알아야 한다. 발자국이나 똥이 있나 잘 살펴보고 걸을 때는 말하지 말고 발자국소리도 잘 나지 않게 조심스럽게 다녀야 한다. 만약 짐승이 있는 기척이 보이면 즉시 몸을 구부려서 낮은 자세를 취하고 아주 조금씩 다가간다."

"예, 전에도 말씀하시었지요."

"그랬지. 그리고 무서운 동물, 가령 호랑이나 곰, 늑대를 만났을 경우엔 눈을 마주치면 안 된다. 고개를 숙이고서 가만히 있으면 되는데 멀찍이 있다면 대개가 사람을 피한다. 만약 그런 짐승들이 다가오는 듯하면 얼른 창을 머리 위로 높게 들고 흔들어라. 그러면 짐승들은 그 창 있는 곳까지 사람인 줄 알고 자기보다 몸체가 훨씬 크면 꼬리를 내리고 슬금슬금 꽁무니를 빼게 된다."

"아하, 그렇군요. 하하하, 짐승들이 아주 단순하네요."

"아무렴 사람보다야 못하지. 왜 스님들이 아주 큰 지팡이 가지고 다니는 줄 알아?"

"그것도 짐승들 접근하지 못하게 하는 거군요."

"그렇단다. 스님들의 커다란 나무 지팡이 위에는 커다란 쇠문고리가 두 개나 달려있어. 산속으로 들어갈 때는 일부러 "쩔렁, 쩔렁~" 하고 소리를 낸단다. 왜냐하면 모든 짐승들은 이런 쇳소리를 아주 싫어해서 아주 멀리 도망치거든."

"정말 그런 모양이네요 깊은 산속으로 다니는 스님이 짐승들에게 물렸다는 소리는 못 들었어요."

"그렇단다."

남 서방 아내도 옆에서 잠자코 듣고 있었다. 사실 남 서방 아내는 이런 얘기를 수십 번도 더 들었던 터라 잠자코 있었던 것이다.

세 식구는 작은 소리로 도란거리면서 짐승 발자국을 찾고 똥을 찾았으나 널려있는 것은 모두 토끼똥뿐이었다. 간혹 고라니 똥을 발견하긴 했지만 바싹 말라서 이 근처에 고라니가 있다고 확신할 수 없었다. 그렇게 한참을 돌아다니다가 정오쯤 되었는지 시장기가 들었다.

"배고프네요. 엄니."

철우가 어머니에게 말했다.

"나도 배고프다. 아버지가 솥단지 없이도 밥을 할 수 있다고 했는데 한번 보자."

"으음, 그럼 밥이나 해 먹을까, 우리 셋이 앉을 만한 자리를 찾아보자구."

"예."

잠시 후 솔가리가 깔린 펑퍼짐한 땅을 찾아서 셋은 거기로 갔다.

"잘 되었다. 저 쪽에 골짜기 물도 흐르니 아주 좋아."

남 서방은 이러면서 몇 가지 일을 분담시키었다.

철우에게는 폭이 한 뼘 남짓, 깊이가 두 뼘 남짓하게 구덩이를 파라고 했고, 아내에게는 주먹만 한 돌들을 주워오라고 했다. 그리고 남 서방은 주위를 돌아다니면서 죽어서 떨어진 바싹 마른 나뭇가지들을 주워 모았다.

잠시 후,

구덩이도 다 팠고, 주먹만 한 돌들도 많이 모아왔다. 나뭇가지들도 많이 주워왔다.

"솥단지 없이 밥을 하는 원리는 이 돌을 불에 달구어서 이 구덩이 안에 넣고 씻어온 쌀을 목수건(木手巾: 무명으로 만든 수건)

으로 감싸서 여기다 넣은 다음 흙으로 덮는 거야. 그러면 뜨거운 돌의 열기로 밥이 지어진다. 아마 한 식경(30여분)이면 밥이 될 거다.”

“예에? 정말 그래요?”

“어머나, 이 얘기는 처음 듣네, 호호호.”

“아, 내가 당신이랑 갈 때는 주먹밥을 가지고 다니니까 이럴 필요가 없지. 이건 막바지 생존기술이야. 하하하.”

남 서방은 말한 대로 나무에 불을 붙이어서 그 위에 돌을 놓고는 뜨겁게 달구었다. 그리곤 나뭇가지를 큰 젓가락 삼아서 돌을 구덩이에 넣고, 목수건으로 감싼 쌀을 그 안에다 넣었다. 그리곤 파내었던 흙으로 덮었다.

한 식경 후,

흙을 걷어내니 모락모락 김이 오르는 게 밥이 다 된 모양이었다. 목수건을 통째로 들어 올려서 펴보니 정말로 솥단지로 한 밥과 거의 비슷한 밥이 되어있었다. 약간 불 냄새가 나는 것 같았지만 오히려 그런 맛이 더 좋았다. 반찬으로는 장아찌가 전부였지만 최고급 식사나 마찬가지였다.

"반찬으로는 장아찌가 좋다. 부피도 적고, 아니면 새우젓. 아 참, 소금은 꼭 가지고 다녀야 한다. 여름철에 땀을 많이 흘려서 탈진했을 때 소금을 먹어야지 아니면 혼절해서 쓰러진다."

"맞아요, 아랫동네에서 여름철에 일할 때 어른들이 그런 말씀을 하시었어요."

이들 세 명은 목수건으로 지은 밥을 맛있게 먹고는 그냥 집으로 내려가기로 했다.

"아무래도 이쪽으로 잘못 들어온 모양이다. 내 딴에는 이쪽에 와보지 않아서 무슨 짐승이라도 한 마리 걸려들 줄 알았는데 공쳤다."

"예, 나들이 겸 가는 거라고 하셨잖아요."

"그래요, 여보, 그냥 내려갑시다. 가다가 혹시 무슨 짐승이라도 만날 수 있겠지요."

"운이 좋으면 그럴 거야."

"말이 씨가 된다."는 말이 있다. 이들이 이런 말을 하고 있을 때 등 뒤 저 멀리서 아주 커다란 짐승이 아무 소리 없이 마치 귀신처럼 다가오고 있었다. 이 짐승은 일정한 거리를 유지하면서 따라오고 있었으나, 남 서방조차도 이제 그만 포기하고 집으로 간다는 생각뿐이지 주변을 한번 둘러보지도 않고 내려가고 있었다.

수건밥
(수건으로 밥짓기)

❶

— **부시**

부시와 부싯돌로 불을 부친다.

❷

— **장작불**

돌을 불에 달군다.

❸

— **달군 돌**

구덩이에 뜨거운 돌을 넣는다. 물방울을
돌위에 떨어트려 보아서 물이 끓어야 한다.

❹

— **무명천 쌀**

물에 불린 쌀을 무명천에 감싸고
잘 묶어서 달군 돌 위에 올려놓는다.

❺

— **흙 덮음**

흙으로 덮고 한 식경(30여분)정도
기다린다.

❻

— **수건 밥**

흙을 걷어내고 밥을 꺼낸다.

그렇게 반 시진 정도 내려왔는데 옆에서 골짜기 물소리가 "졸졸졸~" 하고 났다.

"저기 가서 물 먹고 가자, 호리병에 물도 채우고."

"예."

셋은 물소리가 나는 곳으로 가서 물도 마시고 호리병에 물도 그득 채우고 세수도 한 다음에 일어섰다. 그렇게 삼사십여 걸음 내려왔는데 갑자기 남 서방이 발길을 멈추었다.

"에구, 호리병을 놓고 왔네. 철우야 잠깐 다녀올 테니 이 창을 가지고 있어라."

"제가 갔다 올까요?"

"아니 괜찮아, 내가 물 먹었던 자리니까 내가 더 빨리 찾지. 자 창 좀 받아라."

"아닙니다. 아버지가 사냥 나갈 때는 어떤 무기도 손에서 놓지 말라고 하셨잖아요. 그냥 가지고 다니세요."

"허허허, 그랬나, 수제자일세."

남 서방은 대견스러워하면서 창과 칼을 가지고 위쪽으로 다시 올라갔다.

08. 으악! 호랑이다

이때,

소리 없이 따라다니던 큰 짐승이 언뜻 눈에 띄는데 노란 줄무늬가 선명한 호랑이였다.

호랑이는 세 명이 같이 다니니까 차마 접근하지 못하고 있다가 남 서방 혼자서 다시 올라오는 것을 보고는 덤벼들 작정이었다.

남 서방이 골짜기에 내려가서 호리병을 찾아들고서 몸을 돌려서 일어서려는데, 앞에서 거대한 호랑이가 "으헝~" 하고 지축이 흔들릴 정도로 포효를 하면서 남 서방에게 달려들었다. 남 서방은 호랑이를 이렇게 가까이 본 적도 공격당한 적도 없었지만 살기 위해서 본능적으로 창으로 뛰어오르는 호랑이의 가슴께를 찔렀다.

하지만 호랑이의 가죽이 두꺼운지 설 찔렸는지 한 자 가량 박힐 줄 알았던 창날이 겨우 한 뼘 정도 박힌 모양이었다. 호랑이는 그대로 돌진하여 남 서방의 목덜미를 물었다.

정말로 극심한 고통이 목과 어깨 위로 느껴졌다.

"아아악~ 사람 살려."

조용하던 산중에 뇌성과 같은 소리가 울려 퍼지고, 남 서방의 아내와 철우는 뛰어오르는 공처럼 위쪽으로 내달렸다.

"아버지, 제가 갑니다."

"여보, 여보!"

남 서방은 그런 중에도 창을 놓지 않고 그놈의 배를 후벼대었다. 이제 창날이 한 자는 들어간 모양이다. 그놈은 그래도 물었던 목을 놓지 않았다. 남 서방은 순식간에 고통 속에서 정신이 아득해지고 있었다.

아~ 정말 믿을 수 없는 상황이었다.

아버지가 이제껏 여기 칠갑산에서 호랑이를 보지 못했다고 했는데, 거대한 호랑이가 아버지를 물고 짓누르고 있었다. 아주 큰 돼지만 하고 송아지만 한 호랑이였다.

"으아아~"

철우는 본능적으로 창을 세게 움켜잡음과 동시에 뛰면서 호랑이의 목을 겨냥해 찔렀다. 하지만 거기에 뼈가 있었던지 깊게 들어가지 않고 튕겨져 나왔다. 철우는 전광석화 같은 동작으로 창으로 목덜미를 마구 찔렀고, 남 서방 아내는 칼로 호랑이의 등이나 옆구리를 마구 찔렀다. 호랑이는 순식간에 피로 물들었다. 그때서야 호랑이는 남 서방을 물었던 입을 벌리고 뒤로 돌아 일어서는 듯하더니 옆으로 풀쩍 쓰러졌다. 이제 죽어가는 중이었다. 하지만 남 서방도 죽어가고 있었다.

"아이구, 아버지 정신 차리세요."

"여보, 여보, 정신 차려요. 우리가 왔어요."

철우와 어머니는 비명 소리를 내어가면서 남 서방을 깨우려고 했다.

그제야 남 서방은 겨우 입을 열었다.

"철우야, 엄니 모시고 잘 살아라. 아버지는 먼저 가게 되었다."

남 서방은 마지막 한마디를 힘겹게 하고는 고개를 떨어뜨렸다.

철우와 어머니는 죽을 듯이 소리치고 울어봤지만 산천초목과 천지신명은 아무런 대꾸도 없었다. 한참을 그렇게 넋 놓고 있다가 어머니가 먼저 입을 열었다.

"철우야, 이제 어떡한다니. 아버지를 모시고 내려가야 한다."

"예, 나무를 잘라서 칡으로 얽어매어 들것을 만들어야 합니다."

"호랑이는? 비싸게 팔 수 있을 텐데."

"그렇지요. 여기다 그냥 놔두면 밤새 늑대들이 달려들어서 뼈만 남을 것입니다."

"호랑이가 굉장히 크다. 백오십 근(90㎏)을 넘어 거진 이백 근(120㎏)은 될 것도 같다. 그런데 아버지가 여기 칠갑산에서는 호랑이를 본 적이 없다고 하셨는데, 이게 웬일이라니."

"저도 그 말씀 들었어요.

그럴 만했다. 아침에 이쪽으로 올 때 아버지는 전에 가보지 않았던 산골짜기로 가본다고 하였던 것을 둘은 잊고 있었다.

"한 번에 아버지와 호랑이를 가져가기엔 어렵습니다."

"그럼 어떡해, 아버지 먼저 집으로 모시고, 다시 여기 올라온다니? 그러면 깜깜해져서 더 무섭다. 아이구 이를 어쩌나."

이에 철우도 답변을 하지 못한 채 잠시 끙끙대었다.

"좋은 생각이 났어요. 들것으로 아버지를 저 아래로 옮기고, 호랑이는 칡넝쿨로 가슴과 앞발을 양쪽으로 묶어서 엄니와 내가 끄는 겁니다. 여기부터 집까지는 거의다가 내리막길이니까 그렇게 하면 될 것 같아요."

"오오, 그래 네 말이 맞다. 아버지를 저만큼까지 가서 내려다 놓고, 다시 올라와서 호랑이를 저 아래로 끌어다 내려놓고, 번갈아 하면 되겠다."

철우 어머니는 철우의 생각에 감탄해 마지않았다. 둘은 그렇게 해서 거의 두 시진(4시간)에 걸쳐서 집근처까지 왔다.

"어이~ 철우냐?"

"으응, 누구냐?"

집 근처에 이르니 철우 동무 두 명이서 기다리고 있었다.

"야 늬들, 이리 와서 나 좀 도와줘라. 빨리 와."

"엉, 그래."

곧바로 두 명의 동무들, 상철이와 길수가 뛰어 올라왔다.

"아버지가 호랑이에게 물려서 돌아가셨어."

철우는 이 말을 간신히 하고는 또 눈물을 펑펑 내쏟았다.

"아이고, 이게 웬 난리야, 칠갑산에 호랑이 출몰한다는 소리 못 들었는데"

"아이고, 이잉잉."

둘은 금세 눈물이 전염되어 한바탕 울고는 철우를 도와서 아버지를 안방에 모셨다.

송아지만 한 호랑이도 끌고 와서 마당에 잠시 놓아두었다가 광으로 옮기고는 다른 짐승들이 들어가지 못하도록 단단히 잠갔다.

"어쩐 일이냐? 여기까지 올라오게."

"부탁하려고 왔는데 다 틀렸다. 내일 김 노인 댁에 품삯일이 있다고 해서 알려주려고 왔었지."

"어엉, 그러냐? 고맙다. 이렇게 되어서 갈 수는 없다. 아참, 대신 내 부탁을 좀 들어줘라."

"무슨 부탁?"

"저기 큰 마을에 배 서방이라고 알지?"

"응, 봇짐장수."

"그 사람이 가끔 사냥해온 짐승을 사가기도 했거든, 다른 데에 가서 판다고, 그러니까 다른 사람들 알면 괜히 구경 오네 뭐하네 하면서 소란스러워지니까 그 배 서방에게 가서 우리 집에서 호랑이를 잡았다고 말만 해줘. 그러면 알아서 처리할 거야. 전에 언젠가도 농담 삼아 곰이나 호랑이를 잡으면 값도 비싸니꼭 연락하라고 했거든."

"응, 그래, 바로 내려가서 전하마."

"절대 늬들 두 명만 알고 있어야 한다. 안 그러면 동네 사람들 다 올라온다."

"아이참, 걱정 마, 귓속말로 전하고 올게."

"저녁밥 안 먹었지?"

옆에서 있던 어머니가 물었다.

"예, 안 먹었지만 지금 당장 내려가야 합니다. 좀 참고서 집에 가서 먹어도 돼요."

"아이구, 그러면 되나. 우리도 먹진 않았다만 내려가려면 한참인데. 잠깐만 기다려. 내가 누룽지라도 가져오마."

"그럼 그렇게라도 해주세요."

철우 어머니는 부엌에 들어가서 밥사발만 한 누룽지 뭉치를 무명천에 싸가지고 나왔다.

"이거면 둘이서 충분히 요기하고도 남는다."

"예, 고마워요, 어머니."

하늘과 땅이 뒤집혀서 죽을 것만 같던 하루가 이렇게 마무리되고 있었다. 이제 아버지 장례를 치르기만 하면 되는데, 처음 당해보는 철우와 어머니는 난감하기만 해서 또 눈물만을 찔끔거려야 했다. 둘은 그렇게 벽에 기대어 하늘이 무너진 양 걱정만을 하던 중에 너무 피곤해서 저절로 눈이 감기고야 말았다.

"이보게, 철우 있나?"

"……."

"철우야?"

"에엥? 누가 왔네."

"그러게 어떤 남자다. 어서 나가봐."

철우와 어머니는 잠에서 퍼뜩 깨면서 동시에 밖으로 나왔다.

"누구세요?"

"나다. 배 씨 아저씨야."

"아이구, 밤인데 올라오셨어요?"

배 씨 아저씨는 혼자 온 게 아니라 장정들 네 명과 함께 올라왔다. 두 명은 철우가 형님이라고 부르는 사람들이었고 두 사람은 통성명은 안 했지만 서로 간에 안면은 있어서 눈인사를 했다.

"으음, 그래, 네 동무들에게 이야기 듣고 급해서 내가 직접 올라왔다. 아버지가 호랑이와 싸우다가 돌아가셨다면서, 호랑이도 죽고. 맞냐?"

"예, 느닷없이 호랑이가 공격해서 아버지가 창을 찌르면서 대항했지만 끝내 돌아가셨습니다."

철우는 울먹거리면서 대답을 간신히 하고는 눈물을 주먹으로 찍어내었다.

"참으로 안타깝다. 좋은 사람이었는데, 흐흠, 아무튼 일이 벌어졌으니 수습을 해야겠지."

"예, 그런데 처음 당하는 일이라 아무 것도 모릅니다."

"어머니도 모를 테지."

"예, 저도 모릅니다. 예전에 어렸을 때는 어른들께서 큰일 처리를 다 하셨잖아요. 애 아버지가 이렇게 일찍 가실 줄은 몰랐어요. 흐흐흑."

"그만 울고, 정신 차리고 큰일 처리를 해야지요. 철우야 호랑이는 지금 어디 있냐?"

"광에 있어요. 엄청 커요."

"지금 볼 수 있냐?"

"컴컴해서 횃불이 있어야 합니다. 광이라 호롱불로는 잘 안 보여요."

"그럼 횃불 만들면 되지."

이 말에 철우 어머니가 부엌에 들어가서 금세 횃불을 만들어왔다. 횃불이라고 해서 크게 어려운 것이 아니고 막대기 끝에 참기름이나 들기름을 적시어서 불을 붙이면 그게 횃불이 된다. 아주 크게 밝지는 않지만 호롱불보다는 열 배 이상 밝았다.

"어허, 금세 만드시네요."

"이런 산골에 살다보니 늘 준비해 두고 있어요. 기름만 묻히면 됩니다."

"허허, 그렇군요."

이렇게 해서 철우 어머니와 철우, 배 씨 아저씨는 횃불을 들고 광으로 들어갔다. 과연 굉장한 호랑이가 널브러져 있었다.

"와아~ 엄청 큰놈이네. 어쩌다가 이런 놈이 걸려들었을까. 이걸 어떻게 끌고 내려왔냐?"

"죽을힘으로 끌고 왔어요, 칡넝쿨로 앞발 양쪽을 묶어서 엄니와 함께 조금씩 끌고 내려왔습니다."

"하여튼 용하다. 용해. 그래 이걸 어떻게 하려고 그래?"

"팔아야지요. 그래서 아저씨에게 연락한 것입니다."

"그래, 잘했다. 어디 한 번 더 자세히 살펴보자."

배 씨 아저씨는 횃불을 들고 피가 많이 났던 여기저기를 살펴보고 철우 아버지가 창으로 찌른 배 쪽도 살펴보았다.

"으음, 이 정도면 최상급이다. 창과 칼에 찔렸지만 손질하면 전혀 티도 안 나. 일단 나가서 이야기하자."

이렇게 해서 셋은 밖으로 나와서 들마루에 앉았다.

"이보게들, 우리가 잠시 긴히 할 얘기가 있으니 저만치 가서 좀 쉬었다가 오게."

"예."

"지금 제일 급한 일이 무엇인가? 철우야?"

"아버지 장례식이요."

"그것도 급하지만 더 급한 것은 호랑이다. 저대로 그냥 놔두면 금세 부패해서 아무짝에도 못 써. 지금 당장 털가죽이라도 벗기고 내장을 빼놓아야한다. 아버지가 하신 것 봤잖아. 짐승 잡자마자 집에 와서 그렇게 하지 않던?"

"예."

"그러니까 호랑이를 어떻게 할 것인가 여기 아저씨랑 의논하고, 장례식은 사람이 있어야 하니까 내가 주선해주마."

"아이고 어르신, 그렇게 해주시면 고맙지요."

"예, 시키는 대로 하겠습니다."

배 씨 아저씨는 잠시 숨을 고르는 듯 "큼, 큼." 하고 나서 입을 열었다.

"내가 호랑이를 부탁 받은 게 있었다. 네 아버지가 사냥꾼이라니까 혹시 호랑이를 잡게 되면 사달라고 말이야. 그런데 여기 칠갑산은 그동안 호랑이 나타났다는 소리가 없었어. 그랬던 것이 어디 멀리서 온 호랑이인 모양이야. 호랑이가 원래 사람은 잘 공격하지 않는다고 하던데. 아마 배가 고팠던 모양이다. 아무튼 너하고 어머니가 승낙한다면 내가 논 다섯 마지기에 해당하는 어음을 써주마. 어음은 현금이 아니라 나중에 돈으로 주겠다는 약속증서이다."

"논 다섯 마지기나요?"

철우와 어머니가 눈을 휘둥그레 떴다.

"사실 호랑이라고 해서 그렇게 큰 돈 받기는 어려운데. 여기에서 멀리 떨어진 대흥이라는 동네에 김 대감이라고 있다. 이 양반이 굉장한 부자인데 무얼 수집하는 취미가 있더라고, 골동품도 모으고, 그림도 모으는데 짐승 털가죽도 모은다는 거야. 그래서 웬만한 짐승 털가죽을 모았는데 호랑이만 빠졌다면서 나에게 신신당부하더라구, 여기 칠갑산에 있는 사냥꾼이 운 좋게 호랑이를 잡으면 곧바로 가져오라구 말이야."

"아예, 그렇군요. 그럼 어떻게 하나요."

"여기 어음 증서를 가져왔으니 이걸 받아."

그러면서 배 씨 아저씨는 종이에 인장이 여러 개 찍힌 문서를 내밀었다.

"너무 걱정 말고 네가 원한다면 빠르면 모레쯤, 늦어도 보름 안에 현금으로 바꿔줄 수 있을 거다. 내가 대흥에 가서 김 대감을 만나봐야 하니까."

"예, 그럼 그렇게 하세요."

철우 어머니와 철우는 속으로 크게 환호했다. 이렇게 해서 간단히 거래가 이루어졌다. 아저씨는 아까 같이 온 장정들을 불렀다. 그들은 가마니로 짠 들것을 가지고 와서 호랑이를 올려놓고 끈으로 단단히 묶고는 금세 아래로 내려갔다.

"지금 내려가면, 곧바로 마차에 싣고서 밤새 갈 것이다. 아마 내일 오전쯤이면 대흥에 도착할 거야. 그래야 부패 안 되지. 시간 지날수록 속에서 부패되어, 호랑이는 가죽뿐만 아니라 고기, 뼈도 모두 약재에 쓰인다고 하더라."

"저도 그런 말을 들은 적 있습니다."

"그리고 장례는 사람이 치르는 것이니까, 내가 내일 사람을 보내 마. 문상객이 얼마나 올지는 모르지만 여기가 높아도 오긴 올 거야. 너희 아버지는 사람 좋다고 평이 나있으니까, 모두들 애석해할 거다. 장례를 며칠장으로 하나요? 철우 어머니."

"글쎄요. 남들 하는 대로 해야지요."

"보통 3일장이나 5일장으로 치르던데. 3일장으로 하세요. 망자(亡者)에겐 다 그게 그겁니다."

"예, 그럼 산소자리 땅도 파야 할 텐데요."

"그것도 내가 사람 다 올려 보냅니다. 묏자리 팔 사람, 염수습할 사람. 부엌일할 사람, 수의도 다 올려 보내요. 내일 아침에 이렇게 하라고 시켜놓고 떠납니다. 난 내일 밤이나 모레 올 것 같습니다."

하늘이 무너져도 솟아날 구멍이 있다더니 아버지가 돌아가시면서 큰 유산을 물려주신 셈이었다.

다음날 아침 일찍이 장정들, 아줌마들, 아저씨들, 열대엿 명이 올라와서 이것저것 준비하고 또 다른 장정들이 지게에 음식 재료를 실어 날랐다. 이러니 졸지에 잔치 집을 방불케 했다. 산소는 집에서 그리 멀지 않은 곳, 양지 바른 곳으로 택하여 장정들이 삽으로 땅을 파기 시작하였다.

또 다음날은 장례식을 치르는 날인데 배 씨 아저씨와 동네 어르신들이 올라오셔서 이리해라 저리해라 하시면서 순서를 지켜서 모든 장례식을 치르고 아버님을 산소에 모셨다. 이에 들어간 모든 돈은 배 씨 아저씨가 부담한다고 했다. 호랑이를 대흥 부잣집에 갖다 주고 얼마나 받았는지는 모르지만 철우와 철우 어머니에게는 마치 구세주와 다름없어서 몇 번이나 고맙다고 인사를 했다.

"세상은 혼자서는 살 수 없는 겁니다. 서로 상부상조해야지. 남 서방이 타계해서 가슴 아프겠지만 살아있는 사람은 그래도 살아야 하니까 정신 차리고 열심히 살다보면 또 다른 좋은 일이 올 것이오."

배씨 아저씨는 철우 어머니와 철우에게 이렇게 말을 남기고는 내려갔다.

정말 세월이 약이었다. 하루하루, 한 달, 두 달 지나다 보니 서서히 아버지가 없는 삶에 적응하기 시작하였다. 철우는 여전히 자주 마을에 내려갔고, 가끔 올가미를 놓아서 토끼를 잡아 왔다. 집에서 혼자 있던 어머니가 너무 답답하다고 하여 철우와 함께 마을로 내려와서 아줌마들과 어울리기도 하고 품삯일을 다니기 시작하여 가끔 큰 동네까지도 갔다.

은분이가 있는 최 진사 댁에도 몇 차례 다녀와 그 부잣집 자랑도 했다. 이때만 해도 철우는 최 진사가 누군지 거기에 누가 사는지도 몰랐고 관심도 없었다. 어머니의 말씀으로는 거기에 여종처럼 생활하는 "은분"이라는 계집아이가 있는데 늘 곱게 차려입고 거친 일도 하지 않는다고 했다. 나이 먹은 여종이 거친 일을 다 하고 있다는데 무슨 연유인지는 몰라도 최 진사가 몰래 어디서 여종의 자식을 낳아온 모양이라고 했다.

얼마 후 추운 겨울이 와서 어머니는 더 이상 마을에 내려가지 않았다.

"철우야, 그때 호랑이 값으로 받은 어음 있잖니?"

"예."

"암만해도 그거 돈으로 바꾸어야겠다."

"왜요. 엽전으로 바꾸면 지게로 한 지게는 될 텐데요."

"엽전이 아니라 금붙이로 바꾸어야지. 금가락지나 금팔찌.

금가락지가 나중에 돈으로 바꾸기가 수월하다. 사람들이 그러는데 어음은 자칫하다가는 휴지조각이 될 수도 있단다."

"그것도 돈인데 휴지가 될 수 있나요?"

"가령 그렇다는 거지. 그 어음은 배 씨 아저씨가 우리에게 주겠다는 증표인데 만의 하나 배 씨 아저씨가 어떻게 되어서 없다고 치자, 그러면 누가 그걸 배상해 주겠어. 동네 사람들도 다 이렇게 말하더구나. 그러니까 언제 한번 찾아뵙고 정중히 말씀드려라. 그 양반은 우리가 사냥한 짐승들에 관심이 많으니까 아마 그대로 들어주실 거야. 너도 아버지처럼 가끔 사냥도 하고. 이제 호랑이는 더 이상 없을 게다. 호랑이가 사방 일이백 리에 한 마리 꼴로 산다는데. 그때는 아마 타 지역에 살던 호랑이가 어쩌다 보니 여기까지 온 모양이다. 조선 땅에서 호랑이가 자꾸 줄어든다니까 다시 호랑이 만날 일은 없을 거야."

"그러네요. 그러니까 대흥 부자가 거금을 주고서 호랑이를 사들인 모양입니다. 앞으로는 진짜로 구하기 어려워지니까요."

"그런 것 같아. 아마 배 씨 아저씨도 꽤 재미를 보았을 거야. 우리를 그만큼 도와주고도 말이야. 그분 말대로 상부상조해야 먹고 사는 세상이니 잘되었지 뭐야. 그분 아니었으면 호랑이는 여기서 다 썩었을 게다."

"예, 맞아요. 우리에겐 은인입니다."

다음날, 철우가 배 씨 아저씨에게 찾아갔더니 며칠 후에 오라고 해서 또 다시 갔다.

금붙이로 바꾸어서 달라고 부탁했었는데 과연 주머니에 묵직한 금가락지, 금팔찌가 들어 있었다.

"너, 이거 잘 간수해야 해. 이 동네에서 도둑이나 강도가 있다는 소리는 못 들었다만 견물생심이라고 누구에게도 말하면 안 된다. 아무리 친한 동무라도 말하면 안 돼. 나랑 너, 네 어머니만 알고 있는 거야. 집안이건 집밖이건 단단히 간수해야 한다."

"예, 아저씨, 정말 너무 고마워요. 올겨울에 멧돼지 한 마리잡으면 갖다 드리겠습니다."

"허허허, 그래라. 그런데 네 아버지는 멧돼지도 창이나 칼로잡는다더라. 맞냐?"

"예, 살금살금 다가가서 힘껏 창을 던집니다."

"오호, 그래? 활은 안 쏘고, 활은 쏘면 멀리서도 맞출 수 있는데."

"활로 쏘면 멧돼지 껍질도 못 뚫어요. 비계가 얼마나 두꺼운데요, 자칫하면 튕겨져 나오고 멧돼지는 놀라서 뒤도 안 돌아보고 백 리나 내뺀다고 합니다. 그래서 집에 활이 있는데도 잘안 써요."

"으음, 네 말도 맞다. 활이 보기에만 그렇지 힘이 약하다. 그런데 저기 타동네에 가보니까 멧돼지도 올가미가 아니라 덫으로 잡기도 한다더라.

"예, 저도 그 이야기 아버지에게 들었어요. 발목을 채는 덫 말씀이시지요?"

"응, 맞아, 잘하면 하룻밤에도 두세 마리씩 걸려든다고 하드만."

"그래요? 그런데 아버지는 이 근처에서 덫을 파는 데가 없다는데요. 올가미는 집에서 쉽게 만들지만, 멧돼지 잡을 만한 큰 덫은 대장간에서 만들어 판다고 합니다."

"허허허, 그렇지. 내가 사다줄까?"

"예에? 아저씨가요?"

"하하하, 내가 명색이 봇짐장수인데 어디에 뭘 팔고 어디가면 뭐가 있다는 것쯤은 손바닥 들여다보는 것과 같다. 하하하."

"하이구, 아저씨 감사합니다. 그러면 덫 하나만 사다주세요."

"덫은 하나 가지고는 안 돼. 적어도 서너 개 이상 있어야지."

"그럼 알아서 사오세요. 덫 값은 제가 내겠습니다."

"하하하, 아니다. 내가 덫을 사다주면 넌 멧돼지 한 마리로 갚아라."

"아이구, 정말이죠? 꼭 그렇게 하겠습니다."

"그런데 멧돼지 덫을 잘 놓으려면 꾀가 있어야 한다. 처음부터 덫을 놓고 먹이를 올려놓아다가는 십중팔구 놓친다, 그렇게 해서 도망친 놈들은 영리해서 다시는 안 와, 한 참 지나서 기억을 잊어먹어야 오지."

"그럼 어떻게 하나요?"

"나도 들은 얘기다만, 멧돼지 길목에 며칠간 먹이를 놓아, 요즘 고구마 있잖아 그거면 최고다. 멧돼지가 고구마를 무지 좋아하니까. 고구마를 놓아서 멧돼지가 먹은 것을 확인하면 그 다음날도 그 자리에 고구마를 놓는 거야. 이렇게 한 오륙 일만 하면 멧돼지가 안심을 하고는 제 동무나 새끼까지 데려온다고 한다. 이때 덫을 서너 개 설치하면 그 다음날 백발백중으로 잡힌다고 한다. 그렇다고 너무 잡지 마라. 멧돼지 씨가 마른다."

"아이구, 정말로 기가 막힌 방법이네요."

"하하하, 그 녀석 매우 좋아하는 구나. 그러면 한 열흘 후쯤 내려와라, 내가 사다 놓을 테니."

"예, 감사합니다. 아저씨."

철우는 머리가 땅에 닿도록 인사를 한 후, 단걸음으로 집으로 갔다.

"엄니, 엄니 말씀대로 금붙이로 받아왔어요. 묵직합니다."

철우는 금가락지가 들어있는 주머니를 건넸다. 철우 어머니는 크게 반기면서 금붙이를 꺼내어 유심히 살펴보았다.

"이제 됐다. 아버지의 상속이라고 생각해라. 이건 내가 잘 간수했다가 언젠가는 마을에 내려가서 전답도 사고 집도 사야 한다. 그리고 너도 이제 장가들 때가 다 되었다. 어느 색시가 이런 산중턱에서 어렵게 살아보겠다고 하겠니? 마을로 내려가야지, 안 그러냐?"

"예, 그렇지요. 그런데 어느 색시가 나에게 올까요?"

"왜 겁나? 호호호, 짚신도 짝이 있단다. 걱정 말그라. 좋은 색시를 얻으려면 네가 노력을 해야 하는 거야. 전답도 있어야 하고, 집도 있어야 하고, 신체도 건강해야 한단다."

"예, 후후후. 저기 배 씨 아저씨가 그러는데 앞으로 멧돼지를 덫으로 잡으라고 해서 사다달라고 했어요. 덫으로 잡으면 손쉽게 많이 잡을 수 있다고 하네요."

"아무렴, 그렇지, 아버지도 그런가 다 알고 있었단다. 하지만 무과 과거시험에 덫을 사용하는 법은 없었고, 창술, 검술, 마술 이렇게 있으니까 창술도 익힐 겸해서 겸사겸사 사냥을 시작한 거야. 덫을 함부로 사용했다가는 짐승들 씨가 마른다. 사용하더라도 한겨울에 한두 번 정도 사용해야 한다."

"그런데 여우나 토끼는 올가미로 잡잖아요."

"그래, 토끼는 워낙 번식을 많이 하니까 올가미로 여러 마리 잡아도 별 탈 없다. 여우는 사람들이 여우 여우 하니까 산속에 많이 사는 줄 알고 있는데 얼마 안 살아. 아버지도 일 년에 한두 마리 잡으면 잘 잡는다고 하셨어. 여우는 원체 약아서 올가미에 잘 걸려들지도 않는다고 하시더라, 용케 먹이만 쏙 빼어 먹는다더라."

"하하하, 진짜 여우 꾀가 대단하네요."

"그래, 그래서 여우 옛날이야기가 얼마나 많으냐. 호호호."

둘은 시간가는 줄 모르고 정담을 나누었다.

열흘쯤 후,

철우는 배 씨 아저씨에게 덫 세 개를 받아들고 왔다. 덫은 생각보다 무시무시했다. 아저씨는 잘못하면 사람도 손목이나 발목이 끊어질 수 있다고 조심하라고 신신당부했다. 이 덫은 새로 개발된 금속제로 "찰코"라고 부르는 것이다. 사용하기에 매우 간편하고 짐승들이 발로 밟으면 덫이 작동해 발목을 빠져나가지 못하게 하는 것이다.

이제 생활은 예전처럼 돌아갔다. 품삯일도 하고 사냥도 가끔 나갔으나 매번 허탕치기가 일쑤였다. 틈 날 때마다 씨름 배우는 것도 잊지 않았다. 철우 어머니도 내려가서 품앗이도 하고 품삯일도 하면서 하루하루를 보냈다.

드디어 초겨울이 와서 눈이 조금씩 오기 시작하였다. 이때가 바로 겨울사냥철이다. 짐승들의 발자국을 쉽게 발견할 수 있으니까. 마을에 내려가 봐야 품삯일도 없는 농한기가 찾아온 것이다.

철우는 배 씨 아저씨가 알려준 대로 멧돼지 발자국을 찾아내고는 주변에 덫을 설치하고 단단히 옭아맬 큰 나무가 있는 곳에 고구마 대여섯 개씩을 세 군데에 던져놓았다. 다음날 올라가보니 한 마리인지 두 마리인지 모르지만 세 군데 먹이가 모두 사라졌다. 멧돼지들이 먹은 흔적인 발자국이 어지럽게 나 있었다. 밤사이에 나타났던 것이다. 철우는 그날도 고구마를 던져놓았다.

오 일째 되던 날,

멧돼지 발자국의 숫자가 훨씬 많아졌는데, 큰놈과 작은놈의 발자국이 어지럽게 뒤섞여 있었다. 철우는 조심스럽게 덫을 설치하고 나뭇잎으로 덮어놓았다.

다음날, 새벽같이 철우는 일어나서 산속으로 들어갔다. 틀림없이 멧돼지가 덫에 걸렸을 거라는 기대감에 가슴이 쿵쾅거렸다.

과연 덫이 있던 근처에 가니 "꿰엑~ 꿰엑~" 소리가 산을 뒤흔들고 있었다.

철우가 헐레벌떡하면서 올라가보니 큰 돼지 한 마리와 작은 돼지 한 마리가 덫에 걸렸다. 한 개의 덫은 풀려있었는데 돼지가 잡히지는 않았다. 아마 근처를 서성이다가 진동으로 저절로 풀린 모양이었다.

"와우~ 진짜네. 이렇게 간단히 멧돼지를 잡다니."

철우는 연신 감탄을 하면서 칼을 꺼내어 큰 놈과 작은 놈의 숨통을 끊어놓았다.

큰 놈은 백 근이 넘어보였고, 작은 놈은 육칠십 근 정도 되어보였다. 철우는 혼자서 두 마리를 다 끌고 올 수가 없어서 한 마리씩 끌어다가 저 아래에 내려놓고, 다시 올라와서 또 한 마리를 끌어서 저 아래에 내려놓았다. 그러다보니 점심때가 지나서 미시쯤에 겨우 집에 왔다.

"아이고, 덫으로 한 번에 두 마리나 잡다니. 횡재했다."

어머니가 크게 반겼다.

"이렇게 쉬운 것을 괜히 창 들고 다녔나봐요. 덫만 많으면 하룻밤에 서너 마리도 잡겠어요."

"호호호, 얘는 내가 지난번에 말했건만, 서너 마리가 아니라

열 마리씩 잡아서 씨가 마르면 어떡할래. 뭐든지 종자는 남겨
놓는 거야. 농사짓는 사람들 말 못 들어봤어, '농사꾼은 굶어
죽어도 종자를 베고 죽는다.'고 그래야 후손들이 농사지어 먹
고 살지."

"아하, 그래요."

"내 말 명심하고 한 해에 멧돼지 다섯 마리까지만 잡아라. 멧
돼지들이 한 배에 대여섯 마리씩 낳는다고 하더라. 더 많이 낳
는 수도 있겠지만. 또 사냥꾼이 너뿐만 아니다. 칠갑산 주변
다른 마을에도 전문 사냥꾼은 아니지만 겨울철에는 사냥하러
다니는 사람들이 있다. 자칫하다간 당해에 멧돼지 씨가 마를
수도 있는 거야. 다들 그러잖아. 해마다 짐승들이 줄고 있다
고."

"맞아요. 적당히 잡아야겠지요."

"그리고 거 왜 있잖아, 관아에 아전 말이야. 호구조사 면제해
주고 해마다 멧돼지 한 마리씩 갖다 주었던 집 알지. 아버지랑
몇 번 갔었잖아. 큰 마을에 산다더라."

"예, 알아요. 세금 대신 멧돼지 한 마리 갖다 준다고 아버지
가 말씀하셨어요."

"응, 그래, 오늘 시간도 있으니 이따가 해가 저물기 전에 여
기 큰 놈 한 마리 지게에 지고 갖다 주거라. 그래야 일 년이 편
하지."

"아이참, 아래 동네 동무들이랑 먹으려고 했는데."

"여기 작은 놈 가져가. 그리고 잡는 대로 먹어치우면 살림은 어떻게 하니, 다음엔 팔 생각을 하자. 주막집에 팔면 꽤 값을 쳐준다더라. 주막집에 안주로 멧돼지 고기 있다면 술꾼들이 많이 오는 모양이야."

순하고 착한 철우는 어머니의 말씀을 듣고 그날 저녁 지게에 큰 돼지 한 마리를 지고 가서 아전에게 주었다.

"으음, 고맙다. 아버지가 호랑이랑 싸우다가 돌아가셨다고 들었다. 그런데 너 혼자 이걸 잡았어?"

"예, 이번 겨울 처음으로 잡은 겁니다. 어머니가 갖다 드리라고 해서 가져온 것입니다."

"착하다. 효자로구나."

그런데 냉정한 줄 알았던 아전은 엽전을 얼마간 꺼내어 철우에게 주었다.

"어린것이 고생 많다. 이거 큰돈은 아니지만 약간의 수고비라 생각하고 받아두어라."

"예에? 아닙니다. 괜찮아요."

"어허, 받으라면 받어, 어서."

"아이구 예, 너무 감사합니다. 그럼 저는 이만 올라가보겠습니다."

"그래, 날이 어둡고 길이 미끌거리니 조심해서 올라가거라."

"예, 안녕히 계세요."

철우는 인사를 하고 아랫마을을 거쳐서 집에 올라왔고, 어머니에게 소상하게 고했다. 어머니도 큰일 했다면서 칭찬을 하셨다. 철우는 이렇게 조금씩 어른생활에 접어들고 있었다.

철우 어머니는 추운 겨울이 왔으니 작은 돼지는 얼려두었다가 겨우내 먹을 수 있다고 하여서 그렇게 하기로 했다. 후에 한 마리씩 세 마리를 더 잡게 되었는데, 한 마리는 씨름 가르쳐주는 형님에게 주고, 한 마리는 지난번 아버지 상 당했을 때 도움을 주셨던 마을 사람들에게 갖다 주었다. 지난번 동네잔치 때처럼 여러 사람들이 나와서 철우를 격려했다. 결국 한 마리만을 주막집에 가서 팔았다.

그해 겨울은 그렇게 지났다. 아니 그 전에 배 씨 아저씨가 노루 한 마리를 잡아 달라고 하여 열흘 이상을 산속에서 헤매다가 간신히 중간 크기 노루를 창으로 잡았다. 아저씨는 누구에게 부탁을 받았다는데 처음에는 사슴을 잡아달라고 했으나, 사슴은 녹용 때문에 조선땅에서 씨가 마를 지경이라고 하여, 꿩 대신 닭이라고 노루를 잡아달라고 했다고 하였다. 노루는 멧돼지보다 조심성이 많고 겁이 많아서 어디서 바스락 소리만 나도 그냥 도망친다. 그래서 노루가 다니는 길목에서 매복을 하고 나뭇가지 등으로 위장을 하여야 했는데 추운 겨울이라 사람이 그대로 얼음 덩어리가 되는 듯했다. 아무튼 철우는 이 고통을 참고서 끝내 노루를 한 마리 잡았다.

09. 드디어 씨름 장원

그 다음해에 철우는 열일곱 살이 되었다.

철우는 어머니와 아버지를 닮아서인지 키도 컸고 체구도 커서 누가 보더라도 "야아~ 장군감이다."라는 소리를 듣게 되었다. 두 눈은 약간 커서 부리부리하고 입과 코도 튼실하게 생겼다.

기다리고 기다리던 단옷날 씨름대회가 왔다. 철우는 힘은 세었지만 아직 기술이 부족하여서 씨름 두 판을 이기고 세 판째 지고 말았다. 씨름 가르쳐 주는 형님은 "이제 시작이다. 장원이 쉬운 게 아냐. 열심히 배우고 훈련을 해도 스무 살이 넘어서야 기술이 연마되어 장원을 하게 될 것이다."라고 위로하였다. 그 형님도 스물세 살 때 장원을 했다고 말했다.

그런데 이때 철우는 많은 사람들에게 알려지게 되었다. 상의를 벗은 철우는 상체도 컸지만 특히 종아리 근육이 굉장하였다. 바지를 허벅지까지 걷어 올려서 묶은 다음에 씨름을 하곤 하는데, 이때 노출된 철우의 종아리와 허벅지 근육은 다른 장정들과 비교가 되질 않았다. 철우 종아리 속에는 마치 메주덩어리가 들어가 있는 듯했고, 허벅지는 작은 절구통만 했다.

사람들이 한결같이 "와아~ 굉장하다.", "저 종아리 알통 좀봐" 하고 감탄을 하였다.

이렇게 해서 철우는 여러 사람들에게 알려지게 되었다. 사냥꾼의 아들 철우에서 씨름판의 철우, 종아리 알통이 무지 큰 장정으로 통하게 되었다.

이번 해는 더 이상 특별한 일이 없이 순조롭게 지나가고 있었다. 여전히 씨름연습, 시간나면 사냥도 가고, 마을에 내려와서 일도 하고 동무들과 어울려서 냇가에 가서 물고기도 잡아 끓여 먹기도 하였다. 나이가 조금 들어서인지 동무들이 계집애 이야기를 자주 하였으나, 같은 마을에 살지 못하고 외딴 산속에 살고 있는 철우는 그런 얘기를 할 적마다 스스로 외톨이가 되어서 시무룩하였다. 어찌 되었든 그 해의 춘하추동도 지나가고 있었다.

그 다음 해 철우가 열여덟 살이 되었다. 체구도 더 커졌고 수염도 꺼뭇꺼뭇 나서 사나이가 다 되었다. 친한 동무들보다 훨씬 큰 몸집에 키도 커서 누가 보더라도 장군감이라는 소리를 들었다.

"야, 철우야. 네 체구가 자꾸 커져서 어려운 씨름 기술은 어렵겠다."

"아이참, 별로 크지 않은데요."

"뭐가 안 커, 작년에도 크다고 다들 놀라더라. 사람들이 종아리 속에 메주가 들어가 있느냐고 그랬잖아."

"하하하, 그런 소린 들었죠. 산중턱에서 아랫마을까지 오르내려야지요, 사냥 다니느라 산속에서 헤매다보니 다리 근육이 커진 모양입니다."

"그래 맞아. 어깨 봐라. 씨름에서 어깨로 찍어 누르기만 해도 이기겠다."

"그런 기술도 있나요?"

"크하하하, 없지, 그냥 해본 소리야. 아무튼 덩치가 커서 몸이 유연해야 써먹을 들배지기 같은 기술은 어려워. 괜히 억지로 배우다간 몸만 다친다."

"씨름 기술이 많으니까. 내가 볼 때는 눈치 빠른 기술을 익혀서 특기로 삼아야겠다."

"그런 기술이 뭔데요."

"눈치코치 빠르고 순간적인 힘을 써야 돼. 가령 무릎치기나 호미걸이, 잡치기 같은 게 있지. 너는 이 세 가지만 잘 숙달해도 다 이길 것 같다."

"저야 형님이 시키는 대로 배우겠습니다."

이렇게 해서 3월초부터는 씨름에 맹훈련을 하였다. 등 근육 훈련을 위해서 가마니 속에 왕겨와 모래를 넣어서 무겁게 한다음 하루에도 수백 번씩 들었다 놓았다를 반복하고 옆구리 훈련을 위해서도 옆으로 가마니를 들고 비틀면서 내려놓기를 수도 없이 반복했다.

철우의 맹훈련에 형님도 대견스럽다면서 연일 칭찬을 했다. 형님과의 연습에서도 힘으로는 철우가 앞섰다. 아무튼 철우는 마을에서 살지 못하는 서러움을 씨름에 쏟아 부었다.

드디어 5월 5일 단오 장사 씨름판,

이해는 출전선수가 작년보다 몇 명 줄었다면서 예선에서 통과한 장정 총 16명이 겨루게 되었다. 작년에 구경왔던 사람들이 철우를 기억하고는 일제히 응원하기 시작하였다. 철우는

신들린 사람처럼 시작과 동시에 몇 번 힘도 제대로 쓰지 않고
는 상대방을 꺾었다.

세 판을 이기고 마지막 결승인 네판째이다.

상대방은 벌써 5년째 도전하는 강적으로 이름이 강수용이다.
체구는 철우보다는 작았지만 그동안 닦은 기술이 대단한 사람
이어서 모두들 "이번에는 장원이다."라고 확신하고 있었는데,
다른 한편에서는 철우가 덩치도 크고 힘이 세어서 기술이 잘
안 먹힐 거라고예상했다.

결승은 삼판 양승제이다. 즉 세 판 씨름에서 두 판만 이기면
장원이 되는 것이다.

첫 번째 판은 형님이 알려준 대로 시작하자마자 온 힘을 들
여서 옆으로 메다꽂았다. 즉, 잡치기로 쉽게 한 판을 이겼다.
구경 온 사람들이 일제히 일어서서 "와아~" 하고 소리치고 손
뼉을 치는데 지축이 흔들릴 정도였다.

두 번째 판에서는 상대 선수가 잡치기의 기회를 주지 않고 엉
덩이를 쑥 빼면서 기회만을 보고 있었다. 이러니 철우도 무슨
기술을 쓰든지 힘을 쓰려면 가까이 있어야 하는데 둘 다 엉덩
이를 빼고 있으니 경기가 잘 진행되지 않고 있었다. 이때 철우
가 발을 옆으로 옮기는데 상대 선수가 느닷없이 앞으로 달려
들면서 철우를 번쩍 들어올렸다. 철우가 몸무게가 많이 나갔
지만 그 선수의 허리힘도 대단해서 그냥 들릴 수밖에 없었다.

형님 말로는 들렸을 때도 발을 걸어서 기술을 쓸 수 있다고 하였는데 철우는 아무 기술도 쓰지 못하고 잠시 버둥대었다. 그 순간 상대 선수가 땅에 내려놓으면서 호미걸이를 걸어와서 철우는 맥없이 뒤로 자빠지고 말았다. 너무 허탈한 순간이었다. 이번에도 구경꾼들이 환호성을 치고 있었다.

 이제 둘 중에 한 명이 한 판만 이기면 양승이어서 장원이 되는 것이다. 욕심이 있어서 일까, 아니면 기대감이 커서일까 갑자기 철우의 머릿속이 텅비는 듯하더니 사람들의 소리도 잘 들리지 않았다. 오직 상대 선수를 어떻게 이길까 하는 마음뿐이었다. 더 이상 잡치기도 어려웠다. 호미걸이는 많이 연습했지만 오히려 역습으로 호미걸이에 한 판을 졌다. 이번에는 어떤 기술을 쓸까. 철우로서는 딱히 선제기술을 쓸 만한 게 없어서 상대방 선수의 기술에 따라서 역이용하는 게 좋겠다고 판단했다. 아예 약간의 허점을 보이는 듯하다가 역공격을 하면 될 것 같다는 느낌이 들었다. 왜냐하면 상대 선수는 씨름 기술을 아주 잘 활용하기 때문이다. 철우가 특기로 익힌 세 가지가 아니라 적어도 십여 가지 어려운 기술을 잘 이용하고 있는 모양이었다. 아니 그렇다고 형님에게 들었다.

세 번째 판,

두 번째 판과 마찬가지로 서로 간에 견제를 하느라고 엉덩이를 쭈욱 빼고 다리도 크게 벌리고서 힘을 겨루기만 하였다.

그때, 상대 선수가 무릎을 약간 굽히면서 손으로 철우의 몸을 들어 올리려고 하였다. 들배지기가 들어오는 순간이었다. 철우는 몸무게를 이용하여 힘껏 엉덩이를 더 빼고 뒤로 끌면서 양다리를 가위처럼 벌렸다. 그런 식으로 자세를 낮추어서 들배지기를 막아내었다. 이에 상대 선수는 헛힘만 쓰다가 들배지기를 포기하고 아까처럼 자세를 유지한 채 또 다른 기술을 걸려고 기회를 찾고 있었다. 철우도 선제기술에 당하지 않고 역습할 기회만을 노리고 있었다. 그런데 씨름 기술 중에서도 들배지기는 힘이 아주 많이 드는 기술이다. 자칫하다간 먼저 걸어온 선수가 허리를 다칠 수도 있는 매우 위험한 기술 중에 하나이다. 상대방의 선수를 번쩍 들어서 자기 머리 위로 넘기는 기술로 매우 어려웠고 허리도 유연해야 했다.

아까와 같은 자세를 취하고 있는데, 이런 자세라면 걸어올 기술이 또 들배지기밖에 없었다. 다른 기술은 마땅치 않기 때문이다. 이번에도 또 무릎을 살짝 굽히는 듯하면서 두 손으로 철우의 몸을 들어 올리려고 하여 철우는 아까와 똑같이 엉덩이를 힘껏 빼고 양다리를 벌리면서 자세를 낮추어 버티었다. 그러니까 상대방도 더 이상 들배지기를 시도 못하고 포기하려고 했다. 그 순간, 철우에게는 상대방의 쥐는 손힘이 약해지면서 다리 힘도 약해지는 것이 샅바를 통해서 느껴졌다. 철우는 번개와 같은 속도로 달려들어서 죽을힘을 다하여 대들면서 상대방을 옆으로 메다꽂았다. 잡치기로 또 한판승을 한 것이다. 상대 선수는 힘도 제대로 못쓰고 나뒹굴었다.

구경꾼들은 일제히 일어나서 하늘이 무너질 듯 땅이 꺼질듯 소리소리 치고 박수를 치고 그야말로 난리통 속이었다.

철우는 즉시 어머니 옆으로 가서 어머니를 등에 업고는 씨름판을 한 바퀴 돌았다. 어머니는 "망측하다, 망측해."라고 말하면서도 싱글벙글 좋아했다. 씨름을 가르쳐 주었던 김진수 형님도 자기 일인 양 매우 기뻐하면서 철우와 함께 씨름판을 돌았다.

모두들 철우에 대한 칭송이 자자하고 효자라고 했다. 게다가 알지도 못하는 계집애들이 와서 무슨 들꽃, 산꽃을 주는 게 아닌가. 아마 십여 명도 넘었을 것이다. 안면이 더러 있는 계집애도 있었지만 누가 누군지도 모르고 철우는 그저 감사하다고 말할 뿐이었다.

드디어 시상식에 우뚝 선 철우는 상장과 상품으로 황소를 한 마리 받았다. 철우는 태어나서 처음으로 이렇게 기쁜 적이 없었다. 지금 이 자리에 아버지가 있었다면 얼마나 좋을까 하는 생각이 들었다.

"아버지, 저 씨름 장원되었어요."

이렇게 외치고 싶었다.

이어서 씨름에 참가했던 모든 선수들은 뒤풀이로 돼지고기 찌개와 탁주를 마시면서 환담을 했다. 결승전에 만났던 강수용 선수도 다가와서 겸연쩍게 축하를 해주었다.

"아이구, 형님이 봐주셔서 제가 장원이 된 것입니다. 경력이나 기술로 따지고 보면 저는 조족지혈입니다."

철우가 아주 겸손하게 말대답을 하니 강수용도 "사실, 내가 막판에서 실수를 했지, 들배지기가 어려운데 두 번씩이나 시도했다가 역습당한거지. 하하하."라고 말한다.

"맞아요. 저도 형님이 두 번씩이나 들배지기 하리라고는 생각지 않았습니다. 그런데 두 번째는 확실히 힘이 빠져 있더라구요. 그래서 제가 이겼지요. 죄송해요, 형님."

"하하하, 맞아 맞아. 정말 눈치 빠르네. 하하하."

이때 저편에서 다른 사람들과 이야기하던 진수 형님이 왔다.

"야아~ 이번엔 꼭 네가 장원될 줄 알았다."

"하하, 그러냐? 그런데 또 미역국 먹었다."

철우에게 씨름을 가르쳐주는 김진수와 강수용은 동무처럼 지내는 사이로 진수 형님은 이미 장원을 했으나, 강수용은 이번에도 장원을 하지 못했기에 위로차 말을 한 것이다.

"철우가 힘도 쎄지만, 눈치가 대단하다. 눈치도 가르쳤냐?"

"하하하. 내가 어떻게 눈치를 가르쳐, 씨름 기술도 몇 개밖에 못 가르쳤다. 난 그래서 올해는 네가 장원하고 철우는 내년쯤 장원에 도전해 볼 만하다고 생각하고 있었는데 정말 뜻밖이다. 네 말대로 눈치가 빨라서 장원을 한 모양이다."

둘이서 이런 대화를 하면서 철우를 치켜세웠다. 사실이 그랬다. 철우는 사냥꾼의 아들로 자랐고, 또 사냥꾼으로 살아가면서 짐승 한 마리라도 잡으려면 다른 사람들보다 수십 배 이상 눈치가 빠르고 민첩해야만 사냥 할 수 있었다.

이렇게 셋은 격의 없이 대화를 하면서 탁주를 마시었다. 뒤풀이는 늦게까지 진행되었고, 철우는 여러 사람들에게 축하를 받았다. 얼마 후 뒤풀이가 끝나고 멀리서 온 사람들 때문에 작별인사를 해야 한다고 했다.

철우는 모든 분들에게 허리를 굽혀서 인사를 하고 어머니와 함께 황소를 끌고서는 집으로 향하려 했다. 그런데 갑자기 사십 중반쯤 먹은 아주머니인지 할머니인지 한 분이 앞에 섰다.

"철우라고 했지, 오늘 장원한 철우."

"예, 맞아요. 그런데 저에게 무슨 볼일이 있나요?"

"무슨 볼일은, 볼일은 없구, 아니 볼일이네, 이것도 볼일이야."

"예에? 무슨 볼일인가요? 지금 집이 멀어서 빨리 가야 합니다."

이러니 옆에 있던 어머니도 어리둥절해서 쳐다만 보고 있었다.

"다른 게 아니라 그 옷을 벗어서 나에게 주게. 여기 새 옷 한 벌 있으니까 이 옷으로 갈아입어."

"예에? 이 옷 땀에 절어서 꼬질꼬질하고 냄새가 심합니다."

"아이, 괜찮아. 어서 내 말대로 여기 새 옷으로 갈아입어, 그 옷은 내가 빨아서 간수할 테니."

"어어허, 엄니 이게 무슨 일인가요?"

철우가 어머니를 쳐다보면서 의아해했다.

그제서야 철우 어머니도 눈치를 채었는지

"애, 그냥 벗어줘, 새 옷 준다는데, 이따가 얘기하자."

어머니가 그러시니 철우도 더 이상 대꾸할 수 없어서 저편 쪽으로 가서 새 옷으로 갈아입고는 입던 옷을 그 할머니에게 주었다. 그랬더니 만면에 웃음을 지으면서 매우 좋아하였다.

잠시 후, 집으로 돌아오는 길에 철우가 어머니에게 물었다.

"엄니, 이 옷이 저에게 맞아요. 일부러 이렇게 지어왔을까요?"

"글쎄다. 그 할머니는 오늘 장원한 사람의 옷이 필요한 거야."

"왜요?"

"민간 속설이지만 씨름에서 장원한 사내의 옷을 지니고 있으면 아들을 낳는대더라. 호호호."

"그래요? 하하하. 그런 얘기가 있었네요."

"글쎄다. 난 그렇게 안했어도 아들을 둘이나 낳았었는데 말이다."

"그러게요."

철우와 어머니는 이런저런 담소를 나누면서 해가 떨어져서야 산중턱의 집에 도착하였다.

철우는 대충 몸을 씻고는 저녁을 먹는 둥 마는 둥 하고는 곧바로 깊은 잠에 빠졌다.

단옷날 있었던 씨름대회는 정말로 힘들어서, 철우는 그 다음 날도 먹고 자기만 하였다.

그 다음날,

"엄니, 이제 실컷 다 잤어요."

"그래 아주 잘했다. 그런데 소 여물주기가 번거롭다. 여긴 산판이라 꼴 베기도 쉽지 않아."

"아이참, 그러네요. 매일 한두 지게 가량 꼴을 베러 다니던데. 여긴 산중이라 풀도 별로 없고 정말 큰일이네요."

"글쎄 말이다. 엊그제 상으로 타온 소를 당장 내다 팔 수는 없고."

"그건 안 됩니다. 다른 사람의 눈도 있지요. 일단 제가 어떻게 꼴을 베어 와서 소를 먹이고 몇 달 지나봐서 정 어려우면 팔면 될 것 같아요.”

“그래, 네 말이 맞다. 지금 당장 판다고 내놓으면 손가락질 받기 십상이다.”

“맞아요. 엄니. 그럼 오늘 아침밥 먹고 꼴 한 지게 해다 놓고 나가보겠습니다.”

“응, 그래라. 어디 마을로 내려가게?”

“아뇨, 그냥 뒷산으로 해서 저쪽 앞산 쪽으로 한 바퀴 돌아보렵니다. 그동안 씨름 연습하느라고 나가보질 못했지요. 짐승들이 겨울을 잘 보내고 잘 크고 있는지 확인하러 갑니다.”

“호호호, 잘 크는지 어떻게 알아?”

“똥 보면 알지요. 짐승들 똥이 여기저기 많으면 잘 있는 겁니다.”

“호호호, 너 정말 사냥꾼 아들답다. 네 말이 맞다. 사람도 그렇잖아. 똥 보면 건강상태를 알 수 있다고.”

“예, 맞아요. 아마 지금쯤 토끼똥은 사방에 깔려 있을 겁니다.”

이렇게 해서 철우는 조반을 먹고 지게를 지고 저 아래쪽으로 내려가서 꼴을 한 지게 베어와서 소에게 주었다.

이어서 철우는 간단히 사냥용 긴 칼을 옆에 차고 망태기에 주먹밥과 물 담는 호리병 등을 넣고 산으로 들어갔다. 오래간만

에 산에 올라오니 마음이 아주 상쾌하였다. 산은 온통 푸른색
으로 눈이 부실 정도였다. 이제 막 새 이파리들이 올라와서 연
한 녹색 빛을 띠고 있는 광경은 정말로 황홀한 풍경이었다. 철
우는 딱히 정해진 목적지가 없이 이곳저곳을 살펴보면서 짐승
들의 발자국이나 똥을 찾아보았다.

산에서 보기 드물어 사라진 줄 알았던 노루와 고리니똥도 발
견했다. 사슴똥은 보질 못했다. 사람들 말대로 녹용 때문에 조
선 땅에서 사슴 씨가 말랐다더니 그런 모양이었다. 아니 적어
도 여기 칠갑산에서는 사슴이 없어진 모양이었다.

철우는 얼마동안인가를 작은 산봉우리들을 넘나들면서 돌아
다니다 보니 문득 시장기가 들었다. 하늘을 올려보니 중천에
있던 해가 서쪽으로 기울기 시작하는 것이 아미 미시에 접어든
모양이었다.

"어어, 벌써 시간이 이렇게 갔네, 저쪽 능선에 가서 점심이나
먹자."

철우가 말하는 저쪽 능선은 묏자리처럼 잔디가 넓게 깔리고
편평하여 햇볕에 앉아 쉬기에 매우 좋은 장소였다. 여긴 아버
지와도 여러 차례 와서 쉬었던 곳이라 새삼 아버지 생각도 났
다. 철우는 주먹밥을 꺼내들고 베어 먹으면서 호리병의 물도
마시었다. 주먹밥 하나 먹는 것은 그리 시간이 걸리지 않았기

에 잠시 후 그 자리에서 뒤로 벌렁 누워버렸다.

"야아~ 좋다. 하늘에 구름 한 점 없구나, 햇볕도 따사롭고 정말 편안하다."

철우는 누워서 하늘을 바라보면서 매우 흡족해 하였는데, 그런 기분이 금세 달라지기 시작하였다. 갑자기 씨름에서 장원했을 때 자기에게 들꽃, 산꽃을 준 여자애들이 누군가 궁금해졌다.

'그 애들이 누굴까? 궁금하다. 안면이 있는 것 같기도 하고. 처음 보는 여자애도 있는 것 같고.'

마을에 내려갔을 때 동무들이 계집애 얘기를 늘어놓으면, 산중턱에서 빈한하게 살고 있는 철우는 늘 기가 죽어서 단 한마디도 못하곤 했다. 더러는 여자애와 몰래 만나고 있는 동무들도 있었는데 그들은 그걸 자랑스럽게 이야기하곤 했다.

'흐흠, 걔들은 마을에서 사니까 오다가다 눈이 맞은 거지. 그런데 나에게 시집올 여자가 있을까. 사냥꾼의 아들이 또 사냥꾼처럼 살고 있는데. 어머니 말씀으로는 짚신도 짝이 있다는데 나에게도 짝이 생길지 모르겠다.'

이제 철우는 어린 시절을 벗어나서 어른이 되기 위한 과도기에 있었던 것이다.

아무튼 철우는 온갖 상념에 빠져 있다가 저도 모르게 눈을 감고 잠이 들어버렸다. 한 손을 두 눈에 올려서 따사로운 햇볕을 가리고는 그냥 잠에 빠져버렸다. 씨름 때문에 지난 3월부터 맹

훈련을 했던 것이 이제 와서 피로감이 몰아쳐와서 어제도 하루 종일 자다시피했지만 아직도 덜 풀린 모양이었다.

철우는 그렇게 잠들었다가 한 시진(2시간) 조금 넘어서야 눈을 떴다.

"아이구, 너무 잤나보다. 어서 내려가자."

철우는 아까보다는 다소 빠른 걸음으로 내려오다가 방향을 왼쪽으로 바꾸었다. 오른쪽으로 가면 산 한 자락을 빙 돌아서 내려오는데 거긴 길이 평탄하여 걷기가 좋았으나 시간이 많이 걸리는 길이고, 왼쪽은 지름길이나 거의 끝자락 부분에 심한 경사의 너덜겅(돌이 많이 흩어져 있는 비탈)이 있었다. 여긴 아주 좁은 길이 나있었는데 겨우 한 사람이 지나갈 정도였다. 그 아래는 세 길(4,5m) 가량이 심하게 경사진 너덜겅이어서 지게를 진 사람들은 매우 조심해야 하는 길이었다. 하지만 이쪽으로 내려가면 곧바로 평지로 이어지고 마을길로 연결되어서 이용하는 사람들도 가끔 있었고, 더러는 굴러 떨어져서 다쳤다는 소문도 있었다. 그래서 철우 아버지도 이 길을 갈 때는 짐이 아무것도 없을때만 내려가야지 사냥한 짐승 가지고 내려갔다가는 굴러 떨어지기 십상이라고 주의를 주셨다.

10. 아이고, 사람 살려!

아무튼 철우는 시간이 늦었기에 아무 생각 없이 터덜터덜 이쪽 너덜겅길로 들어섰다.

"아이고, 사람 살려! 사람 살려!"

"......"

"도와주세요. 여기 사람 있어요."

"으응? 무슨 소리인가? 사람 소리 같은데."

철우가 걸음을 멈추고는 소리가 나는 방향으로 귀를 쫑긋거렸다.

"사람 살려! 여기 사람 있어요."

가냘픈 여자 목소리가 분명하였다. 그러지 않아도 여기에서 굴러떨어진 사람들이 있었다고 들었는데 어떤 여자가 떨어진 것이 분명하여, 철우는 단걸음에 그쪽으로 뛰어갔다.

과연 저 아래 절벽 같은 너덜겅 세 길(4.5m)쯤 아래에 어떤 여자가 다리를 펴고 앉아서 위를 올려다보면서 살려달라고 소리

청두령·홍두령 **185**

를 치고 있었다.

"어디 다쳤어요?"

마침내 철우가 큰소리를 치니 그 여자는 마치 하늘에서 신선이라도 내려온 듯 반기면서
위를 올려다보았다.

"예, 그 위에서 굴러 떨어졌어요. 다리를 다쳐서 꼼짝을 못합니다. 살려주세요."

"하이구야. 이거 낭패네. 조금만 기다려봐요. 내가 칡넝쿨을 끊어와서 내려갈 테니."

"예, 고맙습니다. 아저씨."

하지만 너덜겅인 거기에는 그 흔한 칡조차 없었기에 다시 위쪽으로 올라가서 되는 대로 열 발(대략 15m 정도) 정도를 끊어와서 마침 근처에 서있는 나무에 묶고서는 내려갔다.

깨진 사기그릇이 여기저기 뒹굴고 똬리와 광주리가 저만치에 나뒹굴고 있었다. 광주리를 머리에 이고 가다가 떨어진 모양이었다.

"아이구, 너 철우 아냐?"

"에엥? 누구냐? 넌?"

"나? 최 진사 댁에 사는 은분이야."

"뭐어? 네가 은분이야. 얘기는 들었다. 나를 어떻게 아니?"

철우는 최 진사 댁에 은분이라는 여종 같지 않은 여종이 있다는 것을 어머니에게 여러 번 들었던 터였다.

"응, 단옷날 너 씨름하는 거 보러갔지. 장원해서 황소 탔잖아."

"으응, 맞아, 그때 나를 봤구나."

"그럼, 그때 내가 너에게 하얀 꽃도 주었잖아."

"그랬어? 그때 여자애들 여러 명이 들꽃, 산꽃을 주더라. 근데 난 그게 누군지 잘 몰라."

"나도 주었지, 하얀 찔레꽃."

"어엉, 그랬구나. 그런데 어쩌다가 여기로 떨어졌냐?"

"저쪽 밭에 우리 김 서방 내외가 밭에서 풀을 뽑거든, 그래서 내가 점심 가져다 주고 이쪽 길로 오다가 머리에 이고 있던 광주리가 저 나무에 걸려서 떨어졌어. 아이구 아퍼라."

"저기, 내가 칡넝쿨 걸어놓은 나무?"

"으응, 그 나무야, 그 나무가 나에게 벌을 주네."

"하하하, 뭘 잘못했길래 나무가 벌을 다 주니. 지금 어디가 아픈데?"

"양발 양다리가 다 아프다. 아이고 다리가 부러졌나보다."

"어디 좀 보자."

철우가 다리를 보자는데 치마만 살짝 걷어 올리고 속바지에 버선까지 신고 있는 다리를 보여준다.

"아니, 다리를 봐야, 대강이라도 어쩐지 알지. 이렇게 하고 있으면 어떻게 해. 바지도 걷고 버선도 벗어봐야지.”

“아이참, 외간 남자인데 어떻게 그래. 그냥 봐봐.”

“내 원 참, 아무리 명의가 온다 해도 이렇게 해서는 알 수 없을 거다.”

“네가 뭘 아니? 의원이야? 다리를 보면 알 수 있단 말이냐?”

철우는 기가 막히어 은근히 부아가 났다. 그럼 살려달라고 하지나 말지. 그리고 은분이가 진짜 여종이라면 상민(常民)인 철우에게 굽실거려야 하는데, 자기가 마치 양반집 규수처럼 철우를 하대(下待: 상대편을 낮게 대우함)하고 있어서 더욱 부아가 나기 시작한 것이다.

“그래, 난 의원이 아니니까. 너 혼자서 해결해라. 그리고 네가 여종이라면 나에게 공손하게 대해야지, 마치 양반집 규수라도 되는 듯이 나에게 이래라 저래라 하대를 하는 이유는 뭐냐?”

“뭐 그게 어때? 동무 같으니까 그랬지.”

“뭐어? 내가 네 동무라고, 너보다 나이도 많다. 너 몇 살이야?”

“열여섯 살 무진(戊辰)생 용띠이다.”

“뭐어? 난 병인(丙寅)생 열여덟 살이다. 내가 두 살이나 더 많으니 오빠인 셈이다.”

“여자는 위로 대여섯 살 남자까지는 동무란다.”

“누가 그래? 내 원 참, 갈수록 태산이다. 뭐든지 제 마음대로 해석하는구먼.”

"그럼 어때서 자꾸 그래?"

"아무튼 너하곤 대화가 안 된다. 너 혼자 알아서 올라오든지 저 아래로 오 리(2km)쯤 기어서 오든지 네 마음대로 해라. 난 모르겠다."

철우가 짐짓 화를 내는 척하고 두어 걸음 뒤로 물러앉았다.

"아녀자가 곤경에 빠졌으면 구해주는 것이 인지상정(人之常 情: 사람이면 누구나 가지는 보통의 마음)이거늘 어찌 구조하지 않고 방치하고 떠난다고 하냐?"

이건 꼭 어른들이 문자를 써가면서 훈계하는 식으로 말하고 있다.

"아이구, 너 인지상정이 무슨 뜻인지 알고나 있어?"

"그럼 몰라, 사람이면 누구나 가지고 있다는 마음이지. 내가 한문 공부를 얼마나 했는데 그래."

"뭐어? 너 여종 진짜 맞냐. 한문을 어디까지 읽었어?"

"지금 대학 배운다. 넌 언문도 모르지?"

"날 너무 무시한다. 나도 삼국통감까지 배웠다."

당시에 한문을 배우는 대체적인 순서를 보면 '천자문-동몽선 습-계몽편-명심보감-삼국통감(삼국지)—소학-대학-논어-중용-맹자'의 순서이다. 이중 대학, 논어, 중용, 맹자가 사서삼경의 사서이고, 삼경은 시경, 서경, 역경이다. 이러니 은분이는 양반집 자제들이 배우는 한문 과정을 그대로 배우고 있었던 것이다.

"뭐라고? 사냥꾼의 아들이 삼국통감까지 배웠다고, 그럼 유비, 조조, 제갈량을 알아?"

"그럼 알지, 얼마나 재미있게 배웠는데."

"누구에게 배워?"

"누구긴 누구야, 우리 엄니지."

이때 철우는 다시금 지난번에 어머니가 하신 말씀을 떠올렸다. 최 진사 댁에 몇 번 일을 갔었는데 거기에서 일하는 은분이라는 여종은 여종 같지가 않았다는 것이다. 여종이라는데 옷도 단정히 입고 누가 와서 한문도 가르치는 모양 같더라고.

"넌 누구에게 한문을 배우냐?"

"가끔 훈장님이 집으로 오신다. 대감님께서 그리 하라고 시키신 모양이야."

"하아참, 알 수 없다. 네 신분이 여종이 아닌 것만은 확실하다. 무슨 알지 못할 속내가 있을 거 같다."

"글쎄, 그건 나도 몰라, 아주 어렸을 때 여종으로 왔다니까 그런 줄 알고 있지."

"그래 말이 자꾸 길어진다, 그렇다고 하고 우선 아픈 다리를 보아야 응급조치라도 하지."

"응급조치는 할 수 있어?"

"하아참, 말대꾸 그만 좀 해라, 사냥꾼이신 아버지에게 웬만

한 것은 다 배웠다. 의원에게 가지 않고도 나을 수 있어."

이러니 은분이는 조금 마음이 놓이는지 속바지를 걷어 올리고 버선도 벗었다.

눈같이 하얀 속살이 드러나니, 철우는 괜스레 가슴이 울렁거리고 은분이는 창피하다는 듯이 입속으로 '아이구, 망측해라.'라고 되뇌고 있었다.

왼쪽 다리는 발목부터 종아리 부근까지 벌겋게 되고 부어있었고, 오른쪽 다리는 발목근처만 부어있었다. 철우는 은분이가 뭐라고 쫑알거리거나 말거나 이리저리 만져보면서 나름대로 진단을 내렸다.

"암만해도 왼쪽 다리는 뼈가 부러졌든지 아니면 금이라도 간 것 같다. 여길 응급조치를 잘해야지 안 그러면 평생 불구가 될 수 있다."

이러니 은분이가 깜짝 놀라면서 울음소리를 내기 시작했다.

"그리고 오른쪽 다리는 발목이 심하게 접질린 것 같은데 이 발도 지금 내딛지 못할 것 같아, 아파서. 그러니 양쪽 발 모두 딛지 못할 테니 이를 어쩌냐. 집까지는 여기에서 반 시진은 더 걸어가야 하는데."

"아이고, 이이잉, 이를 어째."

"뭘 어째, 나에게 응급조치를 받아보든지, 아니면 여기 있다가 밤에 늑대밥이 되든지 둘 중에 하나야. 뭐든지 네 마음대로 하려고 드니까 네 마음대로 결정해."

"흐흐흑, 어서 조치를 해봐, 어떻게 하는 건데 그래. 이이잉. 늑대밥 되기 싫단 말이야."

그제야 은분이는 기가 한풀 꺾였다.

"알았어, 이것도 인연인데 아녀자 목숨 하나 구해야지."

철우가 약간 의기양양하게 대꾸했다.

"아무튼 운이 좋았다. 머리부터 떨어졌으면 벌써 저세상 사람이 되었을 거다."

"글쎄 말이야. 천우신조(天佑神助: 하늘이 돕고 신령이 도움)야."

은분이는 여전히 문자를 쓰고 있다.

"하늘과 신령님이 아니라 나 같은 사람 만나서 살게 되는 모양이다."

"그러게, 무슨 인연인 모양이야."

"그럼, 다른 데는 다친 데 없어?"

"몰라, 엉덩이도 무지 아프다, 저기서 뚝 떨어진 것이 아니라 미끄러지면서 떨어져서 바지와 치마도 찢어졌어. 아이참, 얼마 입지 않아서 새 옷이나 마찬가지인데."

"아무튼 이만한 것이 다행이다. 여기서 잠시 기다려라. 내가 다시 올라가서 처치 재료를 구해올테니."

"으응, 빨리 와."

철우는 칡넝쿨을 붙잡고 다시 올라가서 다시 저편 아래로 내려갔다. 그리고 한참 후에 칡넝쿨을 길게 끊어서는 둘둘 말아서 어깨에 메고, 칡 잎새, 질경이 잎새, 작은 나뭇 가지 등을 한아름 가지고 내려왔다.

"뭐가 이리 많아?"
"이게 다 처치에 쓸 재료다."
이어서 철우는 넓적한 돌에 질경이 잎새를 놓고 돌로 빻아서 걸쭉한 죽처럼 만들었다. 그러고는 뼈가 부러진 것 같다는 은분이의 왼쪽 발목과 종아리에 질경이 죽을 덕지덕지 붙였다. 그 위로 칡 잎새를 얹어놓고 작은 나뭇가지로 종아리 전체를 감싸면서 칡넝쿨로 칭칭 감았다.
"이걸 부목(副木)이라고 하는 거다. 이래야 부러진 뼈가 고정되는 거야. 이렇게 한 달 넘게 있어야 뼈가 붙는다고 아버지가 말씀하셨어."
"우웅, 그렇구나, 의원 같다."
"산 생활하면 별걸 다 알아야 살 수 있어. 여기 마을하고는 달라."
"응, 그럴 것 같다. 누구에게 도움을 청할 수 없으니 말이야."
이어서 철우는 오른쪽 발목도 질경이 죽을 덕지덕지 바르고 칡잎새로 감싼 다음 칡넝쿨로 단단히 동여매었다.
"여기도 크게 접질린 것 같은데 이런식으로 하면 아마 열흘이면 나을 거다. 그나저나 저 위로 어떻게 올라간다니?"

"어디? 저 윗길로 올라가야해?"

"그럼, 이 아래로 가려면 빙 돌아서 거진 한 시진도 더 걸릴 것 같은데, 이 위로 가야 지름길이지. 그런데 걷지를 못하니 어쩌지? 마을에 가서 도움을 청하고 들것을 가져와야 하나. 아이참, 도와주기도 어렵다."

"미안해, 어떻게 저길 올라가나. 흙이 밟으면 다 무너져 내리는데, 발을 딛지도 못하니 이를 어쩌나."

"올라갈 수야 있지. 여기 칡넝쿨을 많이 끊어왔으니 이걸 몸에다 묶고서 내가 위에서 끌어올리는 거야."

"어머, 그거 좋은 생각이다."

"그러자, 일단 위로 끌어올리고서 다음 생각을 하자."

"응."

철우는 기다란 칡넝쿨을 주면서 양쪽 겨드랑이를 거쳐서 몸을 한 바퀴 돌아서 묶으라고 시켰다. 그런데 분이는 그걸 제대로 하지 못하고 엉성하게 둘러서 매듭을 지으려고 한다.

"너 그러다가 위로 올라갈 때 쭉 빠져서 또 떨어진다. 아까는 용케 발부터 떨어졌지만 이제 머리부터 떨어지면 황천길이야."

"아이참. 이게 잘 안 돼. 너무 뻣뻣해서 구부러지질 않아."

"그러니까 힘을 좀 써야지. 슬슬 묶으니까 그렇지, 내가 해볼까?"

"아이구 이를 어째, 남녀유별인데……."

"그럼 어쩔 거야."

"아이참, 할 수 없네. 네가 잘 묶어봐."

이래서 철우가 칡넝쿨 세 가닥으로 분이의 가슴 위와 겨드랑이 사이로 묶게 되었는데 어쩔 수 없이 자꾸 손이 앞가슴을 스치게 되었다.

'아이참. 남녀유별인데 외간 남자의 손이 앞가슴에 닿네.'

그런데 큰소리로 말하진 못하고 혼잣소리처럼 말하고 있었다. 또 뭐라고 말했다가는 핀잔만 들을 것이 뻔했기 때문이다.

"이게 세 가닥이니까 절대 끊어지지 않을 거야. 이걸 내가 위에서 끌어당긴다. 알았지?"

"응, 손은 어떻게 해."

"손은 그냥 칡넝쿨 잡고만 있어, 발은 내딛지 말고, 내가 힘이 세니까 금방 올라올 거야."

"으응, 고마워."

철우가 세 길(4.5m) 가량 되는 윗길로 먼저 올라가서 은분이를 끌어올리는데, 이게 웬일인지 쉽지 않았다. 분이가 쌀 한 가마니보다 훨씬 가벼울 텐데 자세가 어정쩡하니 힘을 주기가 쉽지 않았다. 그렇게 끙끙대면서 조금씩 끌어올리다보니 힘주는 자세가 어느 정도 바로 잡히면서 서서히 끌어올려졌다.

그렇게 두 간(間: 3.6m정도)쯤 올라 왔을 때였다. 철우는 갑자기 장난끼가 생겨서 도도하게 구는 은분이를 한번 골려주어야겠다고 마음먹었다.

"너, 은분아, 내가 너보다 두 살이나 더 많은데 앞으로 오빠라고 부를 테냐?"

"뭐라구? 무슨 오빠야, 그냥 동무지."

"그래, 오빠라고 안 부르면 여기서 떨어트릴 테다."

그러면서 손의 힘을 잠깐 놓으니 칡넝쿨이 서너 자 가량 빠져나가면서 은분이가 막 떨어지는 형국이었다.

"엄마나~ 사람 살려~ 떨어진다!"

"이래도 오빠라고 안 부를 테냐? 이번에 완전히 손 다 놓는다."

이번에는 철우가 손을 놓지는 않고 앞뒤로 옆으로 흔들흔들하니 은분이는 진짜 떨어지는 줄 알고는 혼비백산한다,

"아이구 엄니, 살려줘요. 아니 오빠, 철우 오빠 살려줘!"

목숨이 경각에 달렸다고 생각한 은분이의 입에서 저절로 오빠 소리가 나왔다.

"으음, 잘했어. 그리고 존댓말을 하는 거다. 동무 아니야. 오빠니까 존댓말을 하는 거다."

"예, 오빠, 살려주세요."

은분이는 식은땀을 마구 흘리며서 울상을 짓고 애원을 하였다.

그제야 철우가 칡넝쿨을 잡아끄는데 갑자기 "뚝" 하면서 칡넝쿨 한 가닥이 끊어지고 말았다. 조금 전에 흔들었던 것이 힘을 받아 끊어지고 만 것이다.

"옴마야, 넝쿨이 끊어진다."

그제야 위급함을 알아챈 철우도 있는 힘껏 넝쿨을 잡아당기는데 또 한 쪽이 끊어지려고 "투둑~" 소리를 내기 시작했다.

"아이고, 이거 큰일이다. 여기서 놓치면 진짜 떨어진다."

철우는 씨름판에서처럼 순간적으로 많은 힘을 쏟으면서 은분이를 끌어올렸다.

"은분아, 여기 내 손 잡아."

"아이고 엄니. 나 죽네."

긴박한 순간에 어떻게 은분이의 오른손이 철우의 왼손을 잡았고 철우는 번쩍 들어올리는데 한 가닥이 또 "뚝!" 소리와 함께 끊어지면서 은분이의 몸이 출렁했다.

"아악~"

"은분아. 여기 이쪽 손은 내 목을 잡아."

이러니 은분이는 간신히 철우의 목을 손으로 감싸듯이 잡았다. 철우는 땅바닥에 엎드린 채 오른손으로는 땅에다 대고 버티면서 한손으로 은분이를 끌어올리면서 목으로도 은분이를 끌어올려야 했다. 아, 정말 천운인가. 은분이는 그렇게 간신히 올라왔는데 공교롭게도 철우의 볼과 은분이의 볼이 맞닿으면서 올라왔다.

"으휴, 죽을 뻔했다."

"아이고 엄니, 죽다 살아났네. 고마워 오빠."

은분이는 정말로 고마움을 아는지 철우에게 오빠라고 말을 하고 존대를 하가면서 다소 공순해졌다.

"아이고, 오늘 편히 쉬려다가 덤터기 썼다. 좀 쉬었다 가자."

"예."

철우는 좁은 길에서 벌렁 누워서 한숨을 돌리고 있었고, 은분이는 죄인처럼 두 다리를 뻗고는 처분만 기다리고 있었다.

이러는 사이에 시간은 흘러서 해가 서편으로 넘어가고 있었다. 잠시 숨을 고른 다음에 철우가 일어서긴 하는데 또 걱정이다. 어떻게 집에까지 갈 것인가가 문제였다.

"은분아, 이제 집에 가야 하는데 방법은 두 가지이다. 하나는 내가 먼저 가서 대감님께 말씀드리고 장정 두 명이 들것을 가지고 와서 너를 데려가든가, 아니면 여기서부터 내가 너를 업고서 집까지 가든가 둘 중에 하나이다. 어떻게 할래?"

"아이참, 날이 어두워지는데 혼자서 기다릴 수도 없고, 외간 남자의 등에 업힐 수도 없고, 이를 어쩌나. 아이참."

은분이가 혼잣소리를 하는데 옆에서 다 들린다.

"집에 갔다가 장정들이 오려면 얼마나 걸릴까요?"

"내가 내려가는 데 반 시진, 장정들이 오는 데 반 시진, 또 집에까지 가야 하니까, 총 한 시진 반 정도(3시간)걸릴 거다. 이건 장정들을 빨리 찾았을 때 얘기지 늦게 찾으면 그만큼 늦어지니까 넉넉히 두 시진(4시간) 이상은 걸릴 거야."

"그럼 오빠가 나를 업고 가면요."

"그냥 반 시진(1시간)이지."

기세등등하던 은분이는 풀이 완전히 죽었다. 왜냐하면 모든 일이 철우에게 달렸기 때문이다. 잠시 망설이던 은분이가 입을 열었다.

"혹시 누가 보진 않을까요?"

"누가 봐? 누가 보느냐구. 지금까지 여기에 사람 한 명이나 지나갔어? 개새끼 한 마리도 안 지나갔다. 그리고 조금 있으면 날이 어두워져. 올빼미가 아닌 다음에야 뭘 보겠냐?"

철우가 다소 목소리를 높이면서 퉁명스럽게 대답을 하니, 은분이는 더욱 기가 죽었다.

"저기, 오빠, 그럼 오빠 등에 업혀서 갈래요."

이렇게 말하고서는 부끄러운지 고개를 숙이고 말았다.

"할 수 없어, 여기서 어정쩡거리다가 늑대밥이 되느니 속히 내려가야 한다. 너 발을 딛고 땅에 서지 못하니 아까 저 아래에 서처럼 다리를 벌리고 앉아있어. 내가 그 안으로 들어가서 쪼그리고 앉을 테니까."

"예."

은분이는 정말로 망측스러운 자세로 앉아있어야 했지만 어쩔 도리가 없었다. 철우는 은분이가 다리를 벌린 안으로 들어가서 쪼그리고 앉았다.

"자, 양손으로 내목을 꼭 잡아. 작대기가 없으니까 처음엔 아주 힘들 거야. 꼭 잡지 않으면 일어날 때 손이 쑥 빠진다."

"예."

이렇게 해서 은분이는 철우의 목을 잡고 철우가 "끄응~" 하고 일어서려는데 생각했던 대로 은분이의 손이 쑤욱 빠지고 말았다.

"에이구, 그러니까 꼭 잡으랬잖아."

"아이참, 꼭 잡았는데 그냥 미끄러져요."

"그으래?"

그러더니 이번에는 은분이 더러 아까처럼 목을 꼭 잡으라고 하고선 오른손으로 은분이의 손을 잡아채듯이 힘을 주면서 간신히 일어났다.

"아이구야, 쌀 지게 지는 것보다 힘들다."

"오빠, 내가 그렇게 무거워요?"

"그게 아니라 일어서기가 어렵다는 말이다. 지게도 없지, 작대기가 없으니 힘들어."

그런데 업은 자세가 또 엉성하다. 다리를 쫘악 벌리고 손으로 목이나 어깨를 꼭 붙잡고 있어야 하는데 다리가 서있는 모양새로 있으니 아무리 체격이 큰 철우도 두 손으로 은분이를 붙잡을 수가 없다.

"아이구야, 은분아, 다리를 그렇게 하면 내가 어딜 잡고 있냐. 이렇게 내 목만 잡고 있다가는 나도 숨을 못 쉬어 죽을 거다."

"그럼 어떻게 해요."

"애들 업고 다니는 거 못봤어? 다리를 양쪽으로 가위처럼 좍 벌려서 내 허리를 감싸야 내가 다리를 붙잡고 업고 가지."

"아이그그, 점점 더 망측하네."

이번에도 큰소리는 못 내면서 은분이는 애를 태웠다. 그러자 자꾸 몸이 아래로 미끌리면서 떨어지려고 하자, 은분이는 깜짝 놀라면서 다리를 벌려서 철우의 허리를 감쌌다.

철우는 재빨리 은분이의 양다리를 손으로 붙잡으면서 "털썩" 하고 힘을 주어서 은분이를 위로 치켜 올렸다.

"엄마나!"

은분이는 대번에 철우의 등판 쪽으로 올려져서 업히게 되었다.

"에휴, 자 이제 되었다. 가자."

"오빠, 미안해요."

은분이는 기운이 지쳐서일까 아니면 기가 죽어서일까 목소리도 가늘어졌다. 하기야 업힌 상태이니 귓속말이나 다름없었다.

"이대로 가면 된다. 이제 내 목이 아니라 양어깨를 잡아, 놓치지 말고."

"예."

뭐라고 쫑알거릴 줄 알았던 은분이는 아무 말 하지 않았고, 철우는 생각보다 그리 무겁지 않다고 느꼈다. 아마 기분이 그랬을 것이다. 그렇게 열 걸음도 못 갔을 때 철우는 이상야릇한 감흥을 느끼게 되었다.

머리에 바른 동백기름 냄새 말고도 온몸을 자극하는 여자 내음 같은 게 느껴지더니, 등에 엎힌 은분이의 앞가슴이 걸을 적마다 철우의 등을 뭉실뭉실하면서 비벼대는 게 느껴졌다. 그뿐만 아니라 등 뒤 전체로 은분이의 가슴과 배가 맞닿았으니 뭉실뭉실한 느낌 외에도 따뜻한 체온이 그대로 전달되어 왔다. 은분이는 은분이대로 철우의 따뜻한 체온을 느끼면서 똑같이 이상야릇한 감흥이 생겼다.

'이게 사내 냄새인가.'

은분이는 속으로 이런 생각을 하였다. 하지만 둘은 아무 말도 하지 못하였다. 말이 많은 은분이가 뭐라고 한마디 할 줄 알

있는데 아무 말도 없어서 철우는 내심 걱정스러웠다.

"괜찮냐? 은분아, 업힐 만하니?"

"예, 좋아요, 오빠 덕분에 호강하네요."

"하하하, 이게 호강이냐 고생이지."

둘은 이렇게 간간히 정담을 나누면서 내려왔다.

그토록 내외 찾고 남녀유별, 외간 남자를 찾으면서 망측스럽다고 하던 은분이는 어느 사이에 철우의 등에 얼굴을 대고 있었다. 등에 업힌 채 깜박깜박 졸고 있었던 것이다.

철우가 힘이 세긴 했지만 다 큰 처녀를 오랫동안 업고 내려오기에는 너무 벅찼기에 세 번쯤 쉬면서 최 진사 댁에 다다랐다.

커다란 대문 밖에서 머슴이라는 김 서방 내외와 할머니가 나와서 은분이를 기다리고 있었다.

"아이고, 이게 웬일이여?"

셋이서 모두 놀라서 철우에게 다가왔다. 은분이는 눈물을 찔찔 짜면서

"저기 너덜겅에 있는 지름길에서 떨어졌어요, 다리가 부러졌나봐요."

이러니 다들 놀라서 은분이를 받아 안았다.

"아니 이게 누구여? 씨름 장원 철우 아닌가?"

"예, 철웁니다."

"자네가 어떻게 거길 갔어?"

"그냥 산 한 바퀴 돌아서 내려오다가 너덜겅에서 떨어져 신음하고 있는 은분이를 발견하여 간신히 업고 왔어요."

"그랬어? 아이고 고맙네, 고마워, 생명의 은인이네."

누구보다도 은분이와 한 방을 쓰고 있는 할머니가 고마워서 어쩔 줄 몰라했다.

"저녁밥은 먹었어? 못 먹었지?"

"아닙니다. 너무 늦어서 집에서 엄니가 많이 기다리실 겁니다. 빨리 가야 합니다."

"아이구 이를 어째, 미안해서, 그럼 인사는 나중에 하지."

"예, 그만 가보겠습니다. 일단 응급조치는 했으니 의원에게 보이면 알아서 치료해줄 것입니다. 은분아, 나 간다. 몸조리 잘해, 앞으로 한 달은 돌아다니면 안 돼."

"예, 오빠, 고마워요."

은분이는 아직까지도 눈물을 찍어내면서 훌쩍거리고 있었다.

철우는 뜀걸음으로 집으로 갔고, 은분이는 대문 안으로 들어가서 한편에 있는 들마루로 옮겨졌다. 곧바로 최 진사 내외가 나와서 걱정스럽게 은분이를 쳐다보고는 이것저것을 물어보았다.

"으음, 공연히 서두르다가 낭패를 당했다. 운이 좋아서 철우를 만났군."

두 분은 천만다행이라는 듯이 말씀하시고는 김 서방을 시켜서 의원을 데려 오라고 했다. 마침 의원은 근처에 있어서 한 식경(30여분)도 안 되어서 의원이 커다란 망태기와 나무 상자를 가지고 김 서방과 함께 왔다.

곧바로 횃불이 켜져서 집안은 대낮처럼 밝아졌고 의원은 다친 다리를 살펴보기 시작하였다.

"이거 누가 이렇게 부목을 대었나?"

"철우요. 씨름 장원 철우가 그렇게 했어요."

"뭐어? 철우가? 사냥꾼 아들 철우 말이냐?"

"예, 맞아요. 그 철우예요."

"어허, 그 녀석 제대로 했네, 뼈가 부러졌다면 이렇게 하는 수밖에 없어, 응급조치를 아주 잘했네 잘했어, 의원 못지않다."

의원은 이런 말을 하면서 은분이의 다리를 이러저리 살펴보고 여기저기 눌러도 보았다. 은분이는 아프다고 우는소리를 내고 있었다.

"이쪽 다리가 부러진 것 같지는 않은데, 아마 금이 갔을 수도 있다. 그러니 부목을 계속해야 한다. 적어도 한 달 넘게 해야 한다."

의원은 그러면서 대나무를 쪼개어 발처럼 엮은 것으로 다리를 둘둘 말고 노끈으로 칭칭동여매었다. 이제 제대로 된 부목을 댄 셈이다.

"처음엔 조금 답답하겠지만, 이 방법밖에는 없으니 이 발로 절대로 땅을 디디면 안 된다."

"예, 철우도 똑같은 말을 했어요."

"하하하, 앞으로 그 녀석이 이 마을에서 의원 노릇하게 생겼다."

"하하하."

"호호호."

이러니 대감님 내외와 김 서방 내외, 할머니까지 소리 내어서 웃고 말았다.

오른쪽 다리는 심하게 접질린 것 같으니 한 열흘 후면 좋아져서 발을 쓸 수 있다고 하였다. 그러면서 질경이를 이렇게 붙이면 소독도 되고 진통효과도 있으니 썩 좋은 방법이라고 또 철우를 치켜세웠다.

"대감님, 이제 다 되었습니다."

"아이구, 수고했소이다."

"이게 제 일인데요. 그만 가보겠습니다. 아니 김 서방은 따라서 내려오게, 내가 약을 지어줄 테니,"

"예."

이렇게 해서 김 서방은 의원을 따라 나섰고, 은분이는 할머

니와 김 서방 마누라가 들어서 방으로 옮겨졌다. 대감님 내외
도 "천만 다행이다."라고 말하면서 몸조리 잘 하라고 당부하고
는 들어갔다.

한편,
집으로 돌아온 철우는 밥상에 앉아 밥을 먹으면서 어머니에
게 아까 은분이가 너덜겅에서 떨어졌었던 이야기를 말했다.
"그거 정말 천만다행이다. 그 길이 하루에 몇 명 다니지도 않
는데, 밤이 되었다면 진짜 늑대밥이 될 뻔했다. 좋은 일 했다.
그런데 넌 웬일로 그길로 왔어?"
"그 위 산 능선에서 밥 먹고 잠깐 졸았는데 깨보니 잠깐이 아
니라 한 시진도 넘게 잔 것 같더라구요. 그래서 시간이 급해서
그리로 내려왔지요."
"은분이는 왜 그 길로 왔대?"
"그쪽 어디에 밭이 있어서 머슴 내외가 풀을 뽑는다고 하여
점심을 가져다주고 오다가 그런 모양이예요. 거기 커다란 나무
가 한 그루 있는데 광주리가 거기에 걸려서 그만 아래로 떨어
졌다고 하더라구요."
"오호, 정말 이상하다. 전생에 무슨 인연이 있는 것처럼 앞뒤
가 딱딱 맞네. 참 이상한 노릇이다."
"그러게요. 그런데 은분이가 아무래도 이상합니다. 여종이

아닌 거 같아요."

"그래, 맞다니까. 내가 전에도 말했잖아, 여종 같지 않은 여종이 있더라고, 동네 아줌마들도 한결같이 그런 말을 하더라."

"맞아요. 처음 나를 보았는데도 꼭 양반이 상민들 하대하듯이 말을 하더라구요. 은분이가 여종이라면 내가 저를 하대해야 하는데."

"호호호, 그랬어? 겉보기보다는 당돌하구나."

"그래서 나이를 알아보니 나보다 두 살이나 아래길래 내가 네 오빠인 셈이다, 그랬더니 여자한테는 대여섯 살 더 먹은 남자도 동무라네요. 나 원 참."

"호호호. 그래서 그 다음은?"

"할 말이 없었어요. 얼마나 말을 잘하는지 요리조리 말대꾸를 해대는데 얼핏 듣기에는 모두 합당한 말 같드라구요."

"대단히 영특한 아이구나. 암만해도 출신이 여종이 아니야. 그럼 그렇게 하면서 데려다 주고 왔어?"

"아니요, 저도 나름대로 꾀가 있어서 은분이의 코를 아주 납작하게 해주었어요."

"뭐어? 그렇게 당돌한 아이를 어떻게 했기에 코를 납작하게 했다니?"

"하하하, 다 비법이 있었지요."

이러면서 철우는 아까 칡넝쿨로 은분이를 끌어 올릴 때의 상황을 약간 과장되게 설명을 하였다.

"호호호, 진짜 재미있구나, 하마터면 큰일 날 뻔했다만 은분이의 기가 한풀 꺾였구나."

"예, 그런 셈이요. 게다가 업구선 집에까지 왔지요. 이제 "오빠, 오빠." 하면서 존댓말도 하고 아주 공손해졌어요."

"호호호, 들을수록 재미있다. 너도 내가 알기보단 굉장히 의뭉스럽구나(겉으로는 어리석어 보이나 속으로는 꾀가 있다.), 호호호."

"하하하, 그런가요."

모자는 이렇게 밤이 깊도록 담소를 나누고 잠이 들었다. 그러나 철우는 얼마 후에 마음이 싱숭생숭하여 저절로 깨어나서 뒤척이다가 잠을 자야 했다.

철우는 다음날 조반을 먹고 누렁이의 꼴을 한 지게 베어왔다. 철우 어머니는 아랫마을에 내려가고, 철우는 또 잠에 빠졌다. 왜냐하면 어젯밤에 잠을 제대로 자지 못했기 때문인데 어찌된 노릇인지 아침결부터 잠이 쏟아져 왔다. 그렇게 한참을 자고 점심을 먹었다. 그러고는 무슨 생각을 했는지 어제처럼 사냥용 칼에 망태기, 주먹밥을 챙기고 아버지가 고안한 호미를 망태기에 넣었다. 아버지가 고안한 호미는 괭이 모습으로 끝이 양 갈래로 길게 갈라져 있었다. 이건 약초 채취용 호미인 것이다. 약초 채취꾼들이 가지고 다니는 것보다는 조금 커서 날도 길고 자루도 길었다.

산속으로 들어간 철우는 여기저기를 허적거리면서 약초라고 생긴 것들을 캐어서 망태기에 담았다. 제일 흔한 도라지부터 더덕, 당귀, 마, 황기 등이었다.

그날 밤 해시(밤 9~11시) 경,

최 진사 댁 후원 쪽의 담벼락에 어른거리는 사람이 있었다. 그 사람은 아주 손쉽게 월담(越-: 담을 넘음)하여 별채로 갔다. 별채에는 어른거리는 호롱불 아래에 두 사람의 그림자가 비춰지고 있었다. 은분이와 함께 있는 여종 할머니였다.

"은분아, 은분아,"

철우였다. 철우가 온 것이다.

"?"

은분이와 할머니는 깜짝 놀라면서 서로의 얼굴을 쳐다보았다.

"은분아, 나야, 잠깐 문 좀 열어봐."

"엄마나, 누구야?"

은분이가 문을 열자 거긴 철우가 몸을 숙인 채 서있었다.

"아이고, 오빠네, 야밤에 웬일이야."

"너 괜찮니, 괜찮아? 너에게 약초 주려고 캐왔어."

"응, 그랬어, 아이고 이거 들키면 다 죽는다. 죽어."

그제서야 할머니도 알아채고는

"아이고 이를 어째, 철우야, 들어오든지 빨리 나가든지 해라, 이러다 들키면 우린 다 죽은 목숨이다."

"예, 알았어요, 바로 갈게요."

철우는 약초가 가득한 망태기를 방안에 던져 놓고는 곧바로 뒤돌아서서 담을 넘어 내뺐다. 죄인도 아닌데 죄인처럼 가슴이 마구 방망이 치고 있었다. 이는 은분이도 똑같았다.

"에이고, 이를 어째, 철우가 쾌차하라고 너에게 약초를 갖다 주었다만 누구에게 들키기라도 하면 이젠 우리 다 죽은 목숨이다."

"그러게요. 철우 오빠가 왜 이런 엉뚱한 짓을 했나 모르겠네요."

"무슨, 엉뚱한 짓은 아니지, 너 보러 왔다간 게지."

"그래요? 아이참, 이를 어쩌나, 아이참, 대감님께서 알면 진짜 맞아죽겠네."

다음날 밤에도 철우는 약초 망태기를 가져왔다.

은분이와 할머니는 대경실색하면서 이러다간 도둑으로 몰려서 곤장 맞아 죽는다고 했건만 철우는 아예 듣지도 않고 눈 깜박할 사이에 담 넘어서 가버렸다.

셋째날 밤.

해시가 넘고 자시가 될 무렵에 철우가 또 나타났다.

이때 은분이는 재빨리 문을 열고는

"오빠, 일단 들어와봐요."

라고 말했다. 철우는 잠시 망설이는 듯하다가 냉큼 방으로 들어섰다. 방안에는 할머니가 근심 어린 눈빛으로 철우를 보고 있다가 "거기 앉아봐라."라고 말씀하셨다.

은분이는 재빨리 철우의 짚신을 들어서 방안에 놓았다.

"철우 오빠, 저쪽으로 가서 앉아, 여기 있으면 호롱불에 그림자 다 비쳐."

"엉, 그런가."

철우는 계면쩍은 얼굴로 벽 쪽으로 다가앉으면서 은분이의 얼굴을 살폈다.

"오빠, 이러다간 들키면 도둑으로 몰려서 곤장 맞아 죽어. 그러니까 오지 마."

"암만, 철우야, 꼬리가 길면 잡힌다는 옛말이 있잖니, 그만 와도 돼, 지금 가져온 약초만 해도 한 달도 더 먹겠다. 그러니 이제 오지 말거라."

"괜찮아요. 제가 소리 없이 다니거든요, 발자국 소리도 않나요. 살금살금 다닙니다."

"아무리 그래도 낮에는 새가 있고 밤에는 쥐가 지켜보고 있단다. 이 할미 말을 들거라."

"괜찮다니까요. 제가 요즘 시간이 있어서 약초 캐러 다닙니다. 바쁘면 못 다녀요."

철우는 제멋대로 변명을 하고 있었다. 사실 밤에 여기에 온다는 것을 철우 어머니가 아셨다면 절대로 못 가게 했을 터이다. 물론 그럴 줄 알고는 어머니에겐 일언반구도 말하지 않았다. 사람이 연정(戀情: 이성을 그리워하고 사모하는 마음)에 눈이 멀면 판단력이 흐려지는 법이다. 철우는 소리 없이 다니는 것만 생각했지 돌아다닌 흔적인 발자국은 생각지 못하고 있었던 것이다. 사냥 나갈 때마다 짐승들의 발자국이나 똥은 확인하면서도 정작 본인의 경우는 전혀 생각을 하지 못하고 있었다.

11. 멍석말이

다음날 새벽.

그날따라 대감님께서 후원으로 가서 바람을 쏘이게 되었다. 여름철이 되어 가는데 정리를 안 해서 잡풀이 무성하였기에 오늘 내일쯤에 김 서방을 시켜서 풀을 베라고 시킬 생각이었다.

그러다가 담 쪽으로 무심코 발길을 옮기는데 풀들이 일부 쓰러져 있었고, 바로 담 아래에 커다란 남자 짚신 발자국이 나있었다. 여러 개가 있는 모양으로 여러 놈이 오갔든지 아니면 한 사람이 며칠 동안 드나들었는지는 모르지만 아무튼 발자국이 있었고, 그 앞에 풀들도 밟힌 자국이 있었다. 그런데 방향이 어느 쪽으로 갔는지는 분명치 않았다.

"흐흠, 어느 놈이 절도를 하려고 월담(越-: 담을 넘음)을 하는군. 대체 어느 놈일까. 이 동네에서 도둑맞았다는 소리를 들어보지 못했는데. 아무튼 오늘밤에는 이놈을 잡아야겠다."

조반을 먹은 후, 최 대감은 은밀히 김 서방을 불러서 이러저러한 일이 있으니 힘이 아주 센 장정 네 명을 골라서 석반 후 밤이 어두워질 때쯤 데려오라고 했다.

그날 밤,
정말 체구가 건장한 장정 네 명이 사랑방으로 모이고, 최 진사는 이러저러한 일이 있었으니 오늘밤에 후원에 매복하고 있다가 그놈이 월담을 하는 즉시 포박하여 광에 가두라고 지시를 하였다.

역시 그날 밤 해시가 넘고 자시가 될 무렵,

담장에서 인기척이 나는 것 같더니 송아지만한 남자가 소리 없이 풀썩 뛰어내렸다.

"이놈이다, 잡아라!."

네 명의 장정은 소리치면서 철우에게 달려들어서는 손과 발을 붙잡고 순식간에 포박을 했다.

"아악, 살려주세요."

철우는 큰소리를 치지 못하고 작은 소리로 애원했다.

"이놈 소리친다. 재갈을 물려라."

이리하여 커다란 수건으로 입에 단단히 재갈을 물리니 더 이상 소리도 치지 못하였다.

네 명의 장정은 그게 누군지 불을 켜서 확인도 않고는 곧장 광으로 가서 처박고는 또 다른 끈으로 기둥에 단단히 결박했다. 정말로 차 한 잔 마실 시간 정도로 순식간에 일어났다. 그들 네 명은 광의 문을 자물쇠로 채우고 곧장 대감을 찾아갔다.

"잡았느냐?"

"예. 아주 체구가 큰 놈입니다."

"누구더냐?"

"확인은 하지 않고 포박하여 광에 가두어놓았습니다. 기둥에 묶어 놓고 자물쇠로 채웠으니 항우장사라 한들 도망치지 못합니다. 내일 날이 밝으면 보시면 됩니다."

"으음, 그래 수고했다."

최 진사는 수고했다면서 엽전 한 꾸러미를 그들 몫으로 내놓았고 네 명의 장정들은 크게 만족하여 돌아갔다.

그때 쯤,
은분이와 할머니는 "이제 철우가 단념했나보다. 꼬리가 길면 잡히는 법이야. 잘 생각했다." 이러면서 안심을 했다. 방금 전에 일어났던 일을 전혀 모르고 있었던 것이다.

다음날 새벽,
최 진사는 김 서방을 시켜서 "우리 집에 절도범을 잡아서 멍석말이를 하니 구경 오라."고 이웃들에게 통지(通知: 기별을 보내어 알게 함)하라고 시켰고, 김 서방은 윗마을 아랫마을을 다니면서 이런 사실을 이웃들에게 알렸다.

멍석말이는 흔히 세도가(勢道家: 권세 있는 집안)에서 시행하던 사형(私刑)이나, 큰 잘못이 있는 사람에게 마을 사람들이 자체적으로 시행하기도 하였다. 사람을 김밥 말듯이 커다란 멍석에 말아놓고 그 위로 여러 사람들이 대들어서 몽둥이질을 하는 것이다. 이렇게 멍석말이를 당하면 심할 경우 그 자리에서 즉사하거나 살아남더라도 후유증으로 골병이 들어서 시름시름 앓다가 죽기도 했다. 이처럼 멍석말이는 엄한 형벌이었다. 물론

겁을 주기 위해서 형식적인 멍석말이를 하는 경우도 있었다고
한다.

예나 지금이나 남에게는 고통이지만 나에겐 즐거움을 주는
경우가 있다. 바로 그게 형벌을 받는 죄수이다. 관아에서 곤장
을 때리거나 이렇게 멍석말이를 하게 되면 흔치않은 큰 구경거
리가 생기게 되는 것이다.

동네 사람들은 순식간에 삼십여 명이나 모여서 대감집 안마
당에 들어서있었다.

"여봐라! 그 놈을 끌어내어 여기 멍석에 말아놓아라."

대청에 앉아서 최 진사가 큰소리로 호령을 하니 어젯밤에 왔
었던 장정 네 명이 득달같이 광으로 갔다. 광에서 젊은이를 데
려와야 하기 때문이다.

광에는 포박을 하고 입에 재갈이 물린 채 얼굴이 눈물범벅으
로 된 사내가 힘없이 앉아 있었다.

"어서 가자. 이놈아~"

장정 한 명이 이렇게 말하면서 기둥에 묶인 포박을 풀려는
데, 어쩐지 눈빛이 낯익다. 부리부리하게 약간 큰 눈, 둥글고
조금 커 보이는 머리통이 어쩐지 어디서 본 듯하다.

"어어 형님, 얘 꼭 철우 같아요."

"뭐어? 철우 같다고."

그들은 재갈을 풀어보진 못하고 철우 옆에 가서

"너 철우냐?"

하고 물으니 철우는 눈물을 마구 쏟으면서 그렇다고 고개를 끄덕였다.

"아이구야, 진짜 철우네, 너 뭐 훔치러 여기 대감집에 침입했어?"

철우는 아니라고 고개를 좌우로 절래 절래 흔든다.

"아이고, 이거 큰일 났다. 너 지금 절도범으로 몰려서 멍석말이 한댄다."

"아이구, 이를 어째, 우리가 도망칠 수도 없고."

그들 네 명의 장정은 철우보다 서너 살, 대여섯 살 더 먹은 형님으로 지난번에 철우가 멧돼지를 잡아서 같이 나눠먹기도 했고 서로 간에 형님 아우하면서 잘 지내던 사이였다. 동네 사람들 모두 철우가 착하고 부지런하다고 소문이 나있었는데 졸지에 절도범으로 몰려서 멍석말이를 당하게 되었으니 참으로 난감하였다.

"할 수 없다. 대감님이 지금 화가 많이 나있다. 우리더러 몽둥이로 때리라고 할 테니 슬슬 때리자, 철우가 절도범이 아니라고 하니 그러다가 무슨 내막이 밝혀지겠지."

"맞아요. 형님 말이 맞아요. 지금 당장 거역할 수는 없으니 살살 때리는 시늉만 합지요."

이런 이야기를 자기들끼리 하고는 철우를 끌고서 마당으로 갔다.

거긴 커다란 직사각형의 멍석이 깔려있었고, 그 위에 철우를 눕히자마자 금세 둘둘 말아서 멍석말이가 되었다.

"얘들아, 그 놈을 매우 쳐라."

"예."

이러니 할 수 없이 아까 그 장정 네 명이 달려들어서 때리는데, 미리 준비한 곤장이 없이 지게 작대기나 아무 막대기로 때리기 시작하였다.

이 꼴을 최 진사가 내려다보니 먼지만 풀썩거리지 도무지 시원치 않아 보였다.

"세게 쳐라, 매우 세게 치란 말이다."

"예, 예이~"

"따악~ 따악~"

"아악! 사람 살려."

"아악!"

장정들은 아까보다는 조금 세게 때리는데 한 사람은 때릴 적마다 입으로 몰래

"따악~ 따악~" 하고 소리를 내고 있었다. 물론 누구도 이를 눈치채지는 못하였다.

하지만 이런 식으로도 네 명에서 마구 때리니 맞는 철우는 무서워서 맞아 죽는 줄 알게 되었다. 일단 멍석말이에 들어가면 깜깜하여 아무것도 보이질 않고 그 속은 숨쉬기가 매우 거북해진다. 그런데 어딜 맞을 줄 모르게 여기저기 맞는 형국이니 공포심이 생기게 마련이었다. 이번에는 아는 형님들이 그래도 몸통과 엉덩이 다리 쪽을 적당히 겨냥하면서 마구 때리는 시늉만 했지 크게 아프지는 않았던 것이다.

한편,

철우 어머니는 밤새 들어오지 않는 철우를 기다리다가 새벽부터 아랫마을에 내려와서 철우를 찾기 시작하였다. 그동안 한 번도 밖에서 자본 적이 없는 철우였기에 필시 무슨 큰 사고가 난 것으로 짐작되었다. 하지만 철우와 가깝게 지내는 동무들도 한결같이 요며칠 동안 철우를 못 보았다고 말할 뿐이었다.

"얘가 여기 안 왔으면 윗마을로 갔나, 거기도 동무들이 있는데."

철우 어머니 의구심(疑懼心: 믿지 못하고 두려워하는 마음)에 휩싸인 채 큰마을로 부지런히 발길을 옮기었다.

그때였다,

저쪽 편에서 동길 어머니가 헐레벌떡 내려온다.

"아이구 동길 엄니, 혹시 우리 철우 보셨나요?"

"철우는 못 보았는데, 지금 최 진사 댁에 도둑놈을 붙잡아서 멍석말이를 한다고 마을 사람들 구경 오라고 했지요."

"그게 누군데요?"

"몰라요, 어떤 장정이라고만 합디다. 철우도 아마 구경 갔을 게요."

"예에? 철우도 구경 갔다고요?"

그런데 그때 철우 어머니는 불길한 예감이 들었다. 철우가 구경 간 것이 아니라 혹시 자기 몰래 밤에 은분이를 보러갔다가 붙잡혀서 도둑으로 오인 받고 있을 것 같은 느낌이었다.

철우 어머니가 숨이 넘어갈듯 뛰어갔더니 벌써 멍석말이가 시작되어 장정들이 마구 때리고 있었다.

철우 어머니는 득달같이 뛰어가서 멍석 위에 엎드렸다.

"아이구, 이게 우리 철웁니다. 살려주세요. 대감님."

"에엥?"

느닷없이 이러니 구경하던 사람들이나 대감이나 크게 놀란다.

"그게 철우란 말이요?"

"예에, 우리 철웁니다. 얘가 도둑이 아니라 은분이를 보러왔을 겁니다. 살려주세요. 지아비도 죽고 철우 하나밖에 없습니다. 살려주세요. 철우를 살려주세요."

철우 어머니가 울면서 이렇게 애원을 하기 시작하자, 이제까지 옆에서 구경만 하던 여종 할머니가 또 나섰다.

"아이구, 대감님, 철우가 맞습니다. 뭘 훔치러 온 것이 아니라 은분이에게 약초를 가져다 주려고 밤에 몰래 왔었습지요. 살려주세요."

"엥? 할멈은 어떻게 아시우?"

"밤마다 사흘 동안 약초를 가지고 왔습니다. 은분이가 쾌차하라고."

"정말이요?"

"참말입니다. 물증도 있어요."

할멈은 이렇게 말하면서 김 서방에게 할멈방에 있는 약초를 망태기에 담아서 가져오라고 시켰다. 할머니는 방바닥에 약초를 말리고 있었던 것이다.

최 진사는 어안이 벙벙한 채 있다가

"얘들아, 그놈이 철우인지 봐야겠다. 멍석을 풀어라."

이렇게 지시를 하였다. 네 장정은 후딱 달려들어서 멍석을 풀고 입에 물린 재갈도 풀었다.

철우가 분명하였다. 눈물과 먼지로 뒤범벅되어 사람인지 흙으로 빚은 인형인지 분간을 못할 장정이었다. 하지만 철우임은 분명하였다. 모든 사람들이 일제히 수군대기 시작하기 시작하였다.

"네가 철우 맞느냐?"

"예, 철우입니다."

"왜 밤에 무단침입을 하였느냐? 무얼 절도하러 왔느냐?"

"아닙니다. 은분이에게 약초를 주러 왔었습니다."

"그럼 낮에 와야지, 왜 야심한 밤에 도둑처럼 담을 넘나드느냐?"

"잘못했습니다. 대감님, 살려주세요."

"남의 집에 무단침입한 것도 큰 죄가 되는 즉, 관아에 끌려가서 곤장을 오륙십 대 맞고 옥살이를 한 달 정도 할 테냐? 아니면 우리 집 광에서 한 열흘간 옥살이를 할 테냐?"

이러니 철우 어머니와 할머니가 방면해달라고 애원하고 철우는 관아에 끌려갔다가는 자칫하다가는 죽음을 면치 못한다는 사실에 겁을 집어먹었다.

"아이구 대감님, 살려주세요. 잘못했어요, 여기 광에서 옥살이를 하겠습니다."

곧바로 김 서방이 커다란 약초를 망태기 세 개에 담아왔고, 할머니는 즉시 망태기에 있던 약초를 멍석에 마구 깔아놓았다.

"대감님, 이게 철우가 가져온 약초입니다. 이렇게 많이 가져왔어요."

구경하던 사람들도 일제히 수군대면서 "아이구야, 저 정도 약초면 쌀 한두 가마니는 되겠다."라면서 웅성거렸다.

이때쯤 되어서 지난 며칠간 철우와 은분이 사이에 무슨 일이 있었는지 서로간에 알게 되었다. 이러니 온통 시끌시끌거리고 소란스러워졌다.

"네가 저 약초를 다 캐어왔다는게 사실이냐?"

"예, 제가 다 캤습니다. 아버지에게 약초를 배웠습니다."

"흐흠, 그럴 만도 하다. 그럼 산삼도 캐어보았느냐?"

"예, 저는 못 캤지만 아버지는 여러 번 캤습니다."

"그 산삼은 어찌했느냐?"

"저희 식구들이 다 먹었습니다. 셋이서 다 먹었습니다."

'으흠, 그래서 신체가 강건하군.'

최 진사는 혼잣말을 하면서 하마터면 "산삼 한 뿌리 캐어서 가져오너라."라고 말할 뻔했다. 철우는 대감님께서 조금 누그러진 것 같으니 혼자서 자랑을 하기 시작하였다.

"약초도 잘 알고 짐승들도 잘 압니다."

"그래 사냥꾼의 아들이니까 짐승들도 잘 알게다. 그럼 여기 칠갑산에 사슴을 보았느냐?"

"사슴은 한 번도 못 보았습니다. 사람들 말로는 녹용 때문에

조선 땅에 사슴씨가 말랐다고 했습니다. 노루나 고라니는 지금
도 있습니다. 멧돼지도 있습니다."

최 진사는 멍석말이로 벌을 주고 훈계를 한다는 게 이야기가
엉뚱한 데로 흘러가고 있음을 알아채었다.

"흐흠, 네가 지난번 우리 은분이를 구해준 것은 잘한 일이다.
그리고 약초를 가져다 준 것도 잘한 짓이건만 월담을 한 것이
아주 큰 죄이다. 그럴 일이 있으면 정당히 대문으로 들어와야
하거늘 야밤에 담을 넘나드는 것은 도둑이나 할 짓이다. 알겠
느냐? 이게 다 못 배운 탓이니라."

이렇게 훈계를 하니까 철부지인 철우가 대뜸 말대답을 하였다.

"저도 삼국통감까지 배웠습니다."

"뭐라? 언문이 아니라 한문인 삼국통감까지 배웠다고. 참말
이냐? 누구에게 배웠느냐?"

"아버지, 엄니에게 배웠는데 주로 엄니에게 배웠습니다. 언
문도 다 알아요."

이때 속으로 놀란 최 진사는 철우의 집안이 궁금해졌다.

"그럼 선친께서도 학문을 배우셨느냐?"

"예, 아버지께서는 더 많이 배우셨습니다. 한문뿐만 아니라
창술, 검술, 궁술, 말도 아주 잘 타셨답니다. 무과 과거시험에
도 두 번 응시하셨으나 두 번 다 낙방하셨다고 들었습니다."

이러니 모두들 크게 소란거리기 시작하였다.

"그런데 어찌하여 사냥꾼이 되었는지 아느냐?"

"잘 모릅니다만, 가세가 기울어서 먹고 살기 위해 사냥을 하시게 되었다고 들었습니다."

이렇게 말대답을 하니 주변에 있던 모든 사람들이 또 일제히 수군거리기 시작하였다. 철우의 집안이 분명 양반집이구나, 사냥꾼의 아들이 한문을 배우다니. 거기 있던 대부분의 사람들이 언문도 모르고 있었는데 정말로 하늘이 놀랄 일이었다.

최 진사 역시 크게 놀랐지만 내색은 하지 못하고 그저 헛기침만 "큼, 큼." 할 뿐이었다.

이때쯤 되어서 철우 어머니가 눈치를 채었는지 엎드려서 "대감님, 우리 철우를 방면해 주세요."하고 울면서 탄원을 하고 할머니 역시 방면해 달라고 애원하기 시작하였다.

그때였다. 이런 상황을 파악한 동네 사람들이 일제히 엎드리면서

"대감님, 철우를 방면해 주십시오. 철우는 나쁜 애가 아닙니다. 뭘 훔치러 온 것이 아니라 은분이에게 약초를 주러 밤에 온 것이 맞습니다. 철우를 방면해 주세요."

"철우를 방면해 주십시오. 대감님."

최 진사는 도둑을 잡았으니 여러 사람들에게 일벌백계(一罰百

戒: 한 사람을 벌주어 백 사람을 경계한다는 뜻)할 심산이었는데 방향이 엉뚱한 데로 가고 있었다. 하지만 양반 체면에 내뱉은 말을 당장에 모두 거둘 수가 없었기에 헛기침을 여러 번 하여 사람들을 진정시킨 후.

"내가 한 번 더 생각해 보겠소이다. 동리 사람들은 속히 돌아가시지요."

이렇게 말한 후 네 명의 장정들에게는 일단 철우를 다시 광에 가두라고 지시했다.

철우 어머니와 할머니는 두 손을 잡고는 하염없이 눈물만 흘릴 뿐이었다. 저편 담벼락에서는 은분이가 나무 막대기를 지팡이 삼아 짚고서 처음부터 이 광경을 다 목도(目睹: 눈으로 직접 봄)하면서 연신 흐르는 눈물을 옷고름으로 닦아내고 있었다.

이리하여 철우 어머니는 크게 상심하여 눈물을 닦아내면서 집으로 돌아와야 했다.

그날 밤,
최 진사 내외는 의문에 싸인 철우 이야기에 시간 가는 줄 몰랐다. 아무래도 은분이 집안처럼 철우 집안도 역모에 연루되어서 남몰래 피신생활을 하는 것 같다고 결론지었다.

"어허, 참으로 기이한 인연이요."

"그러게요. 차라리 은분이랑 짝을 맺어주면 좋겠어요."

"그럼 좋겠지만, 지금 여종 신분이라고 다 알고 있는데 이 동리에선 살기 어려워요."

"그렇지요. 차라리 아무도 모르게 멀리가서 살면 몰라도 여기에선 이목이 있어서 어렵지요."

"이런 낭패가 있나. 쯔쯧."

부부는 결론을 내지 못한 채 말이 헛바퀴 돌듯 계속 돌았다. 이때는 신분 사회라 상민과 여종과는 혼인을 할 수 없었기 때문이다. 그런데다가 최 진사는 철우의 집안이 몰락한 양반집안으로 알고 있었으니 더더욱 불가(不可)한 일이었다.

한편, 그 시각에 소리 없이 조용조용히 광으로 다가가는 사람이 있었다. 은분이였다. 어깨에는 망태기를 메고 한손으로는 나무 지팡이에 의지한 채 절룩거리면서 아주 천천히 광으로 다가가고 있었다.

"철우 오빠, 오빠!"

은분이가 아주 나즉이 불렀으나 철우에게는 천둥소리처럼 크게 들렸다.

"어엉? 은분이냐? 어떻게 왔어. 걸을 수 있어?"

다행히도 철우는 결박되지 않고 광에 갇히기만 하여서 얼른 문창살로 다가왔다.

"응, 나무 지팡이 짚고 천천히 왔어. 괜찮아?"

"괜찮아, 내가 잘못했지. 할머니 말을 들었어야 했는데."

"할 수 없지 뭐, 여기 주먹밥하고 호리병에 감주 가져왔으니 먹어."

"고맙다, 은분아."

은분이가 주먹밥하고 호리병을 문창살로 전해주는데, 철우가 그 손을 꼭 잡더니 훌쩍거리기 시작하였다.

"울지 마, 오빠, 내가 있잖아."

"어엉, 그래, 고맙다. 이이잉."

"울지 마, 다 들려."

철우는 몸만 황소같이 크고 씨름 장원이었지만 마음은 열 살 먹은 어린애와 같았다.

"어서 먹어, 들키면 나까지 혼나니까, 어쩌면 내일 방면해 주실 수도 있을 거야, 아까 할머니가 그러시는데 대감님이 많이 풀어지셨다고 하더라. 얼른 먹어, 나 가야 돼."

"어엉, 고마워."

은분이는 지팡이를 짚고는 조심스럽게 별채로 걸어갔다. 그러고 보니 엊그제 너덜겅에서 구해줄 때 꼬박꼬박 오빠라고 부르고 존댓말을 하게 시켰는데, 지금은 오빠라고 부르기만 할뿐 또 동무처럼 말하고 있었다. 이걸 철우는 은분이가 가고 나서야 알아채었으나 더 이상 뭐라고 할 수도 없고 앞으로 어떻게 만나게 될지도 몰랐다.

요 며칠 사이에 철우와 은분이는 정(情)이 담뿍 들었다.
둘은 어쩌면 비슷한 처지였다. 철우는 산중턱에서 빈한하게
살고 있다 하여 동무들에게 은근히 소외당했다. 다른 사내애들
처럼 아는 여자애도 없었다. 은분이는 여종이라는 신분 때문
에 여자애들에게조차 소외당하고 있었다. 동네의 상민과 여종
은 신분으로 볼 때 가까이 하기 어려운 시대였다. 그렇다고 은
분이가 여종처럼 생활한 것도 아니고 대감집에서는 남몰래 한
문 공부를 하면서 양반집 규수처럼 행동하였으니 동네 여자애
들과도 어울리기가 매우 어려웠다. 한창 이성에 대한 호기심과
그리움이 가득할 나이인 열여덟 살 먹은 철우와 열여섯 살 먹
은 은분이는 그렇게 급격히 가까워지게 되었다.

다음날 신새벽(첫새벽, 날이 새기 시작하는 새벽),
광문을 여는 사람이 있었다. 최 진사였다.
"철우야, 아직 자냐?"
"예엣? 누구세요."
"나다."
"아이고 대감님, 잘못했습니다. 용서해 주세요."
철우는 그 자리에서 엎드려서 용서를 빌었다.

"일어나거라, 생각 같아서는 벌을 더 주어야 마땅하나 그간의 교분(交分: 서로 사귄 정)을 생각해서 방면하니 속히 집에 가거라."

"아이구 대감님, 감사합니다. 이 은혜 잊지 않겠습니다."

"으음, 앞으로 오고 싶으면 담을 넘지 말고 대문으로 들어오너라. 네가 대문을 못 들어설 이유가 없다. 알았느냐?"

"잘 알겠습니다."

"어서 속히 가서 어머니가 해주시는 조반을 먹거라."

"예, 예, 고맙습니다. 대감님."

철우는 마치 그물에 걸려있는 물고기가 그물코 사이로 빠져 달아나듯이 쏜살같이 집으로 내달렸다. 집에 도착한 철우는 어머니를 부둥켜안고는 눈물을 두 바가지쯤 흘렸고 어머니도 그만큼 눈물을 흘려야 했다.

그날부터 철우는 마을에 내려가기가 싫어서 하루하루 소에게 먹일 꼴이나 베러 다니고 뒷산에 올라가서 아랫마을 윗마을을 쳐다보고 있다가 내려왔다. 철우 어머니 역시 상심해 있는 철우에게 뭐라고 질책하지 않고 그냥 내버려두었다. 철우는 밤에는 제대로 잠 못 이루고 뒤척이곤 했다, 마음이 자꾸 싱숭생숭하고 은분이 모습이 어른거렸기 때문이다.

12. 멧돼지 가져왔어요

마침내 열흘쯤 후에 어머니가 입을 열었다.

"은분이가 보고 싶니?"

"예, 보고 싶어요."

"그럼 가면 되잖아, 대감님이 대문으로 들어오라고 했다면서, 대문으로 들어가."

"어떻게 무슨 구실로 대문으로 들어가나요? 은분이 보러 왔다고 말을 할 수 있나요?"

"그야 네가 할 나름이지, 은분이를 못 보더라도 왔다갔다는 것은 알게 아니냐? 잘 하면 상면할 수도 있고 말이다. 그러다가 출입이 조금 자유로워지면 보게 될 수도 있겠지, 사냥 나갔다고 해서 매번 짐승 잡아오는 것은 아니잖으냐? 그냥 가보는 거야."

이렇게 위로를 하니 철우는 크게 고무(鼓舞: 힘을 내도록 격려하여 용기를 북돋움)되었다.

"그럼 맨손으로는 갈 수 없고 뭐라도 가져가서 구실을 대야

할 것 같아요."

"그렇지, 맨손으로 삐죽이 대문으로 들어가긴 어렵다. 무슨 특별한 용무도 없으면서, 그냥 나무라도 한 지게 해서 갖다 드려라. 돈 안 들고 그게 좋겠다."

"하하하, 그러네요. 나무 한 지게 갖다 드리면 좋아하시겠습니다."

철우는 크게 감탄을 하고 내일 당장 나무를 해서 모레 아침에 갖다주겠다고 하였다. 그리하여 다음날, 나무를 한 지게 하고, 그 다음날은 아침 일찍이 나무지게를 지고서 최 진사 댁에 들어섰다.

마침 최 진사가 마당에서 왔다갔다 걷고 있었다.

"대감님, 저 철우 왔습니다."

"에엥? 어쩐 일이냐?"

"여기 나무 한 지게 해왔습니다. 이거 드리려구요."

"그으래? 잘 했다. 그렇지 않아도 부엌에 쓸 불쏘시개 나무가 부족하다고 하더라."

"그럼 부엌에다 갖다 놓을까요?"

"으음, 그래라."

그래서 철우는 나무 지게를 지고 부엌으로 가서 주변을 살피었으나 은분이는 보이질 않았다. 부엌일도 할머니와 같이 한다고 하였는데 지금 시간은 조반도 다 먹고 설거지도 다 끝났을 시간이어서 그런지 아무도 없었다. 부엌은 엄청 컸다. 나무 지게를 지고서도 들어갈 정도였다. 아궁이 건너편에 나뭇단을 쌓아놓았길래 거기에다 나무를 부려놓고는 밖으로 나왔는데, 별채에 가볼 수도 없고 마당에 대감님이 있어서 그냥 돌아서야 했다. 마음속에 아쉬움이 가득했지만 어쩔 수가 없었다.

"대감님, 나무를 부엌에 부려놓았습니다. 이제 가보겠습니다."

철우가 인사를 하고 돌아서는데 대감님이 불러 세웠다.

"자, 여기 엽전 가져가거라."

"예에? 괜찮습니다. 팔러 온 거 아닙니다."

"팔러 온 거 아니라도 이 엽전 가져가거라. 너에겐 생계 수단인데 받아가. 나도 공짜로 받고 싶지 않다."

대감님이 이러는데 더이상 거절할 수도 없어서 철우는 엽전을 받아들고는 아쉬움에 발길을 돌려야 했다.

'지금 이 시간에 은분이와 할머니는 어디서 무얼 하시나, 아직까지 방안에 있을 리는 없고.'

철우는 혼자서 애를 태웠다. 그날은 할머니 머슴 내외와 동네 아줌마 몇 명이서 감자밭에 갔다. 감자를 수확하기 위해서이다. 아직 다리를 잘 쓰지 못하는 은분이는 방안에서 글공부를 하기도 하고 자수를 놓기도 하면서 시간을 보내고 있었다.

철우는 허탈한 마음으로 집에 돌아왔고, 어머니에게 고했다.

"호호호, 아직 만날 때가 아닌 모양이다. 기다려야지 어쩔 수 없지 않느냐."

"예, 그러게요. 하하하."

철우도 억지 너털웃음을 지을 수밖에 없었다.

농번기가 와서 일 년 중 제일 바쁜 때라 철우와 어머니도 부지런히 밭을 일구고 여러 작물을 심느라 그럭저럭 시간을 보내기 시작하였다. 작년 같으면 마을에 내려가서 품삯일도 하였으나 이번에는 내려가고 싶은 생각이 없었다. 그냥 집에서 누렁이나 키우고 얼마 되지 않은 밭작물이나 키우는 것이 전부였다. 어머니도 별다른 말씀 없으셨다.

그러는 사이에 보름달이 뜨고 지고, 그믐이 왔다가 초승달이 떠서 조금씩 커지더니 반달이 떠서 부풀기 시작하였다. 은분이가 다친 지 한 달이 넘었으니 이제 은분이도 제대로 걷게 될 것이어서 궁금하기 짝이 없었다. 또 나무 한 지게를 갖다 주기도 민망하였다.

"엄니, 멧돼지 한 마리만 잡아야 할까봐요."

"왜? 한여름철에 어떻게 멧돼지를 잡아, 덫으로도 잡기 어려울 텐데. 먹이가 지천(至賤: 매우 흔함)에 있으니 말이다. 왜? 누가 잡아 달래냐?"

"아뇨, 돼지 한 마리 잡아서 최 대감님 댁에 가보려구요."

"호호호, 알았다. 은분이가 보고 싶어서 그러지. 벌써 한 달이 넘었구나, 다친 지. 아마 지금쯤 펄쩍펄쩍 뛰어다닐 거다. 한번 가봐라."

"그런데 그냥 가기가 어려워요, 뭘 갖다 준다는 구실을 대야지."

"그럴 거다, 아직 서먹서먹하지. 더구나 양반 최 진사 댁에 드나드는 건 나도 괜스레 마음이 쓰이더라. 그러면 뭘로 잡으려고 그러니?"

"제일 손쉬운 게 덫이지요. 잡히면 좋고 안 잡혀도 할 수 없지요. 여름철이라 산속을 헤매면서 멧돼지 찾아다니기가 어려워요."

"그래 네 말이 맞다. 멧돼지 자주 출몰하는 데는 대강 알고 있잖느냐?"

"예, 겨울철에 봐둔 곳이 여러 군데 있지요. 여름철에도 그쪽으로 다니는지는 몰라도."

"그럼 네가 알아서 해라. 집에 감자도 많이 있다."

다음날부터 철우는 멧돼지를 잡기 위해서 감자를 가져다 놓기 시작하였다. 그 다음날 가보니 멧돼지가 감자를 먹은 흔적이 뚜

렷했다. 이틀을 그렇게 하고 삼 일째 덫 세 개를 설치했더니 운 좋게도 다음날에 한 마리가 덫에 걸려서 "꿰웩~ 꿰웩~" 하고 비명을 지르고 있었다. 무게는 백 근(60㎏) 정도 되어 보였다.

"엄니! 엄니! 멧돼지가 잡혔어요."

점심때쯤에 돌아온 철우가 자랑스럽게 말씀드리니 어머니도 크게 놀라면서 기뻐하셨다.

"이 멧돼지 오늘 저녁때 갖다 드리겠어요. 오래 두면 상할 수도 있으니까요."

"그래, 마음대로 하렴."

철우는 오래간만에 마을로 내려갔다. 백 근 돼지가 무겁긴 하지만 산 아래로 내려가는 내리막길이라 그런대로 갈 만했다. 쉬엄쉬엄 가느라고 거진 한 시진이 다 되어서야 최 진사 댁에 도착하였다. 마침 석반을 먹을 시간이라 밥 냄새가 솔솔 풍겨 나왔다. 열린 대문으로 안으로 들어가니 머슴인 김 서방이 깜짝 놀란다.

"아이구야, 철우가 멧돼지를 가지고 왔네."

"예, 오늘 아침에 잡았어요. 여름철에는 잘 안 잡히는데 운이 좋았습니다."

"그래? 이거 귀한 건데, 여기다 내려놓고 잠시만 기다려라.

대감님께 말씀이나 드려야지."

"예."

김 서방이 급히 안채로 들어갔다가 잠시 후에 나왔다.

"철우야, 이거 여기다 놓고 내일 저녁에 같이 먹을 테니 오라고 하신다. 그러니 내일 저녁때 꼭 와. 알았지?"

"예."

철우가 대답을 하면서 안채에 딸린 부엌을 보니 은분이가 부엌에서 일하는 모습이 언뜻언뜻 보였다. 그 모습만 보아도 철우의 가슴이 마구 방망이질을 하기 시작하였다.

다음날 저녁때 철우는 은분이가 있는 최 대감님 댁에 갔다. 대문을 열고 들어서니 커다란 들마루에 잔칫상처럼 찬을 올려놓으면서 여자들이 부산히 움직였다.

"오빠 왔네, 거기 앉아있어, 지금 다 끓었거든."

다쳤던 발이 다 나은 은분이가 웃어가면서 반갑게 맞이하는데, 순간 철우는 할 말을 잊었다. 너무 가슴이 벅찼기 때문이다.

"어엉, 그래."

이렇게 겨우 한마디하고는 들마루에 걸터앉았다. 대감님은 안방에 따로 상이 올라갔다고 하면서 마음 편히 앉아있으라고 했다.

곧 이어서 김 서방 내외와 여종 할머니, 은분이, 철우 이렇게 다섯 명이 둥그런 밥상에 둘러앉았다. 이런 밥상은 부자인 양반집에나 있는 고급 밥상이다. 놋그릇과 사기그릇에 음식들이 정갈히 담겨져 있었고, 큰 그릇에 돼지고기찌개가 담겨져 있어서 김이 모락모락 올랐다.

"철우야, 이쪽으로 와라."

김 서방은 자기 옆자리이자 은분이 옆자리이기도 한 자리로 오라고 하였다.

"예에, 괜찮아요. 아무데나 앉아도 돼요."

철우는 다소 긴장된 목소리로 말했다.

"오라면 와, 여기로 와서 대작(對酌: 마주 대하고 술을 마심)을 해야지."

둥그런 상이 커서 앞에서 술을 따르기가 불편했기 때문이다.

"아예, 그럼 그리로 가겠습니다."

그런데 은분이 옆자리에 앉으려니 마음이 또 싱숭생숭해지기 시작하였다. 아무튼 그렇게 해서 저녁식사를 하기 시작하여 돼지고기찌개, 여러 가지 반찬들, 국, 밥을 정말로 배가 부르도록 먹었다. 김 서방은 술에 취했는지 자꾸 장난스러운 농담을 하곤 하여서 철우와 은분이는 부끄럼을 타야 했다.

"야아~ 그렇게 앉아 있으니 한 쌍의 원앙 같구나, 은분아 여기 철우에게 술 한 잔 따라라."

이러니 은분이도 거절하지 못하고 조심스럽게 탁주 한 잔을 따랐다.

"아이, 참……."

철우는 난생처음 느껴보는 행복감에 젖었고 술도 여러 잔을 마시어서 취흥(醉興: 술에 취하여 일어나는 흥취)이 올랐다.

"탁주 많이 마시냐?"

김 서방이 물었다.

"아니요, 가끔 동무들이랑 꾀동이네 갑니다. 토끼 잡아서 가지고 가면 요리도 해주고 술도 공짜로 줘요."

"하하하, 그거 좋다, 일석이조네. 하하하."

김 서방은 의외로 성격이 쾌활하였다.

이러는 중에 시간은 쉬지 않고 흘러서 거진 한 시진이 지나서 이제 일어서야 할 때가 되었다. 철우는 아쉬움을 남긴 채 발길을 돌려야 했다.

"잘 먹었습니다. 안녕히 계세요."

"오빠, 잘 가, 조심해서 올라가."

은분이도 작별인사를 하고, 모두들 한마디씩 작별인사를 하고 발길을 돌리는데,

"아이구야, 철우야 잠깐만, 내가 깜박 잊을 뻔했다."

김 서방 다급히 안으로 들어가더니 무명천에 싼 무엇을 준다.

"이거 엽전 꾸러미야. 대감님이 너에게 주라고 하셨다. 멧돼

지 값이라고."

"예에? 아닙니다. 이거 팔려고 가져온 거 아닙니다. 그냥 고마워서 가져온 것입니다."

철우가 크게 거절하였으나, 거기 있던 사람들 모두 받으라고 강권을 하였다.

"야아~ 이거 대감님이 직접 주시는 건데 네가 안 받아봐라, 역정 내신다. 그냥 모르는 체하고 받아둬. 우리 대감님은 공짜를 싫어하셔서, 멧돼지 한 마리면 너에게 먹고사는 생계 수단라고 말씀하시었다. 그냥 받아둬."

이렇게 차근차근 설명을 하니 철우가 고개를 숙이고 엽전 꾸러미를 받아드는데, 갑자기 눈물이 핑 돈다.

"오빠, 울지 마, 우리 대감님이 인정은 많으셔, 오빠도 상당히 좋게 평가하시더라고, 울지 마."

이러면서 옷고름으로 철우의 얼굴을 닦아주었다. 이러니 철우는 더 눈물이 나왔다. 왜 눈물이 나오는지 모르고 그냥 주르르 흘러내렸다.

"어서들 우린 들어가세, 저희들끼리 한마디라도 하게."

마지못해 할머니가 나서서 식구들을 모두 데리고 갔다.

밖은 컴컴해져서 하늘에 별빛과 달빛뿐이었다.

철우는 은분이에게 뭐라고 말 한마디라도 해야 했는데, 아무 생각도 나질 않았고, 말이 많은 은분이도 아무 말도 못하고 있었다. 은분이는 한 손으로는 얼굴을 닦아주면서 한손으론 철우의 손을 잡았다.

"오빠 지난번에 구해줘서 고마워. 의원이 그러는데 응급조치를 아주 잘했다고 그랬어. 그래서 지금 완전히 회복된 거야. 오빠 아니었으면 불구가 될 뻔했지 뭐야."

"으응, 그래, 잘되었다."

"어서 가봐, 어머니가 기다리시잖아."

"으응."

둘은 이렇게 작별인사를 하고는 기약 없이 헤어져야 했다.

철우는 온갖 상념 속에 빠져 뜬 걸음으로 집으로 올라오기 시작하였다. 그런데 가만히 생각해보니 지난번 멍석말이가 망신만을 준 것은 아니었다. 이 일을 계기로 위아래 동네 사람들이 잘 모르던 철우와 철우 집안에 대하여 자기들끼리 추측하게 되었다. 즉, 철우 집안은 원래 양반인데 뭔가 잘못되어 이렇게 궁색하게 살고 있다고, 자기들은 언문도 모르는데 한문을 많이 배웠다고 입소문이 난 것이다. 그러다 보니 예전보다는 아주 조금이나마 철우를 대하는 태도가 달라졌다. 은분이도 마찬가지이다. 벌써부터 여종 같지 않은 여종이라고 소문이 났는데, 이번에는 확신히 최 대감이 어디 다른 곳에서 낳아온 딸이라고 규정지었다. 즉, 다른 어느 여종에게서 낳은 딸이라고 멋대로 생각을 한 것이다.

아무튼 오늘 저녁에 철우는 너무나 행복한 시간을 보낸 셈이었고, 집에 와서도 어머니에게 자랑스럽게 말씀드렸다. 아주 큰 대우를 받았다고 말씀 드린 것이다.

13. 꽃버선

기가 죽어있던 철우는 이제 기운을 차리고서 산에도 가고, 밭작물도 키우고, 누렁이 꼴도 베어오고 시간나면 마을에 내려가서 예전처럼 동무들과 어울리기도 하였다.

그렇게 또 며칠이 지났는데, 마을에 친한 동무인 광수가 철우를 불렀다.

"철우야, 너 저기 윗동네 주막집 꾀동이네 알지?"

"으응."

"꾀동이 엄니가 너 좀 보잖다."

"어엉? 그랬어? 토끼 잡아달라고 그러나, 멧돼지를 잡아달라고 그러나."

토끼를 잡아서 친구들과 함께 그 주막집에 가서 토끼탕도 만들어 먹고 탁주도 마시어서 잘 알고 있는 주막집이었다. 말이 주막집이지 일반 가정집이나 마찬가지이다. 꾀동이 어머니가 주모인데 일찍이 과부가 되어서 열 살 먹은 꾀동이만을 키우고 살고 있었다. 그런데 돈도 귀하고 너무 심심하여 담근 술을 마을 사람들에게 조금씩 팔다가 보니 저절로 주막집이 된 것이다. 그러니 사람이 잘 수 있는 객방도 없다. 그냥 들마루에 앉아있는 것이 전부다. 비가 오거나 눈이 오면 들마루 위로 무명천을 지붕처럼 덮는 것이 고작이다.

그런데 그 꾀동이 어머니는 누가 주모라고 부르는 것을 싫어해서 다들 "누님"이라고 부르거나 꾀동이 어머니, 또는 광시댁이라고 부르곤 했다, 당연히 철우와 동무들도 누님이라고 부른다. 나이는 삼십 세 정도였다.

"누님, 철우 왔습니다."

부엌에서 일을 하던 중에 철우가 주막집 주모인 누님을 불렀다.

"아이구야, 오래 간만이다. 철우야, 네 얘기는 다 들었다. 아마 지금쯤 조신팔도에 다 퍼졌을 거다. 호호호."

"아이참, 창피하게. 그거 알려주려고 불렀나요?"

"아니, 그보다 더 중요한 일이야. 너 아니면 못한다."

"뭔데요? 토끼 잡아오라구요?"

"토끼보다 더하지, 토끼 가지고는 안 돼."

"그럼 멧돼지요?"

"호호호, 멧돼지도 안 된다."

"아이참, 자꾸 놀리지 말고 어서 말씀하세요."

"그래, 하던 일마저 하고. 금세 나간다. 거기에 앉아있어."

철우는 혼자서 들마루에 멀뚱히 앉아있고, 금세 누님이 술상을 봐왔다.

"탁주 한 잔 마실래?"

"공짜면 마셔요. 지금 돈이 없거든요."

"얘는 내가 언제 사람들에게 돈 내라고 닦달하는 거 봤어?"

"아니요."

사실 그랬다. 여기 누님은 크게 돈에 개의치 않았다. 어느 때는 손님이 술 한 병 사면 공짜로 한 병을 또 내준다. 안주는 그때그때 다른데 자주 나오는 게 손쉬운 부침개이다. 탁주 두세 잔에 부침개 몇 개만 집어먹으면 한 끼 식사가 되는 셈이다.

둘은 각자 탁주 두 잔씩을 마시었다. 그러면서 누님은 한참을 너스레를 떨고는

"너, 나한테 토끼 한 마리라도 잡아다주면 좋은 소식 알려주마."

"예에? 토끼요. 산토끼는 많아서 요즘도 잘하면 잡힙니다."

"그래 그럼 나랑 약조하는 거지. 대신 술은 내가 낸다."

이러니 철우는 궁금하여 조바심이 나서 누님의 입술만을 쳐다보게 되었다.

"너 은분이 알지?"

"은분이요?"

그 말 한마디에 철우는 가슴이 요동치기 시작하였다. 은분이와 여기 누님과 무슨 상관이 있나. 밖에도 잘 안 나오는데, 더구나 여긴 남자들만 오는 주막집이 아닌가. 무슨 변고라도 생겼나.

"왜 은분이에게 무슨 일이 생겼어요?"

"호호호, 궁금해 하는 것을 보니 정분(情分: 사귀어서 든 정)난 게 확실하다, 얘."

이 말은 요즘으로 해석하면 연인관계라는 뜻이다.

"아이참, 왜 자꾸 말을 빙빙 돌려요."

"호호호, 네가 안타까워하는 모습이 재미있어서 그래. 호호호."

"아이참, 어서 무슨 얘기인지 말 해봐요."

"엊그제 은분이가 여기에 왔었는데 혹시 너를 보면 이번 보름날 저녁때 저쪽 냇가 옆 홰나무 아래로 오라고 그러더라. 호호호."

"예에? 그게 정말이에요?"

"아이, 내가 성한 밥 먹고 쉰 소리 하겠느냐? 참말이다."

철우는 너무 반갑고 놀라워서 그런지 목이 바싹 타들어가서 탁주를 한 잔 벌컥벌컥 다 마시었다.

"호호호, 내 말 한마디에 사내 가슴 설렌다. 오늘밤 잠 다 잤다. 호호호."

"누님, 잘 알았습니다. 고맙습니다. 산토끼는 잡히는 대로 가져올게요."

"호호호, 그래라."

철우는 누님과 객쩍은 말을 몇 마디 더 하고 겅중겅중 뛰다시피 집으로 올라왔다. 하지만 오늘은 어머니에게 아무 말도 하지 않았다. 왜냐하면 혹시나 해서이다.

"으흠. 은분이가 어떻게 그 주막집을 알았을까?"

철우는 곰곰이 생각하다가 지난번 최 진사 댁에서 저녁을 먹을 때 가끔 그 주막집에 간다고 말했던 것이 생각났다.

"아항, 그랬구나, 그걸 용케 기억하고 있었네."

철우는 기분이 매우 흡족하였다.

드디어 둥그런 보름달이 뜨는 날,

철우는 늦지 않게 헐레벌떡 뛰다시피 냇가의 홰나무로 갔다, 거긴 여름철에 큰 그늘이 있어서 늘 돗자리가 펴져있고, 한쪽으로는 엉성한 나무의자도 있었다.

철우가 막 홰나무 근처로 갔을 때였다.

"오빠, 여기야"

은분이가 커다란 나무 뒤쪽에서 살짝 나오면서 방긋 웃어보였다.

"어엉, 어떻게 여기로 나오라구 그랬어, 꿈인가 생시인가 마음 설레어서 잠도 제대로 못 잤다."

"호호호, 오빠 같은 사람도 그런 감정이 있나? 호호호."

"왜 내가 어때서 그런데?"

"아이참, 몸이 황소만 한데 그런 감정 있느냐구, 그냥 황소지. 호호호."

"하하하, 아니야, 나 사람이야, 감정 많은 사내라구."

둘은 나무의자로 옮겨 앉아서 도란도란 속삭였다. 무슨 말을 하든 재미있었다.

"그런데 무슨 볼일 있어?"

"아니, 그냥 오빠 볼려구, 그리고 이거 받아."

"뭔데?"

"내가 만든 버선이야, 왕발 버선이야."

"뭐어? 버선을 만들었어?"

"으응, 니 바느질 질해, 자수도 잘 놓고, 버선 만느는 건 쉬워."

그러면서 무명천에 싸인 버선을 보이는데 아주 새하얗고 커다란 버선이었다.

"거기다 꽃 자수도 놓았다."

"뭐어? 아이구 남자 버선에 웬 꽃자수야."

"뭐 어때, 이쁜데, 거기 옆에 매화꽃 있잖아, 얼마나 이쁜데."

그러고 보니 달빛에도 선명한 분홍색 매화가 두 송이씩 수놓아져 있었다. 철우는 너무 감격스러워서 연신 "고맙다, 고마워."를 연발해야 했다.

"아이참, 오빠가 나를 구해 준 것에 비하면 아무것도 아닌 것을 가지고 뭘 그래."

"아무튼 이런 선물 처음이다."

"그래? 내가 또 만들어줄게."

"그럼 또 고맙지."

"이제 가봐야 돼. 대감님이 알면 큰일 나. 쫓겨나면 갈 데도 없어. 빨리 가야겠다."

"엉, 그래, 할머니는 모르게 나왔어?"

"아니, 한 방을 쓰는데. 할머니에게만 살짝 말하고 나왔어. 빨리 뛰어가야겠다."

"어엉, 그래, 또 연락해."

은분이는 뜀걸음으로 집으로 향하였다, 기다랗게 땋은 머리의 댕기가 좌우로 흔들리면서 마치 나비 한 마리가 날아가는 듯하였다. 철우는 그 자리에서 돌부처처럼 서서 버선을 만지작

거리다가 집으로 돌아왔다.

"엄니, 엄니."

"동무들 만나고 왔어?"

"아뇨, 은분이 만났어요, 은분이가 버선을 만들어 주었어요."

"뭐어? 은분이를 어떻게 만나?"

이리하여 철우는 그동안 있었던 일을 대략 고했다.

"아이고야, 암만해도 은분이도 너를 마음에 두고 있는 모양이다. 이제 동네방네 다 알게 되었다. 둘이서 정분났다고."

"그래도 상관없어요."

"왜 상관없어, 정분났으면 종국에는 혼인을 해야 할 텐데, 그게 어려우니 말이다."

"그럴까요? 이를 어쩌나."

철우는 또 다른 고민에 빠지고야 말았다.

오 일 후에 철우는 산토끼 한 마리를 잡아서 주막집에 갔다. 누님은 매우 반갑게 맞이하면서 탁주를 내왔다. 혹시 은분이 소식이 있나 해서 물어보았으나 그 뒤로 한 번도 오지 않았다는 것이다. 철우는 탁주만 몇 잔 마시고 터덜터덜 집으로 돌아오는 수밖에 없었다. 다른 집 여자아이들은 곧잘 밖으로 나돌아 다니기도 하는데 은분이는 좀처럼 밖으로 잘 나오지 않고 있었다. 어려서부터 그렇게 커왔던 것이다.

계묘(癸卯)년 칠월 스무 이튿날,

철우는 느닷없이 사냥을 나가고 싶어졌다. 답답한 마음을 달
랠 길이 없었기에 산판을 한 바퀴 돌고 짐승들이 잘 있나 확인
도 할 겸 걸려드는 짐승이 있으면 아무거나 한 마리 잡아올 심
산이었다.

철우는 아버지와 똑같은 복장에 사냥채비를 하고선 산길로 들
어섰다. 단창, 사냥용 칼, 망태기, 주먹밥, 육포, 호리병, 양쪽
다리에 찬 각반에는 한 뼘 남짓한 칼이 꽂아져 있었다. 이것도
아버지가 고안했다고 한다. 창도 없고 칼도 없을 때 최후의 수
단으로 발목에 찬 각반의 칼을 빼어든다고 하셨던 것이다.

역시 가장 많이 눈에 띄는 것이 토끼똥이고, 간간히 노루나
고라니똥도 보였다. 멧돼지 발자국도 보였는데 바싹 마른 것이
한참 전에 지나간 것 같았다.

"흐흠, 이쪽에서 짐승들 만나기가 어렵겠다. 그냥 바람 쐴 겸
슬슬 돌아다니다 내려가야겠다."

이쪽 산에 올라오면 늘 점심을 먹던 자리가 있었다. 바로 옆
에 골짜기 물이 있고 그 옆에 넓적바위가 있고 그 위로는 커다

란 소나무가 있는 곳이다. 한여름에는 여기에서 낮잠을 자도 된다. 철우는 거기서 주먹밥을 먹고는 벌렁 드러누워서 잠시 휴식을 취했다. 잠이 들었다가는 시간이 촉박하기에 일각(一刻: 약 15분) 정도 쉬고는 일어서서 내려오기 시작하였다.

그렇게 얼마간 내려오다가 문득 여기 근처에서 지난번에 노루를 한 마리 잡았던 기억이 났다. 철우는 자세를 낮추고는 주위를 두리번거렸다.

"어어~ 저편에서 노루가 뭘 뜯어먹고 있네."

철우는 바짝 엎드려서 가만히 노루를 지켜보았다. 아버지 말씀대로 짐승들을 만나게 되면 눈을 마주치면 안 된다. 노루나 고라니 같은 짐승들은 조금 어리석어서 사람이 고개를 숙이고 가만히 있으면 그게 사람인지 무슨 바위돌인지 잘 구분을 못하는지 그냥 어슬렁어슬렁 걸어오기 일쑤이다. 이번에도 철우는 고개를 숙이고 쪼그리고 앉아서 살금살금 노루 쪽으로 다가갔다. 드디어 이십여 걸음 앞까지 왔는데도 노루는 나무 이파리를 오물거리면서 뜯어먹고 있었다. 덩치가 아주 커서 송아지만 했다. 철우의 가슴이 쿵쾅거리면서 뛰기 시작하고 숨이 가빠졌다.

철우는 전광석화같이 날쌘 동작으로 일어서면서 있는 힘껏 창을 던졌다.

"이얏~"

동시에 노루도 같이 뛰었다. 철우가 던진 창이 더 빨라서 노루의 갈비뼈 아래의 옆구리 쪽에 한 뼘 가량 박히었다. 하지만 이 정도는 노루에게 치명상이 아니다. 노루는 창이 꽂힌 채로 냅다 달아나기 시작했고, 철우도 그 뒤를 맹렬하게 쫓아갔다. 그렇게 작은 산과 골짜기를 넘나들면서 거의 한 식경(食頃: 약 30분) 남짓을 쫓아갔더니 그제야 노루가 피를 많이 흘린 탓인지 지쳐서 머뭇거리고 있었다. 철우는 온 힘을 다하여 뛰어가면서 칼로 노루의 목을 찔렀다. 마침내 노루가 죽었다. 철우는 온 몸이 땀으로 흠뻑 젖었고 가쁜 숨을 몰아쉬고 있었다.

　거기서 한참을 쉬고는 노루를 가져와야 하는데 너무 커서 어깨에 메고 오래 내려올 수 없었다. 할 수 없이 칡넝쿨을 끊어서 끌기도 하고 어깨에 메기도 하면서 천천히 내려오기 시작하였다. 해는 벌써 서쪽으로 넘어가기 시작하여 저녁놀이 보였다. 스무날께 달빛이 훤하여 집에 가는 방향은 찾을 수 있으나 노루 때문에 매우 더디었다.

14. 어머니의 비명 소리

철우는 노루를 메기도 하고 끌기도 하면서 작은 산등성이에 올라섰다. 거기에서 곧바로 아래로 내려가면 집이 나오는데 어디선가 희미하게 여자의 비명 같은 소리가 들려왔다. 숨을 씨근벌떡 쉬던 철우는 어깨에 멘 노루를 잠시 내려놓고 숨을 돌릴 겸 귀를 쫑긋했다.

"어어~ 새 소리는 아니고 분명 사람 소리다."

그러던 철우는 불에 덴 듯 펄쩍 일어나 노루를 팽개치고 내닫기 시작했다. 한 손에 창을 든 채 마구 내달렸다. 허리에 맨 칼도 덜렁거리면서 매달려 따라갔다.

"엄니의 비명 소리다. 집에 무슨 일이 났다."

짚신이 벗겨졌으나 다시 신을 여유도 없었다. 그저 숨이 턱에 찰 정도로 집으로 뛰쳐가는데 또다시 비명 소리가 들린다.

"사람 살려~ 사람 살려!"

엄니의 소리가 다급하게 들려왔고, 방안에는 희미한 등잔불 아래에 어떤 놈이 엄니와 다투고 있었다.

"누님, 한번만 봐주세요. 잠깐이면 됩니다. 그동안 얼마나 기다렸는데요."

애원조로 말하는 남자는 건너 동네에 사는 용택이란 스물 몇 살인가 먹은 장정으로 이번 씨름대회에서 철우에게 진 사람이다.

"야, 이놈아, 이거 놔라, 아이고, 사람 살려"

용택이는 철우의 어머니를 눕히고 이제 막 겁간을 하려고 하였다. 배에 가로 타고 앉아서 솥뚜껑만 하게 큰손으로 철우의 어머니의 양손을 꼭 쥐고 있으니 어머니는 옴짝달싹도 못하고 비명만을 지를 뿐이었다.

그때 철우의 어머니 머릿속에 번개처럼 스치는 것이 있었다.

'아~ 혹시 이런 사단이 날 줄 알고 머리맡에 은장도가 있었지.'

철우 어머니는 잠시 숨을 돌린 다음 두 손을 뻗쳐서 머리맡에 은장도를 찾았다. 그러나 쉽게 은장도가 손에 잡히지는 않았기에 조금씩 몸을 틀어가면서 은장도를 찾기 시작하였다.

"누님, 그렇게 잠시만 있어요, 제가 얼마나 누님을 흠모하고 있는데요."

용택이는 이렇게 천연덕스럽게 말하면서 고의(바지)를 벗어내렸다.

그 순간 철우 어머니의 손에 은장도가 잡혀서 한 손으로 칼집을 잡고 은장도를 살며시 빼었다.

"에잇!"

철우 어머니는 있는 힘껏 그 놈의 목을 겨냥하여 은장도를 찔렀으나, 엉거주춤 엎드리려고 하던 그 놈은 반사적으로 몸을 일으켜서 은장도는 그 놈의 목이 아니라 가슴 위쪽 어깨 아래를 찔렀는데 어찌된 노릇인지 무명옷이 질긴지 한 치(약 3cm)도 제대로 들어가지 않았다.

"아악!"

용택이는 비명을 지르면서 왼손으로 철우 어머니의 손목을 잡았다. 그 놈의 힘이 얼마나 센지 손목이 바스러지는 듯한 통증이어서 철우 어머니는 또 "으악~" 하고 비명을 질러야 했다.

아~ 그런데 철우 어머니는 은장도를 잘못 쥐고 있었다. 머리맡에 있던 은장도를 왼손으로 칼집을 잡고 오른손으로 빼어나는 바람에 칼끝이 오른손의 엄지 쪽으로 향해 있었다. 용택이를 세게 찌르려면 칼끝이 새끼손가락 쪽에 있어야 하는데 거꾸로 잡게 된 것이다.

아무튼 철우 어머니는 칼을 빼앗기지 않으려고 하고 용택이는 칼을 뺏으려고 하면서 힘을 주어서 아래 방향으로 손목을 눌렀는데 그때 예리한 칼날이 철우 어머니의 목을 스친 것이다.

철우 어머니는 목에 날카로운 칼날이 섬뜩하고 따끔한 느낌이 들었으나 있는 힘껏 용을 쓰는 통에 잘 알아차릴 수도 없었다. 다만 칼을 뺏기지 않고 그놈을 다시 한 번 찌를 생각뿐이었다. 하지만 기운이 장사인 그놈에게 당해낼 수 없이 곧바로 은장도를 빼앗겼다. 그놈은 씨근벌떡 대면서 은장도를 방문 쪽으로 세게 던지니 은장도는 창호지를 뚫고 마당으로 떨어지고 말았다.

이런 상황에서도 철우 어머니는 겁간을 당하지 않으려고 몸을 비틀면서 온 힘을 쓰면서 그놈에게서 벗어나려고 하였다.

"누님, 이러지 마세요. 잠깐이면 됩니다. 제발 가만히 좀 있어봐요."

용택이는 이제 애원조로 철우 어머니를 달래고 있었다.

그때쯤이었다. 철우 어머니는 기운이 자꾸 빠지면서 눈이 감기려고 정신이 아득해지기 시작하였다. 아무리 정신을 차리려고 해도 가물가물해는데, 문득 오른쪽 목 쪽에 뜨끈한 액체가 느껴졌다. 조금 전에 은장도가 스친 목에서 피가 마구 솟구쳐서 나오고 있었던 것이다. 목뿐만 아니라 어깨 위쪽, 등 쪽까지 뜨끈하고 끈적이는 피가 흥건히 고이기 시작했건만 이를 제대로 알아챌 수 없었다.

철우 어머니 배 위에서 시근벌떡대는 용택이란 놈은 이제야 안심을 하고는 '흐흠, 이제야 포기를 하는구먼, 진작 그럴 일이지' 하고 혼잣소리를 하면서 행사를 치르려고 하였다.

한편,

철우는 어머니의 비명을 듣고 집으로 마구 내달려 집 마당에
들어서보니 제일 먼저 눈에 띠는 것이 반짝이는 은장도였고,
문 앞을 보니 커다란 남자 짚신이 눈에 들어왔다. 지금 무슨 일
이 일어나고 있는지 알아볼 필요도 없었다. 단걸음에 뛰어가면
서 오른손으로 꼬나들었던 창을 세게 쥐었다.

"덜컹!"

왼손으로 방문을 여는 동시에 철우는 불문곡직하고 어머니를
올라타고 있는 놈의 목덜미에 창을 꽂았다.

"꿰엑!"

멧돼지의 목에 창을 꽂았을 때와 유사한 소리가 사람의 입에
서도 나왔다. 철우는 지체 없이 창을 빼고는 그놈의 목덜미와
등짝을 마구 찔렀다.

"크악, 킥~ 킥~"

손가락으로 열을 세기도 전에 그놈은 축 늘어졌다.

"이놈 죽었다."

철우는 그놈을 끌어내면서 "엄니, 엄니, 정신 차리세요." 하
고 소리쳤으나 어머니는 미동도 제대로 못하고 있었다.

"아이구 엄니 정신 차리세요. 으악~ 이거 피잖아, 아이고 울
엄니 돌아가시겠네. 아악~ 엄니! 엄니!"

그제야 정신줄을 놓았던 어머니가 손을 들면서 철우를 끌어
안았다.

"철우야. 네가 사람을 죽였구나. 어서 도망쳐야 한다."

"어머니 정신 차리세요. 피를 많이 흘렸어요. 제가 업고 의원에게 가겠습니다. 제발 정신 차리세요."

"난 이제 다 틀렸다. 자꾸 잠이 온다."

"아닙니다. 제가 왔잖아요. 조금만 참으세요."

"아니다. 이제부터 내 말 잘 들어라. 저 궤짝 속에 네 아버지가 모아둔 돈과 금붙이가 있다. 적은 돈이 아니니 그 돈을 가지고 어서 빨리 피신해라."

"아닙니다. 제가 어딜 갑니까. 엄니와 같이 가렵니다."

철우는 눈물범벅이 되어서 어머니를 위로하였으나 이미 때는 늦었다.

어머니는 눈을 감았다 떴다 하면서 간신히 한마디를 더했다.

"최 진사님에게 허락받고 은분이와 함께 떠나라."

"예에? 은분이랑 떠나라구요?"

"으음. 그 애도 사연이 많은 아이다, 어서 떠나거라."

철우 어머니는 이 한마디를 남기고는 눈을 감고는 다시는 뜨지 않았다. 맥을 짚어보니 희미하게 맥이 잡히는 것 같더니만 그마저도 끊기고 말았다.

철우는 터져 나오는 울음과 눈물을 주체할 수 없이 흘리다가 곧바로 정신을 차려야 했다. 아무리 겁간을 하려는 놈을 죽였다고는 하지만 타지에 와서 사는 신세인데 살인자로 몰리면 자기도 죽을 운명이 될 수도 있었기 때문이다. 그것도 뒤에서 잔인하게 창으로 찔렸으니 변명의 여지가 거의 없어 보였다.

"아, 내가 사람을 죽였다. 어머니도 돌아가셨다."

망연자실하게 있던 철우는 퍼뜩 정신이 들었는지 어머니를 안고 집 뒤에 산으로 얼마간 올라가서 눕히고는 큰 돌로 덮어놓아 짐승들이 시신을 훼손하지 못하게 하였다. 후에 찾아와서 다시 안장(安葬) 해야겠다는 생각으로 괭이와 삽을 근처 돌 틈에 숨겨두고 돌로 덮어놓았다.

집으로 내려와서 방안에 죽은 남자가 누군가 하고 궁금하여 호롱불을 비춰보니 건넛마을에 사는 용택이란 놈이었다. 지난번 씨름대회에서 철우에게 진 그놈이었다. 이놈의 평소 행실이 나쁘다고 하더니만 기어코 일을 저지르고 죽어버린 것이다.

사실 그랬다. 언젠가부터 용택이는 철우 어머니에게 눈독을 들이고 가끔 이곳으로 찾아와서 철우가 있나 없나를 살펴보곤 했다. 왜냐하면 사냥꾼들이 가끔 멀리 사냥을 나가서 이삼 일씩 있다가 오는 수가 있다는 것을 알고 있었기 때문이다. 하지만 아버지가 없는 철우는 단 한 번도 산속에서 밤을 지새운 적이 없었다, 조금 늦더라도 꼭 집에 와서 잠을 잤다. 그러다가 이번에는 정말로 늦게까지 철우가 오질 않자 일을 저지른 것이었다.

"이런 나쁜 놈, 평소 행실이 좋지 않다고 소문이 났더니만 그 말이 사실이네."

철우는 혼잣말을 해가면서 그놈을 질질 끌어 집에서 조금 떨어진 곳에 방치했다.

"이대로 두면 늑대들이 와서 다 뜯어먹을 게다."

철우는 그때부터 마음이 급해지기 시작했다.

그리고 창과 칼을 챙기고 몇 가지 옷가지와 소지품(부시), 먹을 것(사냥 갈 때 먹는 마른 음식, 미숫가루, 육포 등)과 궤짝을 뒤져서 엽전 꾸러미와 금반지, 금가락지 등을 챙겨서 괴나리봇짐을 꾸려서 지난번 씨름대회에서 장원상으로 받은 황소의 등에 얹었다. 그런 다음에 집에 불을 질렀다. 작은 나무집이라 금방 타올랐다.

15. 도피하는 철우와 은분이

철우는 동구 밖에 황소를 매어놓고 발걸음을 급히 옮겨서 최진사 댁의 별채에 몰래 들어가서 은분이를 깨우기 시작했다.

"은분아~ 은분아~"

아주 작은 소리로 은분이를 깨웠다. 혹시나 할머니가 깰까봐 매우 조심스러웠다.

여자들이 대체로 잠귀가 밝아서인지 잠시 후 은분이가 눈치를 채고 조용히 밖으로 나왔다.

"아니, 철우 오빠, 또 멍석말이 당하려고 그래? 웬일이야."

"아니, 지금 목숨이 경각에 달렸다. 어서 옷을 바꿔 입고 잠깐 나와봐."

"무슨 목숨?"

"아이참, 시간 없어 빨리 나와봐. 잠깐이면 돼."

이렇게 다급하게 조르니 은분이도 긴가민가하면서 옷을 바꾸어 입고 나왔다.

"지금 아무도 일어나지 않을 테니 대문으로 나가자."

"으응, 왜 그래? 무슨 일이야?"

철우는 소리 없이 대문을 열고 은분이와 빠져나와서 다시 대문을 닫았다.

그런 다음 은분이의 손목을 낚아채면서 "빨리 뛰어, 붙잡히면 죽는다. 뛰자."

이렇게 나지막이 소리치니 은분이도 덩달아서 겁이 나서 마구 뛰기 시작하였다. 이렇게 동구 밖까지 온 철우는 매어 놓은 황소의 등에 은분이를 번쩍 안아서 올렸다.

"거기 잘 잡고 있어, 잘못하면 떨어진다."

"아이구, 무섭다, 무슨 일이야, 대체."

철우는 대꾸도 하지 않고 "이럇~" 하고 소리치면서 산길 쪽으로 마구 내달았다.

누렁이도 힘이 들어서 "씨익~ 씨익~" 소리가 크게 났다.

그렇게 거진 한 시진 가량을 산속으로 들어와서야 잠시 멈추었다. 정말로 철우는 체력이 대단하였다. 아무리 산에서 컸다고 해도 타고난 원기가 대단한 것이었다.

"아니 지금 어디 가는 거야?"

"어서 도망쳐야 해, 지금 건넛마을에서 병졸들이 왔는데 십오륙 세 먹은 여자아이를 찾는다고 한다. 혹시 너일지 몰라, 일단 피신해야해."

"왜? 내가 피신해야 해. 내가 무슨 잘못이 있다고 그래? 난 집으로 갈래. 마님 댁으로 갈 꺼야"

"너 정말 말귀를 못 알아듣는구나. 너 정말로 여종 맞아? 맞냐구?"

"여종 맞아, 대감님이 그랬어, 어려서 네 살 때 여기로 왔다구."

"그럼 네가 지금 여종처럼 사냐? 양반집 규수처럼 살지, 조선 천지 어느 집에서 여종에게 글 가르치는 것 봤어, 그것도 암암리에, 몰래 글을 가르치는 집이 있다고 들어보았냐고. 넌 지금 사연이 많은 집안의 양반집 딸인데 지금 거짓으로 여종처럼 살고 있는 거야."

철우가 이렇게 설득하니 은분이도 긴가민가한다.

"너 분명히 역적으로 몰린 집안에서 너만 살아남았을 거야. 지금 너를 찾고 있단다. 찾으면 그냥 죽는 거지."

"죽어? 어떻게 죽어?"

"하이구, 어른들에게 말씀 못 들었어, 사약 마시고 그 자리에서 죽는 거야."

철우가 또 이렇게 거짓으로 구슬리니 은분은 점점 무서워지기 시작하였다.

"그러니 내 말대로 해. 지금 당장 피신을 했다가 한 달이고 두 달이고 지나서 별일 아니면 마님 댁으로 다시 와서 종살이를 하면 되잖아, 안 그래?"

은분이가 듣고 보니 그럴 듯하였다.

"그럼 그럴까. 마님과 할머니가 신새벽(아주 이른 새벽)부터 나를 찾을 텐데."

"그러니 내 말대로 해, 지난번에도 내가 너를 구해주었잖아. 네가 그냥 죽게 내버려둘 수 없어서 그래."

"으응, 그런가."

은분이는 여전히 알쏭달쏭했지만 철우의 말에도 일리가 있었기에 잠자코 있었다.

"그래, 별일 아니라면 다시 오면 되지."

이렇게 생각한 것이다.

철우의 사냥 다닐 때의 경험으로는 서쪽으로 가면 깊은 산이 없고, 동쪽으로 가면 산이 연이어 있다는 것을 알고 있었다. 아침 여명이 찾아올 때까지 철우는 동쪽으로 갔다.

커다란 황소를 몰고 아주 깊은 산속으로는 다닐 수 없어서 산자락의 길이나 외딴길로 향한 것이다. 은분이는 소 등에 납작 엎드려서 잠이 든 모양이나 용케 떨어지지 않고 흔들거리면서 가고 있었다.

다음날 해가 떠오를 무렵에 칠갑산을 다 넘었는지 평지길이 나타났다. 철우는 은분이를 누렁이에게서 내리고 준비해온 마른 음식과 육포로 요기를 하고 주변에 넓게 펼쳐진 풀밭에서 누렁이에게도 풀을 뜯겼다.

"아이고 엉덩이 아프다, 그냥 걸어갈래."

"으응, 그렇게 해, 이제 어느 정도 멀리 온 것 같으니 천천히 가도 돼."

"그런데 어디로 가는 거야?"

"그냥 동쪽으로 가보는 거야, 동쪽으로 가야 산들이 있거든.

동쪽에 계룡산이라는 아주 큰 산이 있다는데 산짐승들이 많다고 하더라구. 그래서 거기로 가려구."

"그럼 길은 알아?"

"모르지, 나도 처음인데, 이렇게 가다가 큰길 만나면 길 따라서 가면 될 것 같아, 사람들에게 물어물어 가면 될 거야. 일단 깊은 산속에서 은신생활을 해야할 거야."

"으음."

은분이는 자세한 내막은 모르지만, 막연하게나마 그러면 될 것 같다는 생각이 들었다.

한편, 이날 새벽에 최 진사 댁은 난리가 났다.

밤새 은분이가 없어진 것이다.

할머니는 밤에 측간(廁間: 변소, 화장실)에 갔다가 안 왔다고 했다. 최 대감은 즉시 김 서방과 할머니에게 집밖으로 나가서 은분이를 찾아보라고 지시를 하고는 마당에서 서성이고 있었다. 마나님도 매우 근심이 되어서 안절부절 못하였다.

"요즘 아녀자를 납치해간다는 소리를 못 들어봤는데요."

"그렇지, 납치가 아니면 제 발로 어디로 갔단 말인가? 그냥 갈 아이가 아닌데, 무슨 연고(緣故: 사유(事由))가 있나?"

최 대감은 혼자서 이 생각 저 생각하다가는 문득 짚이는 게 있어서 급히 후원으로 갔다. 과연, 지난번 철우가 월담했던 그 자리에 커다란 짚신 발자국이 있었다, 그리고 나간 흔적은 없었고 곧바로 별채 쪽으로 향해 있었다. 이번에는 급하게 지나간 흔적인 발자국이 선명하게 다 드러나 있었다.

"흐흠, 철우가 데려갔군, 철우에게 필시 무슨 일이 생긴 게야"

최 대감은 김 서방 마누라를 불러서 은분이를 찾으러 갔던 김 서방과 할머니를 데려오라고 시켰다.

잠시 후, 집식구들이 다 모였다.

"지금부터 내 말을 잘 들으시오, 은분이는 내가 멀리 있는 친척에게 보냈으니 그렇게 알도록 하고 동리 사람들이 물어보면 내가 멀리 있는 친척에게 보냈다고 말하면 되오. 더 이상 가타부타 말을 하면 절대 안 되오."

이렇게 단단히 입막음을 하였다.

그날 밤,

마님은 궁금해서 물었다.

"내가 다 짚이는 게 있어서 그런 거야. 임자도 그냥 잠자코 있어요. 때가 되면 알게 되겠지."

그런데 그때가 오래가지 않았다. 밤에 산에서 불이 났기에 사람들이 올라 가 본 것이다. 거긴 철우, 철우 어머니, 누렁이

가 없었고, 집만 불탔다. 그리고 그 뒤쪽으로 짐승들이 뜯어먹
어서 유골만 남은 시체가 있었다. 옷을 보니 큰 몸집이라고 했
는데, 이 시체가 곧바로 용택이란 것이 밝혀졌다. 원래 늑대들
이 민가에는 잘 내려오지 않는데 피 냄새를 맡고는 떼로 몰려
와서 다 뜯어먹었던 것이다.

이런 사실을 김 서방이 듣고 와서 최 진사에게 들은 대로 고
했다.

"으흠, 예상대로야. 용택이란 놈이 나쁜 짓을 하다가 들켜 철
우가 죽인 게로군, 그리고 그냥 그 길로 아무것도 모르는 은분
이를 꿰차고 내뺀 거야."

하지만 대감도 철우의 어머니가 죽었는지 살았는지는 알 수
없었다. 동리 사람들도 몰랐다.

다시 철우 이야기로 돌아와서,

철우는 누렁이 고삐를 잡고 은분이와 함께 부지런히 발길을
재촉하여 어느덧 해가 거의 중천에 올라와서 아마 오시(오전 11~
오후1시)가 시작되고 있었다. 평지길 앞에 작은 동산이 가로막고
있었다. 철우는 별다른 생각 없이 그 동산으로 올라갔다. 큰
나무도 별로 없이 잡목들만 무성하였다. 그렇게 해서 동산의
능선에 올라섰는데, 그 앞에 아주 커다란 시냇물이 있었다. 거

긴 물이 아주 많아서 우르릉거리면서 흐르고 있었다.

"어어, 저 앞에 큰 시냇물이 있네."

"어머나, 저길 어떻게 건너지?"

둘은 근심에 찬 말을 하면서 천천히 아래로 내려갔다. 산 아래와 접해있는 큰 시냇물은 평지가 아니라 경사가 급하게 연결되어 있었고, 건너편은 논밭이 있는 평지였다. 저 멀리에 농가도 드문드문 보였다. 그런데 자세히 살펴보니 물은 그리 깊어 보이지는 않았고, 다만 물살이 거세게 "우르릉~, 쏴아아~" 하는 소리를 내고 있었다. 물살이 엎어지고 뒤집어지고 물방울이 튀기고 물보라를 일으키며 마구 흘러갔다.

"아이고, 이를 어쩌나, 여기 잘못 건너다가 물귀신 되겠네."

은분이가 울상을 지으면서 한탄을 하였다.

"걱정 마, 물이 아주 깊어 보이지는 않아, 내가 한번 둘러볼게. 얕은 곳을 찾아서 건너면 되겠어."

"응, 그래. 혹시 다른 길은 없을까?"

"여기 산자락이 모두 시내로 연결되었어. 저것 봐, 저 위쪽부터 저 아래까지 시내로 연결되었어."

"아유, 이를 어쩌나, 난 물이 무서운데, 헤엄도 못치고."

"걱정 말라니까 그러네. 누렁이 등에 타고 있으면 괜찮아, 짐승들은 다 헤엄을 치거든. 그러니 물에 빠져죽지 않아."

"그럴라나."

은분이는 온통 걱정근심에 싸여있었고, 철우는 물결이 잔잔하고 얕은 쪽을 찾아서 위쪽으로 올라갔다. 아래쪽은 조금씩 냇가의 폭이 넓어지고 있기 때문에 그리로 간 것이다.

그렇게 한참동안을 찾아보던 철우는 드디어 좋은 자리를 발견하였다. 다른 곳에 비해서 물살이 순해 보이는 곳을 발견한 것이다.

"어어, 저기는 얕은가. 큰 물살이 없네. 저기로 건너가면 되겠다."

철우는 혼잣말을 하면서 곧바로 은분이를 부르러 갔다.

"은분아, 저쪽 편은 물살이 없다. 거긴 얕아 보인다, 그리로 가자. 너는 누렁이 등에 올라타서 건너고 나는 걸어서 건널 만하다."

"그래? 그런 데가 있어? 잘 되었네."

"맞아. 이 시내가 폭이 넓어서 그렇지 물길은 깊어 보이지 않는다, 거긴 여기보다 얕아 보여."

둘은 족히 백여 걸음을 걸어서 위쪽으로 가보니 정말로 거기는 물살이 별로 없이 천천히 흐르고 있었다. 철우는 은분이를 번쩍 들이 소 등에 태웠다.

"은분아, 물에 들어가더라도 절대 겁먹지 말고 누렁이 등에 꼭 붙어있어야 한다."

"그래. 그런데도 어째 자꾸 겁이 난다. 겁이 나."

"괜찮아. 물이 깊다 하더라도 누렁이까지 빠지진 않을 테니
마음 푹 놓아."

철우는 만용(蠻勇: 사리를 분별하지 않고 함부로 날뛰는 용기)을 부리
며 누렁이의 고삐를 잡고 물속으로 들어갔다. 물살이 세지 않
아 그럭저럭 건널 만했다.

"은분아, 무섭지 않지?"

그 순간, 은분이가 대답도 하기 전에 누렁이와 철우가 물속
으로 푹 들어갔다.

"어어~ 어어억!"

"철우야, 아이구 사람 죽네."

은분이가 누렁이 등에 납작 엎드린 채 물속에 빠져들어 가는
철우를 불렀다. 다행히도 덩치가 큰 누렁이는 머리와 몸통의 반
이나 물에 잠긴 채 "음메~ 음메~" 소리를 다급하게 질러대었다.

"아이구, 철우야, 철우야."

혼비백산한 은분이는 목이 터져라 하고 철우의 이름을 마구
불러대었다. 그곳은 물이 얕아서 물살이 없는 곳이 아니라, 물
이 깊어서 물살이 없는 곳이었다. 하지만 철우와 은분이는 미
처 그 사실을 알지 못하였던 것이다.

"어쿠쿠, 푸아, 푸아~"

천운인가, 철우는 물속에 떠내려가지 않고 겨우 얼굴만을 내밀고 거칠게 숨을 몰아쉬면서 개헤엄으로 건너편 냇가에 도착하였다.

"철우야. 철우야. 괜찮니? 괜찮아?"

은분이가 고개를 길게 빼면서 철우를 불러대었다.

"괜찮아, 죽을 뻔했네, 어어어~"

철우가 말대답을 함과 동시에 누렁이가 물에 둥실 뜨는 듯하면서 아래로 떠내려가기 시작하였다. 물 깊이가 누렁이 키보다 더 깊었던 것이다.

"아악~ 사람 살려, 떠내려간다."

"아이고, 은분아~ 납작 엎드려서 고삐를 꼭 잡고 있어."

"철우야, 나 살려줘!"

철우가 냇가로 따라가면서 소리 소리쳤고, 은분이는 살려달라고 소리치고 누렁이도 연신 "음매~ 음매~" 소리를 내면서 눈을 사발만 하게 뜨고 있었다.

"아이고야, 저 아래로 떠내려가서 뒤집히면 다 죽는다, 이를 어째."

철우가 발을 동동거리면서 냇가를 따라 갔으나 뾰족한 방법이 없었다.

아~ 그때였다. 천운인가.

크고 기다란 나무가 뽑혀서 뿌리째 걸려있는데 몸집이 큰 누렁이가 거기에 걸렸다. 철우는 조금도 망설이지 않고 물속으로 뛰어들어서 개헤엄으로 누렁이에게 다가갔다.

"은분아, 이제 됐다. 내게 고삐를 줘."

"응, 어서 빨리."

은분이에게 고삐를 넘겨잡은 철우는 문밖으로 나와서 있는 힘껏 끌기 시작하였고, 누렁이는 머리를 쭈욱 빼 내밀고는 안간힘을 쓰면서 헤엄을 치기 시작하였다. 곧바로 누렁이는 발이 땅에 닿았는지 물속에 서서 걸어 나오기 시작하였고, 곧바로 물 밖으로 은분이와 함께 나왔다.

"하이고, 죽다 살았다. 나 좀 내려줘."

"으응, 괜찮아 이제 다 건넜어, 괜찮아."

"나도 괜찮아, 오빠는 어때? 진짜로 죽는 줄 알았어."

은분이는 울먹이는 목소리를 내면서 눈물을 주르르 흘리기 시작했다.

"괜찮아. 은분아, 누렁이 덕분에 살아났다. 이제 괜찮아."

"그래, 천지신명, 조상님들이 살려주셨어."

은분이는 연신 눈물을 훔쳐내면서 몇 마디 더 했다.

이어서 철우는 저편으로 가서 물에 흠뻑 젖은 옷을 벗어서 힘껏 물기를 짜내고는 곧바로 옷을 다시 입고 왔다. 누렁이 등에 타고 있던 은분이는 많이 젖지는 않아서 그냥 입고 있었다.

"축축하지 않아? 감기 걸리면 어떡하려구."

"괜찮아. 땀을 흘릴 때도 이만했는데 뭘. 그래도 다행이야. 누렁이 등은 물에 젖지도 않았어. 등짐도 그대로고."

"그러게 말이야, 불행 중 다행이다."

누렁이는 방금 전 있었던 일을 모두 잊은 양 한가롭게 풀을 뜯어먹고 있었다.

잠시 후, 철우와 은분이는 다시 길을 걷기 시작했다.

그렇게 하루 낮을 보내고 저녁때쯤 커다란 산이 앞을 가로막았다. 어디 돌아갈 길도 없어서 그냥 산속으로 들어가서 산을 넘어가야 할 판이었다. 철우는 이제껏 그렇게 왔듯이 별 생각 없이 산속으로 들어갔다.

16. 소도둑으로 몰리다

"여보게, 오 서방. 내가 방금 전 이상한 것을 봤네."

"뭣인데 그러나."

주막집에 앉아서 탁주를 마시던 김 서방이 오 서방에게 먼저 말을 걸었다.

"아 조금 전 산에서 내려오다 보니 어떤 사내가 소를 몰고 산길로 들어가더란 말이야. 멀어서 자세히는 못 봤네만 등짐도 잔뜩 실은 거 같으이."

"뭐시라고? 아니 지금 해 떨어질 시간에 산길로 소를 몰고 가. 소를 몰면 집이나 동네로 내려와야 하잖은가. 게다가 등짐도 실었다고?"

"그래서 내가 물어보지 않는가. 이상하다구."

"어서. 일어나 가보세. 틀림없이 소도둑일세. 소도둑."

"뭐시여. 이거 야단일세. 어서 빨리 동네 사람들에게 알려서 가보세."

김 서방과 오 서방은 급히 동네로 가서 징을 치고 꽹과리를 쳐서 사람들을 모았다.

"지금 저 앞산에 소도둑이 있습니다. 어서 빨리 횃불 들고 가 봅시다. 가서 그놈을 잡읍시다."

소도둑이란 말에 동네 사람들은 모두 화들짝 놀라면서 너두 나도 되는 대로 횃불을 만들어서 산으로 들어갔다. 몇몇은 징 과 꽹과리도 들고 와서는 "깽! 깽!" 치고 "지잉~~" 하고 징을 쳐댔다.

"소도둑 잡아라. 도둑놈아, 게 섯거라."

갑자기 산 아래에서 떠들썩한 소리가 들리고 횃불이 보이면 서 징 소리와 꽹과리 소리가 나는데 철우와 은분이는 깜짝 놀 라며 아래쪽을 쳐다보았다.

"아이구 은분아. 우리가 소도둑으로 몰린 모양이다. 어떡하 나. 도망가야지."

"에구에구, 이걸 어쩌나, 이 산이 높던데. 어디로 도망친단 말이야."

철우는 대꾸 대신에 누렁이를 몰아세웠다.

"이랴, 이랴."

철우가 소를 앞세워 깊은 산길로 마구 달아나고 그 뒤를 이어 은분이도 헐레벌떡 뒤따라간다.

"오빠야. 숨넘어간다. 아이고 나 죽겠다."

"안 돼. 은분아. 빨리 도망쳐야 돼."

철우는 은분이를 번쩍 들어서 소등에 올라 태웠다.

"은분아, 몸을 바짝 엎드려서 소등에 납작 붙여, 그래야 안 떨어져."

철우는 한마디 하고는 "이럇, 이럇" 하면서 누렁이를 몰아세우니, 누렁이도 힘들어서 "음메~" 소리를 연신 내면서 숨소리가 거칠게 났다.

"야~ 이놈아. 음메 소리 내면 잡혀 죽어."

은분이 역시 음메 소리를 내는 누렁이가 야속하기만 했으나 어쩔 도리가 없었다.

길도 아닌 길 같은 곳을 거칠게 몰아대니 누렁이는 여기저기 나무에 긁히고 철우의 몸도 여기저기 긁혀서 피가 났지만 그런 것을 생각할 여유조차 없었다. 어떻게든 이 위기를 모면해야겠다는 생각, 어서 이 산을 넘어가야겠다는 생각뿐이었다. 아랫녘에서는 여전히 징소리, 꽹과리 소리가 나면서 사람들이 웅성거리는 소리가 들려왔다.

저녁때부터 부슬비가 내리더니 빗줄기 점차 굵어지고 있었다. 철우와 은분이는 그렇게 소를 몰고 달아났으나 길이 없어서 앞으로 나가가기 매우 힘들었다. 철우가 사냥용 긴 칼로 나뭇가지들을 마구 쳐내면서 가는 수밖에 없었다.

그때였다. 앞에서 느닷없이 젊은 장정들 두 명이 나타났다.

"야, 이 소도둑놈아, 어딜 도망치려고 그래?"

"저 소도둑 아닙니다."

"뭐어? 그럼 이 소는 끌고 어디로 가는 게냐?"

빗속에서 살펴보니 스무 살 중반쯤 되어 보이는 청년으로 체구는 철우만은 못해보였지만 아주 다부지게 생겼다. 이들이 선발대로 먼저 올라와서 철우를 잡으려고 한 것이다.

"이 소는 씨름대회 장원상으로 받은 것입니다."

"뭐라고? 씨름 장원상? 어느 동네냐?"

"그게……."

철우가 곧바로 말대답을 하지 못하였다. 왜냐하면 지금 살인을 하고 피신 중이기 때문이었다.

"이놈 봐라, 우물쭈물하는 게 거짓부렁이네."

"아닙니다, 정말로 씨름 장원상으로 받은 겁니다."

"이 자식이, 소도둑 주제에 말이 많다. 네 말이 참말이라면 동네로 내려가서 자초지종을 알아보자."

"그런 안 됩니다. 지금 빨리 가야 합니다."

"뭐라 이자식이!"

이러면서 한 청년이 주먹으로 철우의 배를 냅다 질렀다. 아무런 대비도 못한 채 배를 얻어맞은 철우는 허리를 굽히고는

"으읍~ 아이구~" 하고 비명을 질렀다.

"왜 그러세요, 왜 죄 없는 사람을 때리나요?"

옆에 있던 은분이가 한 발짝 나서서 당돌하게 항의를 했다.

"어라, 같은 패거리네. 이것들 모두 치도곤으로 반죽음을 당해봐야 정신 차리겠다. 이것들."

"아이구, 아닙니다. 우리 나쁜 사람 아니에요. 소도둑 아닙니다."

"늬들 저 소 등짐도 다 훔친 거지?"

"아닙니다. 아니에요."

철우가 적극 변명하였으나 그들은 막무가내였다. 그 중 한 청년이 소 등짐을 들춰보고는 깜짝 놀라고 있었다.

"어어, 여기 창, 칼이 있네. 이게 뭐야?"

"뭐가?"

"여기 등짐이 온통 무기야."

"무기라고?"

그놈이 다가가서 보니 정말로 무기가 여러 개다, 창도 두 자루, 칼도 두 자루나 있으니 약간 놀라는 눈치였다.

"이거 점점. 수상한 놈이다. 이것도 어디서 다 훔쳐온 거야, 맞지?"

"아닙니다. 아녜요. 제가 사냥꾼입니다."

"뭣이? 사냥꾼이라고? 아무튼 마을로 내려가서 알아보자."

이러는 사이에 징과 꽹과리 소리가 점점 가까이 들려 왔다. 마을 사람들이 다 몰려들면 더 이상 피할 수가 없다고 생각한 철우는 그 두 청년을 물리치기로 마음먹었다.

"은분아, 어서 고삐잡고 저쪽으로 도망쳐, 내가 이 사람들을 해치울 테니."

철우가 나지막히 말을 하자마자 은분이가 고개를 끄덕였다. 철우는 조금도 망설이지 않고 한 청년에게 달려들어서 씨름 잡치기 모양새로 옆으로 메다꽂았다

"어억, 이놈이 사람 죽이네."

또 한 청년이 방심하고 엉거주춤하고 있는 사이에 철우는 몸을 구부리면서 그 청년의 발을 있는 힘껏 잡아당기니 그 청년은 순식간에 물구나무 선 자세가 되면서 소리를 쳤다.

"어억, 아이고, 이놈 봐라."

하지만 그렇게 했다고 해서 두 청년이 물러서지는 않았다.

소나기가 계속 내려서 눈을 뜨기가 어려워 연신 깜박이어야 했다.

"안 되겠다. 이놈 힘이 장사다. 우리 둘이 달려들어서 결박하자."

"죽여 버릴까?"

"죽이면 안 돼, 괜히 엄한 놈 건드렸다가 우리가 살인자로 몰려서 옥살이하거나 사형당하면 어떻게 해."

이렇게 저희들끼리 수군대었다.

"우리 나쁜 사람 아닙니다. 그냥 가게 내비두세요."

"그러니까 마을로 내려가서 자초지종을 알아보자. 이놈아."

그러면서 동시에 달려든다. 그중 한 청년이 뛰어들면서 철우를 쓰러트리려 하였으나 철우가 재빨리 비키자 그놈이 엎어지고 말았다. 이에 철우가 그 청년의 등에 올라타면서 기절시킬 요량으로 주먹으로 목덜미를 세게 내리치니 "뻑~" 소리가 났다.

그 순간,

다른 녀석이 어디서 구했는지 나무 몽둥이로 철우를 내리쳐서 철우가 꼬꾸라지고 말았다. 한 청년은 아직 엎드려 있었고 철우를 나무 몽둥이로 내리쳤던 청년이 쓰러져 있는 철우의 손을 등 뒤로 결박하려고 하였다.

"뻐억~"

소리가 나면서 도망친 줄 알았던 은분이 나타나서 그 놈이 내리쳤던 나무 몽둥이로 그 청년의 목덜미를 세게 내리쳤다. 그 청년은 그 자리에서 엎어졌다.

"아이고, 사람 죽었다."

은분이가 울먹이면서 말했다.

"괜찮아, 이 정도로 죽지 않아, 아마 혼절했을 거야, 어서 도망치자."

철우는 촌각도 지체하지 않고 누렁이를 몰고서는 함께 산기슭을 달아나기 시작하였다. 소나기가 계속 내리고 있었다. 늦장마 비이거나 아니면 그냥 소나기였다.

그렇게 정신없이 한 시진 반(3시간)쯤 넘었을까 드디어 징 소리와 꽹과리 소리가 들리지 않았다. 큰 산을 정상 옆으로 비켜 넘어와서 동네와는 멀어졌던 것이다.

"아이구, 나 죽겠다."

"은분아. 이제는 괜찮아. 동네랑 멀리 떨어졌어. 오늘밤은 이 근처에서 밤을 지새우고 내일 아침에 내려가자."

비가 여전히 내리고 있어서 둘은 금세 추위에 떨기 시작하였다.

"어디 은신처를 찾아서 옷을 말려야 할 텐데."

"어디에 있어? 은신처가 이런 산속에."

"큰 바위틈 같은 데가 있지. 사냥하다가도 비 만나면 그런데 들어가 있어. 아이구야, 은분아 비 맞지 말고 누렁이 배 아래에 들어가서 쪼그리고 앉아있어. 그러면 비는 안 맞아."

"아이고, 무섭다."

철우는 무섭다고 하는 은분이를 누렁이 배 아래에 들어가서 쪼그리고 앉아있게 했다. 커다란 몸집의 누렁이가 지붕 역할을 해서 떨어지는 비는 막아주는 셈이었다.

"잠시만 기다려봐, 내가 요 근처 찾아볼 테니까."

"응, 그래, 빨리 와."

빗줄기는 점점 커져서 국수 가닥 같은 빗줄기가 내리치고 있었고, 은분이는 누렁이 배 밑으로 들어가서 쪼그리고 앉았으나 몰아치는 비바람을 다 막을 수는 없는 노릇이었다.

쏟아지는 빗줄기 때문에 앞이 잘 안 보였으나 철우는 두 눈을 두리번거리면서 큰 바위를 찾았다. 그때 번갯불이 번쩍이더니 바로 앞에 아주 크지는 않지만 높이가 두어 길 정도 되는 바위가 언뜻 보였다. 철우는 급히 그리로 올라가보니 바위 아래로 틈새가 있어서 쪼그리고 앉을 만하였다.

"은분아, 저 위에 바위틈이 있어, 그리로 가야된다."

은분이는 오들오들 떨면서 누렁이 배 아래서 나와서 철우와 함께 그쪽으로 올라갔다.

"이 속에 들어가 있어. 나는 불을 지펴야지."

"비 오는데 어떻게 불을 지펴?"

"그 안에 마른나무 있잖아, 그리고 생소나무 가지는 웬만하면 불 붙어, 소나무 속에 송진이 있어서 잘 탄다.”

누렁이는 그 앞의 나무에 고삐를 매어놓고, 철우는 능숙한 솜씨로 작은 소나무 가지를 한 아름 베어왔다. 사냥용 칼은 낫보다 쓰임새가 훨씬 많아서 한번 휘두르면 웬만한 나뭇가지도 단번에 잘렸다.

이윽고, 바위틈으로 들어온 철우는 마른 낙엽을 모아서 부시로 불을 붙이고는 생소나무 가지를 올려놓았다. 처음에는 온통 연기뿐이었는데 한번 불이 붙으니까 “화락~ 화락~” 소리를 내면서 잘 타올랐다.

“옷을 말려야지, 이대로 있다간 감기 걸려 죽겠다. 은분아, 너도 옷을 벗어. 말려야지.”

“아이참, 어떻게 옷을 벗어, 난 그냥 입고 말릴 거야.”

은분이는 또 내외를 찾고 남녀유별을 찾고 있었다. 한문 공부는 제대로 했다. 더 이상 말해봐야 소용없다는 것을 깨달은 철우는 몸을 돌려서 옷을 벗고는 막대기에 꿰어서 옷을 말리기 시작했다. 퀴퀴한 냄새가 코를 찔렀지만 젖은 옷보다는 나았다.

“은분아, 내 옷 다 말랐다. 이걸로 갈아입어, 그 옷도 말려야 돼.”

“아이참, 남정네 옷인데…….”

은분이는 더 이상 대꾸하지 못하고 몸을 돌려서 철우의 옷으로 갈아입었는데 그 모습이 매우 우스꽝스러웠다.

"하하하, 꼭 광대 같다."

"아이 그만해, 어서 이 옷이나 말려."

철우는 은분이의 옷도 막대기에 꿰어서 말렸다. 아까처럼 퀴퀴한 냄새가 나는 것이 아니라 무슨 향긋한 냄새가 나는 듯했다.

"자. 이제 다 말랐다. 이렇게 해야지, 이런 데서 감기 걸리면 자칫하다가 오도 가도 못하고 죽기 십상이다."

"하긴, 그럴 수도 있겠네."

생소나무 가지를 마구 때니 좁은 그 안은 금세 열기로 후끈거리고, 둘은 저절로 눈이 감기어서 앉은 채로 잠이 들고 말았다.

철우와 은분이는 아침 해가 막 떠오를 때 쯤 깨어났다. 저절로 깨기도 했지만 배가 고픈 누렁이가 연신 "음메~ 음메~" 하고 울었기 때문이다. 철우는 주변에서 되는 대로 풀이나 연한 나무 이파리를 뜯어서 누렁이에게 먹였다. 비도 그치고 하늘은 청명하였다. 둘은 육포를 씹어가면서 산속을 지나가는데 마을로 내려가기가 무서워서 그냥 산속으로 다니기로 하였다. 그쪽 산에는 심한 경사도 없고 높은 산도 없어서 능선으로 그냥 다닐 만 했다.

17. 떼로 몰려든 늑대

"언제까지 산속으로 다녀야 해?"

은분이가 걱정스럽게 물었다.

"오늘 하룻밤만 산속에서 지새고 내일 아침에는 내려가서 큰 길로 가자. 그러면 될 것 같아. 그나저나 소 몰고 산속으로 다닌다고 소도둑으로 오인 받다니. 에휴, 내 원 참."

"그러게 말이야, 생김새도 꼭 소도둑같이 생겼잖아."

"뭐어? 하하하, 소도둑이라니, 씨름 장원이지."

"호호호, 그래 오빠는 씨름 장원이야."

둘은 길 떠나면서 처음으로 웃어가면서 담소를 나누고는 산길을 재촉했다. 금세 하루해가 가서 벌써 서편으로 해가 기울기 시작하였다. 비도 그치고 하늘은 청명하고 산바람은 시원하였다.

"오늘은 일찌감치 은신처를 찾아서 쉬어야겠다. 어제 너무 힘들었어."

"그러게, 어제 밤처럼 그런 바위틈이 있으면 좋으련만, 있을

라나 모르겠어."

"글쎄, 있을 거야, 여기 산세를 보니 군데군데 바위들이 많이 있잖아. 잘 찾아야지."

그런데 좀처럼 바위틈이 보이질 않는다. 그믐이 다 되어서 어두울 텐데, 철우는 걱정되기 시작하였다. 한참을 그렇게 바위틈 은신처를 찾는데 지성이면 감천인가, 산 중턱쯤에서 아주 커다란 바위가 경사진 지붕처럼 있고 그 안쪽으로 두세 명이 앉거나 누울 정도의 공간이 있었다. 그러니까 동굴처럼 생긴 곳은 아니고 지붕처럼 생긴 곳이어서 밤이슬을 막기에는 충분하였다.

"은분아, 이 정도면 하룻밤 지낼 만하다. 여기서 자자."

"으응, 오빠가 결정해."

철우는 누렁이에게 실은 등짐을 내려서 한편으로 놓고 누렁이의 고삐를 나무에 단단히 매었다. 혹시 밤에 고삐가 풀리면 산속에서 찾기 어려웠기 때문이다. 이어서 철우는 낙엽과 떨어진 솔잎을 긁어다가 잠자리를 마련하는데,

"어어, 여기 토끼똥이 아주 많다. 이 근처에 토끼들이 많이 사는 모양이야."

"어디? 어디?"

은분이도 다가와서 까만 콩 같은 토끼똥을 쳐다보았다.

"여기다가 토끼 올가미를 놓아야겠다."

"그럼 잡히나?"

"그럼, 내가 사냥꾼인데 토끼 잡는 것은 일도 아니지."

자신감에 찬 철우는 컴컴한 중에 칡넝쿨을 끊고 싸리나무를 자르는 등 한참동안 꾸물거리더니 토끼 올가미 여섯 개를 설치했다고 하였다.

"내일 아침에 잘하면 토끼고기를 먹게 생겼다."

"호호호, 산속에서 진수성찬을 맛보게 생겼네."

"진수성찬은 아니고 그냥 구워서 소금 찍어 먹는 건데, 그래도 맛이 기가 막혀."

"호호호, 그래? 난 못 먹어보았는데."

"틀림없이 내일 한두 마리 걸릴 거야."

둘은 그렇게 담소를 하다가 잠이 들었다.

다음날 새벽같이 일어난 철우는 토끼 한 마리를 잡아왔다.

"은분아, 토끼 한 마리 잡았다."

"어디? 어디?"

"이거 봐라."

잿빛 나는 커다란 토끼가 붙잡혀서 발버둥을 치고 있었다.

"아이그, 불쌍하다. 그냥 놓아주면 안 될까?"

"뭐가 불쌍해, 내가 짐승 잡는 게 업인데, 괜찮아, 잠시 기다려, 털가죽 벗길 테니."

"아이 불쌍하다, 저거 봐, 살려달라고 마구 발버둥 치잖아."

"괜찮다는데도 그래."

철우는 저편으로 가서 능숙한 솜씨로 털가죽을 벗기고 내장을 제거한 다음에 고기를 토막 쳐서 여러 개의 막대에 끼워왔다.

"이제 됐다. 불에다 익히면 돼."

철우는 불을 지피고는 그 위에서 토끼 고기를 굽기 시작했고, 조금 후에는 은분이도 같이 고기를 굽기 시작했다. 곧바로 고기 익는 냄새가 나면서 군침이 꿀꺽 넘어갔다.

"자, 이제 먹어보자."

철우와 은분이는 소금을 꺼내어 찍어먹기 시작하였다. 며칠 동안 제대로 먹지 못해서일까 참으로 그 맛은 최고였다.

"이것 봐, 이렇게 맛있잖아, 이거 한 마리 다 먹겠다."

이렇게 토끼 고기를 대여섯 점인가를 먹었을 때 쯤에 저 멀리에서 "우우웅" 하는 소리가 들렸으나 둘은 먹는 데만 정신이 팔려서 그 소리를 못 들었다.

잠시 후,

가까이서 "우우웅~" 하는 소리가 분명히 들려왔다.

"아이구, 이게 무슨 소리야, 늑대 소리잖아."

철우가 먼저 알아듣고는 깜짝 놀라면서 벌떡 일어나 주위를 살폈다. 그때 누렁이가 다급하게 "음메~, 음메~" 소리를 내기 시작하였다.

"왜? 무슨 소리야? 늑대인가?"

"맞아, 이 근처에 늑대가 있어."

철우는 지체 없이 창을 집어 들고 은분이게는 칼을 주었다.

"늑대들이 공격하면 대항해서 찔러야 한다. 난데없이 웬 늑대야, 늑대는 밤에만 다닌다고 하던데."

아~ 그런데 철우는 아버지가 당부하신 것을 잊고 있었다. 산속에서는 절대로 고기를 구워서는 안 되었다. 늑대나 호랑이 같은 사나운 짐승이 고기 냄새를 맡고 달려든다는 것을 까맣게 잊고 있었던 것이다. 그래서 밤에만 다닌다는 늑대가 고기 굽는 냄새를 맡고는 여기로 오고 있었다.

곧바로 대여섯 마리의 늑대가 나타나서 이빨을 드러내놓고 으르렁거리기 시작했다.

은분이는 혼비백산하여 바위틈으로 들어갔고, 철우는 그 앞에 서서 창으로 늑대들을 겨누고 있었다. 그런데 늑대가 철우를 공격하려는 것이 아니라 누렁이에게 접근하여 주위를 빙빙돌고 있었다. 이어서 또 몇 마리의 늑대가 나타나서 몇 마리는 철우에게 으르렁거리고 나머지는 모두 누렁이를 에워싸고 물어 뜯을 기세였다. 원래 늑대라 하더라도 몸집이 아주 큰 황소가 뿔을 휘두르면서 저항을 하고 공격을 하면 쉽게 덤비지 못하고 달아나기 십상인데 지금은 누렁이가 고삐에 매여있으니

얕잡아 보고 있는 것이다.

그러는 순간에 벌써 몇 마리가 누렁이 등에 올라타서 목을 물고 어떤 놈은 누렁이의 코를 물었다. 누렁이는 비명에 가깝게 소리를 내었다.

"아이구야. 이거 누렁이 죽겠다."

철우가 다급해져서 창을 꼬나 들고 누렁이 쪽으로 가니, 일시에 서너 마리가 철우 쪽으로 와서 허연 이빨을 드러내놓고 뛰어들 기세다. 그런 중에도 다른 놈들은 누렁이의 코를 물고 있고 목덜미를 물고 있었다.

"아이고, 누렁이 죽겠다. 이를 어째."

늑대들은 더욱 기세가 등등하여 누렁이에게 달려들었고, 철우가 조금만 움직이면 이쪽으로 와서 위협을 하고 있었다.

"철우야, 안 돼, 그러다가 다 죽어. 이리로 와."

은분이가 나직이 소리쳐서 철우는 뒷걸음질로 바위 아래로 가는 수밖에 없었다.

"안 돼, 꼼짝 말고 있어, 그러면 안 덤빌 거야."

"아이고, 누렁이 죽네."

"할 수 없어, 우리라도 살아야 하니까. 살그머니 빠져나가야
돼."

들고 보니 은분이의 말이 백 번 맞는 말이었다. 십여 마리가
날뛰는데 철우 혼자서는 역부족이었기 때문이다.

철우는 불쌍한 누렁이 때문에 눈시울이 뜨거워졌으나 현실은
어쩔 수 없었다.

봇짐을 은분이와 나눠서 지고 들고 옆걸음 뒷걸음질로 천천
히 그 자리에서 빠져나왔다. 늑대들은 누렁이를 공격하여 물어
뜯느라고 철우와 은분이는 쳐다보지도 않았다. 둘은 그렇게 일
각(一刻: 약 15분) 정도를 살금살금 내빼다가는 산 아래로 마구 뛰
어서 내려갔다. 멀리서 누렁이가 안타깝게 "음메~" 소리를 내
는 것 같더니 그마저도 끊겼다. 철우는 너무나 안타까워서 눈
물이 주르르 흘러내렸다.

"오빠, 울지 마, 누렁이는 우리에게 목숨을 주고 갔어, 너무
서운하게 생각하지 마."

"으응, 그래, 그래도 눈물이 자꾸 난다."

몸만 컸지 마음은 아직 어린애 같은 철우는 연신 훌쩍거리면
서 산 아래로 내려갔다.

그동안 씨름 연습하던 생각, 장원이 되어서 덩실덩실 춤을

추고 엄니를 업어주던 생각들이 꼬리에 꼬리를 물었던 것이다. 그런데 지금 엄니도 안 계시고 누렁이도 죽었다.

"세상이 이럴 수가 있나."

철우는 하늘이 무너지는 것만 같았다.

"오빠 그만 울어, 이제 우리는 살았으니까 마을로 내려가서 길로 가자, 응?"

"응, 그래, 이 산이 너무 무섭다. 소도둑으로 몰리질 않나, 늑대가 달려들지 않나, 무섭다, 무서워, 지금쯤 마을로 내려가면 아무도 의심하지 않을 거야."

"응, 그래, 소도 없잖아. 괜찮아, 어서 기운을 내."

나약한 줄 알았던 은분이가 마치 어머니가 자식 달래듯이 위로를 하였다.

산 아래로 내려온 철우와 은분이는 터덜터덜 걸으면서 민가에서 숙식도 해결하기도 하고 주막집에서 숙식을 해결하기도 하였다. 돈은 충분했다.

그런데 계룡산 방향으로 많이 온 줄 알았는데 산속에서 헤매느라고 거리상으로는 아직 멀어서 사람들 말로는 보통걸음으로 가도 삼 일은 걸린다고 하였다. 길은 외길이어서 동쪽 방향으로 계속 가다보면 금강이 나오고 거기서 나룻배를 타고 건너가면 웅진(공주)이 나온다고 하였다. 거기에서 동쪽으로 계속가면 되는데 사람들에게 물어물어 가라고 했다.

그런데 한 가지 애로사항이 생겼다. 아직 혼인하지 않은 그들은 둘 다 댕기를 땋고 있어서 사람들이 물으면 남매지간이라고 둘러대곤 하였는데, 그럴수록 사람들의 눈초리가 이상하여 아예 어른처럼 머리를 바꾸기로 했다. 그래서 은분이는 쪽을 지고, 철우는 상투를 틀고 초립을 하나 사서 머리에 썼다.

젊은 부부처럼 된 철우와 은분이는 각자 봇짐을 지고 들고 걸어서 금강 나루에 도착하였다. 그런데 날이 저물어가고 있어서 오늘은 나룻배가 뜨지 않는다고 하였다. 마침 그 앞으로 주막집이 두 군데나 있어서 하룻밤을 여기서 보내기로 하였다.

"오빠, 이쪽 집은 사람들이 많아서 시끄럽다. 저쪽 집으로 가자."

"어엉, 그러자."

"아유, 어서 오세요. 배를 놓쳤지요. 호호호."

사십 정도 먹어 보이는 주모가 아주 반갑게 웃는 얼굴로 맞이하였다. 배를 놓쳤으니 하룻밤 유숙할 것이니 돈벌이가 되어서일까. 천성이 저렇게 웃는 얼굴일까. 아무튼 기분이 나쁘지는 않았으나 철우와 은분이는 아직도 쫓기는 죄인처럼 조심스럽게 앉아서 주위를 살폈다.

손님이 몇 명 있는데 그들은 탁주도 마시고 밥도 먹고 그랬다.

잠시 후,

저녁밥과 술이 나와서 막 한 잔을 따라 마시었는데, 어떤 사십쯤 되어 보이는 남자가 혼자 들어와서 저편 들마루에 앉았다. 아마 이 손님도 오늘밤을 여기서 보낼 모양이었다. 아무튼 철우와 은분이는 별 대수롭지 않게 생각하고 밥을 먹고 있었다.

"어~ 사냥꾼이슈?"

"예에? 아, 사냥꾼입니다."

조금 전에 그 손님이 철우에게로 와서 묻고 있었다. 철우 옆에 기다란 창이 보이니까 그리 물어본 것이다.

"아하, 잘 만났네요. 우리 동네에 멧돼지들이 득실거려서 농작물을 다 헤집어놓는데 우리 동네로 좀 와 주슈."

"그러세요. 어딘데요?"

"가잿골입니다. 거기도 계룡산 끝자락인데 멧돼지란 놈들이 어디서부터 와서 출몰하는지 죽을 지경입니다."

그 사람은 매우 호들갑을 떨면서 이야기를 해서 철우는 밥이 넘어가지 않을 지경이었다. 마침내 철우가 그리로 꼭 가보겠다는 다짐을 받고서야 제자리로 떠났다.

"오빠, 계룡산에 산짐승들이 많은가봐."

"많을 거야, 산자락이 얼마나 큰데, 아마 둘레가 오륙 백 리는 될 걸."

"엄마나, 그렇게 커?"

"아니 둘레라고 볼 수도 없을 거야. 나도 들은 얘기인데 차령 산맥으로 연이어져 있다니까 어디부터 계룡산이라고 딱히 정할 수도 없을 거야."

철우가 들은 대로 대충 꾸며서 말대답을 하고 말았다.

어찌 되었든 그들은 거기서 하룻밤을 자고 다음날 첫 나룻배를 타고 금강을 건넜다. 그리곤 다시 동쪽 편으로 발길을 옮기는데 듣던 대로 산자락이 연이어져 있었다. 아주 드물게 간이 주막집처럼 음식을 파는 민가도 보여서 거기서 식사를 하면서 길을 재촉하였다.

18. 계룡산 속으로

거기서부터 하루 반나절을 걸어서 드디어 계룡산 자락인가 웅장한 산들이 나타나서 그리로 들어가기로 하였다.

사람들이 다닌 흔적이나 짐승들의 발자국과 똥을 확인하면서 계속 산속으로 들어갔다. 은분이는 무섭다고 하면서 철우 옆에 바짝 다가서서 따라왔다. 해가 뉘엿뉘엿 넘어갈 무렵에 낙엽 더미 위에서 잠을 자고, 그 다음날도 산속으로 계속 들어갔다. 그날 오시쯤 드디어 철우가 살던 곳과 매우 흡사한 땅을 발견했다. 펑퍼짐한 땅이 있었고 바로 근처에 골짜기 물도 흐르는 곳이다.

"야, 여기면 최고다. 여기에다 나무집을 짓자."

"맞아, 여기 땅이 평평하니까 집을 지으면 되겠어."

은분이도 맞장구를 쳤다.

둘은 곧바로 달려들어서 나무를 베어 엉성한 나무집을 만들고는 바닥에는 낙엽을 깔았다.

그리고 다음날부터 본격적으로 집을 짓기 시작하였다. 철우는 아버지에게 집을 짓는 방법을 배운 것은 아니었는데도 거의 똑같은 순서로 집을 짓기 시작한 것이다. 그런데 별다른 연장도 없이 집을 지으려니 여간 어려운 것이 아니어서 이틀이 지난 다음날은 철우는 은분이를 데리고 큰 마을로 내려왔다. 거기에서 제일 먼저 지게를 하나 사는데 은분이가 자기 것도 사야 한다고 한다.

"아이참, 산 생활해야 하는데 여자라고 지게 못 질 거 없잖아, 저기 조금 작은 것을 사."

"어엉? 진짜야, 허리 아프고 어깨 아픈데 괜찮겠어?"

"괜찮지 않으면 어떻게 해, 참고 이겨내야지."

그리하여 철우는 은분이 몫으로 지게를 사고 몇 군데 돌아다니면서 농기구, 부엌살림, 양식까지 사서 지게에 지고 캄캄한 밤에 올라왔다.

철우는 나무집 근처에도 토끼똥이 많다고 하면서 올가미를 놓아서 토끼도 잡았다. 여긴 멧돼지가 많은지 밤에도 나무집 근처에까지 여러 마리가 나타나서 "꿀, 꿀" 거리고 돌아다니기도 하였다.

며칠 후에는 새벽녘에 또 근처에서 여러 마리가 꿀꿀 거리기에 철우가 살그머니 나가서 창을 던져서 잡아왔는데 어림짐작으로 80~90근(48~54kg) 정도 나가는 것이어서 이거 한 마리면 둘이서 한 달은 먹겠다고 좋아하였다. 그런데 다음날 새벽에도 멧돼지가 나타나서 또 죽을 줄 모르고 "꿀, 꿀"거리고 있었다.

"저 돼지들은 제 형제가 죽었는지 모르는가 봐."

"그러게, 나도 돼지가 숫자 센다는 얘기는 못 들었어."

"호호호, 돼지부터 가르쳐야겠다. 돼지 서당을 열어야 하나."

"하하하, 그러게, 우리가 이 산속에서 돼지 서당을 열자."

이러는 사이에 날짜도 지나가고 집도 조금씩 완성되어 갔다.

보름이 지나고 이십 일쯤 되어서야 방 한 칸, 부엌, 헛간을 지었고, 주변에 나무로 울타리를 튼튼하게 만들었다. 혹시 사나운 짐승이 올까 두려워서였다. 철우는 예전에 자기도 모르게 아버지가 하시던 대로 따라하고 있었다. 하지만 밭을 일구기는 매우 어려웠다. 돌도 많을 뿐더러 멧돼지들이 많아서 심자마자 뒤집어 놓을 것 같아서였다. 아무튼 지금은 가을철이니까 밭은 내년 봄에 생각해 보기로 했다.

얼마 후에 추석이 왔다.

둘은 쓸쓸하게 보낼 수밖에 없었고, 눈물 많은 은분이는 대감 집에서 지냈던 일을 회상하면서 눈시울을 적시곤 하였다.

그렇게 여러 날을 지내자, 마침내 철우가 입을 열었다.

"내가 대감 집에 가보고 올게. 무슨 일 있나 없나, 별일 없으면 그리로 가서 종살이를 할 테야?"

"그건 모르겠어, 아무튼 궁금해, 인사도 못 드리고 나와서, 아무리 여종이라지만 어려서부터 날 키워주셨는데, 할머니는 잘 계신가. 내가 가끔 어깨와 허리를 주물러 드렸는데. 흐흐흑."

19. 밝혀진 은분이의 비밀

마침내 8월 그믐날, 철우는 청양 칠갑산에 다녀오기로 결정했다.

처음에는 은분이도 따라나선다고 했다가 지난번처럼 산속에서 밤을 지새야 할 수도 있으니 여기 나무집에서 있으라고 했다.

"여기 집에 있어, 문 단단히 걸어 잠그고, 여긴 워낙 외딴곳이라 찾아오는 사람은 없을 거야. 늑대도 없는 모양이야. 늑대 울음소리도 못 들었잖아."

"으응, 그럴게, 얼마나 걸려, 다녀오려면."

"글쎄, 사람들 말로는 가는 데 삼사일이라니까 왕복 열흘이면 충분할 거 같아."

"누가 그래?"

"거기 황해안 바닷가에서 여기까지 오는 사람들 있어, 건어물 장수들 있잖아. 새우젓 장수도 있고, 그 사람들이 웅진 장까지 오고 어느 때는 저 아래 큰 동네까지 온나고 하더라구, 나도 들은 이야기야."

그동안 철우가 큰 마을에 몇 번 내려갔다 들은 얘기를 했다.

"그럼 맞는 말이겠네. 그냥 길 따라 가면 별로 어렵지 않을 거야. 주막집에서 먹고 자면 되니까."

"맞아, 걱정 마, 내가 다녀올게."

이렇게 해서 철우는 8월 그믐날 아침 일찍 행장을 차리고 간단한 괴나리봇짐을 꾸렸다. 금강나루에서 배를 타고 강을 건너고 평지길, 산길을 걸었다. 사람들이 다니는 길이라 곳곳에 주막집도 있었고 농가지만 방을 내어주는 집도 있었다.

철우는 3일 만에 칠갑산산에 도착을 하여 제일 먼저 살던 곳에 찾아갔다. 불에 타고 남은 흔적이 그대로 남아있었다. 누가 오긴 한 것 같은데 아무것도 건드리지 않았던 것이다. 어머니 시신이 있는 곳으로 가서, 미리 숨겨둔 괭이와 삽으로 파서 아버지 산소에 합장을 했다. 얼굴에는 땀과 눈물이 범벅이 되어서 소리 없이 흐느끼면서 일을 해야 했다. 어머니를 안장한 다음 큰절을 올리고는 그곳에서 빠져나와서 최 대감 집 근처의 산속에서 밤이 되길 기다렸다.

그날 밤 자시(밤 11시)가 시작될 무렵, 철우는 예전처럼 소리 없이 월담을 하여 조용히 안채로 다가갔다.

"똑, 똑, 똑!"

철우는 조심스럽게 들창문을 두드렸다.

"누구냐?"

최 대감이 깜짝 놀라면서 다소 큰 소리로 물었다.

"대감님, 저 철웁니다. 철우예요."

"뭐여? 철우라고. 어허, 잠시 기다려라. 아니 저 아래 사랑 방으로 오너라."

곧바로 안방에 불이 켜지고 마님과 함께 수군거리는 소리가 들려왔다.

이어서 대감님이 먼저 나오시고 마님은 황까치(황개비, 인광노 (引光奴): 좁고 얇게 깎은 나무 끝에 황을 묻혀서 불이 곧바로 이어 붙음. 조선 시대의 성냥인 셈이다.)에 불을 붙여서 한쪽 손으로 바람을 가린 채 조심스럽게 사랑방으로 들어서는 모습이 보였다.

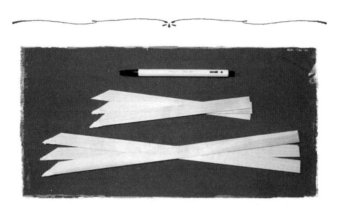

필자가 여러 참고자료를 토대로 재현 제작한 황까치(황개비, 인광노 (引光奴)).

얇은 자작나무(소나무)에 황을 성냥골처럼 묻혀놓았다. 예전에 용
도에 따라 길이가 다르게 제작되었다. 성냥처럼 마찰 발화가 아니라
숯불이나 담뱃불에서 인화시킨다.

이러한 황까치나 소나무의 광솔을 가늘고 길게 쪼갠 광솔(관솔) 개
비가 불씨를 운반하는 도구로 사용되었다.

잠시 후, 문을 여닫는 소리가 들리고 사랑방에 호롱불이 켜
졌다.

"철우 게 있느냐, 들어오너라."

철우는 죄인처럼 고개를 숙이고 먼저 큰절을 올렸다. 대감님
내외가 다 나오셨다.

"흐흠, 힘……. 대략 짐작은 하고 있다만 네가 은분이를 데려
갔느냐?"

"예, 제가 데려갔습니다. 어머니께서 유언으로 은분이가 사
연 많은 아이라고 데리고 멀리 떠나라고 하셨습니다."

"뭣이? 그럼 네 어머니가 돌아가셨단 말이냐?"

"예."

"어허, 이런 일이. 네 집이 불타고 너와 어머니가 안 계시고
근처에 용택이란 놈이 짐승에게 잡아먹혔다고 소문이 났던데,

맞는 말이냐?"

"예, 맞긴 맞는데 그때 어머니가 돌아가셨습니다."

"아니 도대체 무슨 일이 있었길래 어머니가 돌아가셨단 말이냐?"

이리하여 철우는 용택이가 어머니를 겁간하려던 것과, 철우가 현장을 목격하고 창으로 찔러 죽이고는 곧바로 은분이를 데리고 도망쳤다고 대략 말씀드렸더니, 두 분은 크게 놀라고 있었다.

"어허, 그런 일이 있었네, 동리 사람들은 모두 네 두 식구가 어디로 간 줄만 알고 있다."

"아이구머니나, 그 놈이 평소에도 행실이 좋지 않다고 하더니만 제 무덤 팠구나."

"그럼 밤에 몰래 와서 은분이를 데려갈 때 고분고분 따라나서더냐?"

"아닙니다. 제가 거짓으로 홀려서 데려갔습니다."

"뭐라고 홀렸는데?"

"옆 동네에 포졸들이 와서 십오륙 세 먹은 여자를 찾는다고 했지요. 그래서 은분이가 분명하다, 너는 여종 같지 않은 여종이기에 필시 무슨 곡절이 있다고 홀렸습니다."

"어허, 그랬구나, 아무튼 이제 와서 엎질러진 물 주위 담을 수는 없다. 네 말대로 은분이는 여종이 아니다."

"예에? 정말이에요?"

"그렇단다. 여종이 아니란다."

마님이 갑자기 숙연해지면서 목소리가 가라앉았다.

이어서 최 대감은 그동안 있었던 일을 대략 말하기 시작하였다. 은분이의 본명은 한나영인데 부모님이 먼 친척의 역적모의로 연루되어 벼슬에서 파직 당했다가 종국에는 사약을 마시고 죽게 되었다. 사약을 마시기 직전 머슴을 시켜서 나영이를 여기에 맡겼는데 신분을 여종으로 바꾸어 목숨이라도 살려달라고 부탁했다. 그러면서 당시에 맡겨둔 양육비는 한 푼도 안 쓰고 그대로 간직하고 있다고 말했다.

"동리 사람들도 한결같이 은분이가 여종 같지 않다고 그랬습니다."

"그럴 테지. 그동안 은분이를 남몰래 키우느라 우리 내외도 많은 심적 고통이 있었단다. 그렇지 않아도 네 이야기도 했었다."

"제 이야기요?"

"그렇단다. 너도 은분이처럼 많은 사연이 있는 것 같다. 아마 부모님이 자세한 얘기는 안했는지 몰라도, 너도 양반집 자제인 것만은 분명하다."

그러고 보니 가끔 부모님이 하시던 말씀이 생각났다.

"지금 생각해보니 그럴 거 같습니다. 예전에는 전답도 많고 집에 말도 두 마리나 있어서 어머니와 아버지가 함께 타고 다니셨다고 합니다. 아버지가 과거 무과 시험에 두 번 낙방한 이후로 가세가 갑자기 기울어서 여기로 오셨다고 들었습니다."

"그것 봐라. 무슨 말 못할 사연이 있어서 여기로 와서 은둔생활을 하게 된 것이다. 어쩌면 은분이처럼 유사한 상황이었는지도 모르지. 아무튼 그래서 내자(아내)와 함께 남몰래 너하고 짝을 맺어줄까 하는 생각을 하기도 했다. 그랬던 것이 우연히 일이 이렇게 되었구나."

대감은 잠시 말을 멈추고는 숙연해졌다.

"임자, 안방 장롱에 넣어둔 보따리를 가져 오시게."

"예."

마님이 나간 후 철우도 고개를 숙이고 아무 말 하지 못하고 있었다.

잠시 후, 마님께서 보따리를 가지고 들어오셨다.

"철우야, 지금부터 내 말 잘 듣고 그대로 시행해야 한다."

"예."

"여기 이 보따리에 은분이의 아버지가 보내왔던 서신과 양육비로 써달라는 돈이 그대로 있다."

대감님은 이렇게 말하면서 보따리를 열어 보이는데 전대에 엽전과 금가락지, 금팔찌 등이 그득히 있었다. 그 옆에는 봉투가 있었는데 그걸 들어서 철우에게 보여주었다.

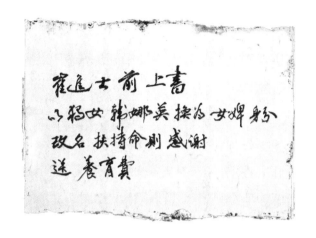

급하게 휘갈겨서 쓴 편지였다. 그걸 보니 철우는 코끝이 찡
해지더니 눈물이 그렁그렁 맺혔다. 최 대감 내외도 눈물을 훔
치고 있었다.

"이제 모든 것이 정리되는 것 같다. 우리야말로 그동안 마음
졸이면서 하루하루를 살아왔다. 시대가 바뀌면 법도도 바뀌는
법이다. 그래도 좀 더 기다려야 한다."

당시의 법도를 보면 역적이나 역적 모의자를 도피나 은신(隱
身: 몸을 숨김.) 시켜준 자가 발각 되었을시에는 역적과 같이 중
형을 받을 수 있었다. 즉, 사형을 면키 어려운 세상이었던 것
이니 그동안 최 대감 내외가 많은 심적인 고통이 있었던 것이
다. 그런 중에도 불구하고 여종으로 변신시킨 은분이를 양반집
규수처럼 교육시키었던 것이다. 이러니 하루하루가 살얼음판
을 걷듯 조심스러웠던 것이다.

"그래 지금 어디에 있느냐?"

"계룡산 산골에 있습니다. 거기에 산짐승들이 많다고 해서 그리로 갔습니다."

"어허, 또 네 부친같이 반복되는구나. 이게 무슨 전생의 업보인가. 아무튼 지금은 당장 마을로 내려올 수 없을 테니 산속에서 살다가 기회를 봐서 내려와 살면 되겠다. 여기 있는 돈은 상당히 많은 돈이다. 간수 잘해야 한다. 그리고 은분이에게 이런 사실을 잘 전하고 여기에 올 생각하지 말라고 해라. 동리 사람들 눈에 띄면 여러 가지로 곤란하다. 지금 내가 은분이를 먼 친척에게 보냈다고 말해놓았다. 그러니 너희들 둘이서 잘 살면 된다."

"예, 감사합니다. 대감님.

철우는 너무나 감격스러워서 목소리가 메이고 말았다.

"이제 됐다, 어서 가거라. 사람들 눈에 띄지 않게 이 밤중에 떠나야 한다."

"예, 감사합니다. 이 은혜 잊지 않겠습니다."

세 사람은 눈물의 작별을 하고 헤어져야 했다. 철우가 막 몇 걸음 나섰을 때 대감이 불러 세운다.

"철우야, 잠깐만."

"예."

대감님은 안방에 들어갔다 나오더니 뭘 들고 나왔다. 돈을 넣은 전대였다.

"철우야, 이것 받아라, 엽전 꾸러미다. 가다가 주막에 들려서 요기라도 해라."

"괜찮습니다. 돈 있어요."

"아니다. 어서 받아,"

옆에서 마나님도 받으라고 하니 철우는 받아들고 또 눈시울이 뜨거워졌다.

"그럼 이만 안녕히 계십시오."

"그래, 어서 가."

대감님이 조용히 대문을 열어주었고, 철우는 뜀걸음으로 동구 밖으로 빠져나와서 동쪽으로 향하였다. 자기 자신도 불쌍하지만 은분이를 생각하니 가슴이 미어졌다.

"은분이가 한나영이라니. 은분이는 부모님의 생사도 모르고 있잖은가. 이 소식을 들으면 얼마나 비통해할 것인가."

철우는 그렇게 해서 팔 일 만에 계룡산 집에 도착하였다.

혼자 있던 은분이는 철우를 보자마자 펄쩍펄쩍 뛰다시피 하면서 반겼다.

저녁밥을 먹고 호롱불 아래에 둘은 마주 앉았다.

"은분아, 이제부터 내가 하는 얘기에 놀라지 말고 잘 들어."

"뭔데? 무슨 놀랄 만한 일이 있단 말이야?"

"으응, 그러니까, 놀라지 말라구."

"으응, 어서 해봐."

"내가 전에 말했던 대로 넌 여종이 아니었어, 양반집 딸이었어. 그것도 외동딸."

"그래? 내가 양반딸이었다구? 그런데 어떻게 여종이 되었나. 우리 집이 망가(亡家) 되었나?"

"그런 셈이야. 네 본명은 은분이가 아니라 한나영이야."

"뭐어? 내가 한나영이라고? 처음 듣는다."

철우는 이렇게 운을 떼고는 최 대감이 들려준 이야기를 말하기 시작했더니, 은분이는 느닷없이 눈물을 쏟기 시작하면서 안절부절 못하였다.

"아이고, 난 여태 부모님이 누군지도 몰랐는데 우리 부모님이 사약을 마시고 돌아가셨단 말인가, 아이고 이런 일이, 흐흐흑.

"울지 마, 운다고 해결되는 게 아니야, 여기 네 아버지께서 쓰신 서신도 있어. 사약 마시기 직전에 급히 쓴 거야."

철우가 그 서신을 펼쳐서 보여주니, 은분이는 아예 목을 놓아 울기 시작하더니 몸부림치면서 대성통곡하였다.

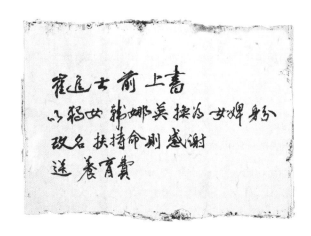

최 진사님. 외동딸 한나영(韓娜英)을 종의 신분으로 바꾸고 이름도 바꾸어서 목숨만 부지하게 해주신다면 감사하겠습니다. 양육비도 보내드립니다.

"아이고, 어머니 아버지. 불효자식이 이제야 내막을 알았습니다. 아이고, 아이고."

옆에 있는 철우도 숙연해져서 눈물이 주르르 흐르기 시작했다. 은분이는 이렇게 눈물을 서너 바가지 흘리고서야 조금 진정되는 듯하였는데 얼마나 울었는지 목이 다 쉬었다.

"대감님이 내가 너를 데리고 간 줄 알고 계시더라고, 잘되었다고 말씀하셨어, 이때까지 대감님 내외도 마음 졸이면서 너를 키웠다고 하셨어, 거기 올 생각 말고 멀리 떠나서 잘살라고 하시더라구, 그리고 네 아버지가 드린 양육비도 한 푼도 안 쓰고 나에게 주고, 여비까지 주시더라고."

"아이고, 인정 많으신 대감님께 인사도 못하고, 세상에 이런 일이 있나, 아이고, 흐흐흑."

은분이는 이때부터 삼 일 밤낮을 잠도 제대로 못 자고 식음을 전폐하다시피 했다.

"은분아, 이러다가 죽으면 어떻게 해, 부모님을 생각해서 정신 차려, 기운 내."

"으응, 오빠, 고마워. 오빠 아니었으면 이런 소식을 어떻게 들어, 오빠 말이 맞았어. 여종이 아닌 것 같다구 한 말 말이야."

"그러니까, 정신 차리고 기운 내. 운다고 해결 되는 게 없어, 살아남아야지."

"으응."

하루하루 지나면서 은분이는 기운을 차리고 밥도 먹고 고기도 먹기 시작했다. 이렇게 열흘이 넘어서야 겨우 원래의 모습처럼 되돌아왔는데 가끔 멍하니 앉아있기도 하였다.

세월이 약이었다.

"오빠, 이제 나는 새 인생을 살 거야."

"어엉? 그래, 잘 생각했어. 살아남았으니 보람 있게 살아야지. 부모님을 생각해서라도."

"맞아, 오빠 말이 맞아, 오늘부터는 은분이가 아니라 한나영으로 살 거야. 그러니까 앞으로 여종이었던 은분이라고 부르지 말고 나영이라고 불러, 알았지?"

"그래, 그래, 은분이보다 나영이가 훨씬 친근감이 있다."

은분이 아니 나영이는 크게 각성(覺醒: 깨우쳐 정신을 차림)하고 부모님을 대신하여 보람 있게 살기로 하였다. 이에 덩달아서 철우도 뭔지 모르지만 뜻있게 인생을 살아야겠다고 마음먹었다.

하지만 그들은 당장 무엇을 해야 할지는 몰랐다.

그저 가을이 왔으니 산에 가서 떨어진 밤이나 주워 모으고 가끔 토끼를 잡았고, 철우는 몇 번 큰 마을에 내려가서 겨울 옷가지와 이불 등 생활 잡품을 사왔다.

그럭저럭 두 달이란 세월이 지나고 동짓달 초쯤 되었을 때였다. 그 해는 크게 춥지는 않았는데 첫눈이 일찍 오기 시작하였다. 온통 세상이 새하얗게 변해서 둘은 어린아이들처럼 좋아했다.

첫눈이 오면 칠갑산에 있을 때는 사냥 준비를 하였는데, 여기서는 굳이 사냥을 다니지 않아도 돈이 있었기 때문에 먹고살 걱정은 없었다. 철우는 언젠가 기회가 되면 마을에 내려가 전답을 사서 농사를 짓고 살아야겠다고 생각은 하였지만 그게 언제가 될지 막연하기만 했다. 마을에 내려가면 또 호구조사를 받아야 하고 자칫하다가 자기 이름이 살인자로 수배되었다면 큰 낭패였기 때문이다. 철우는 잘 모르고 있었지만 예전에 아버지가 하던 걱정과 똑같았다.

20. 백발(白髮), 백의(白衣)의 정 도사

밤새 눈이 내려 두 치(6cm) 정도 쌓인 아침결이었다.

"주인장 계시오?"

사립문 밖에서 누군가가 부르는 소리가 났다. 철우는 가슴이 철렁하면서 나영이를 쳐다보았다.

"누구지? 여기에 올 사람이 없는데, 누군가?"

"몰라, 누가 길을 잃었나. 내가 나가 볼게."

나영이가 먼저 나가본다고 하여 철우는 말리지 않고 문틈으로 밖을 쳐다보았다. 곧바로 사립문이 열리면서 어떤 노인이 들어서는데, 철우는 두 눈을 의심할 정도로 놀라면서 후딱 뛰쳐나갔다.

키가 철우만 한 할아버지인데 하얀 도포를 입고 하얀 머리와 수염을 하고 있었고 얼굴이 형형(炯炯: 광채가 반짝반짝 빛나며 밝다.)하였다. 게다가 6척 반(197cm)쯤 되는 나무 지팡이를 들고 있어서 옛날이야기 속에 나오는 산신령이나 도사 같은 느낌이 들었다.

"아이구, 산신령이십니까?"

"허허허, 산신령은 아니고 도사이네. 정 도사라고 하지"

"도사요?"

철우는 도사도 신출귀몰한 술법을 쓰고 축지법도 쓴다고 이야기를 들었던 터라 단박에 호기심이 생겼다.

"저희 집에 무슨 일이 있으신가요?"

"날씨가 춥네, 잠시 들어가서 얘기할까?"

"예, 어서 들어오세요."

철우는 어린아이처럼 하얀 도사에게 호기심과 친근감이 가서 얼른 방으로 모셨다.

"산골이라 차는 없고, 숭늉이라도 한 그릇 올릴까요?"

"으음, 좋도록 하게."

잠시 후, 나영이는 소반에 뜨거운 숭늉 세 그릇을 떠와서 한 옆에 앉았다.

"얼마 전부터 이 근처에서 서기(瑞氣: 상서로운 기운)가 어리길래 오늘 내가 와보았소."

"그래요? 저희는 잘 모릅니다. 그런데 도사면 축지법도 쓰고 구름 타고 하늘을 막 날아다니나요?"

철우는 어린아이처럼 엉뚱한 질문을 하기 시작했다.

"나도 그런 얘기를 들었소만 나는 축지법을 쓰지 못하오."

이렇게 대답하니 보기가 조금 민망했던지 나영이가 핀잔을 한다.

"오빠, 그만 좀 가만히 있어봐."

그런데 이 말이 도사의 귀에도 다 들리게 되었다.

"어허? 내외지간(부부 사이)이 아니라 남매지간인가?"

"아닙니다, 이렇게 살다보니 아직 성례(成禮: 혼인의 예식을 지냄)를 못 올렸어요. 도사님께서 성례 올려주세요."

철우가 이렇게 또 철딱서니 없이 말대답을 했다.

"허허허, 성례 올리는 것은 그리 어렵지 않소이다."

"호호호,"

참다못한 나영이도 웃음이 터져 나왔다.

21. 비틀린 운수

"지금 젊은이들이 큰 곤경에 처해있소이다."

"예에? 무슨 말씀이신지요."

"잘 알고 있을 게요. 이런 심산유곡에 들어와서 피신생활을 한다는 것은 매우 힘들지요."

"……."

갑자기 철우는 가슴이 철렁 내려앉았다.

"지금 조상의 업보뿐만 아니라 운수(運數)가 꼬여 있소, 이걸 풀어주지 않으면 악업(惡業: 좋지 못한 일)이 계속될 것이외다."

"예에? 무슨 말씀이신지요."

"지필묵(紙筆墨: 종이, 붓, 먹)이 있으면 가져오게, 글은 배웠나?"

"예, 삼국통감까지 읽었습니다."

"대학을 배우다 말았습니다."

"험험, 예상 외로 많이 배웠소. 그 정도면 충분하오."

곧바로 나영이가 지필묵을 가져왔다. 아니, 가져온 것도 아니다. 한옆에 있던 것을 건넸을 뿐이다.

　도사는 종이를 폭이 한 치 반(4.5cm) 정도로 해서 길게 잘라
내고는 그 한쪽 면을 붓으로 까맣게 칠했다. 도사가 무슨 글을
쓰는 줄 알았는데, 그건 아니고 그림을 그린 것도 아니고 한쪽
면을 까맣게 칠했다.

　철우와 나영이가 서로의 얼굴을 쳐다보면서 의아해 했다.

　"젊은이들, 이걸 보게나, 한쪽은 하얗고 한쪽은 까맣네, 안
그런가?"

　"예, 맞습니다."

　둘이 이구동성으로 대답을 했다.

　"여기 흰 쪽은 볕이 잘 드는 양지(陽地)고 검은 쪽은 볕이 들지
않는 음지(陰地)이네. 사람이란 모름지기 양지에서 살아야 하
지, 음지에 살면 아니 되네."

　"……."

　철우와 나영이는 뭔가 이해가 될 듯하면서도 이해를 못하고
있었다.

　"햇볕이 잘 드는 양지에선 새싹이 돋아나지만, 햇볕이 들지
않는 음지에서는 해로운 곰팡이가 피어난다네. 아마 이것은 잘
알거야."

　"예."

　"그런데 지금 젊은이들은 음지에서 살아가고 있어, 아무리

발버둥 쳐도 빠져나올 수가 없어. 이대로 가다가는 또 다른 어떤 변고가 닥칠지 모른단 말일세."

도사가 다소 힘을 주어 이야기를 하니까 철우는 그제야 이해가 되는 모양인지 다소 숙연해졌다. 어머니와 아버지가 무슨 연고로 칠갑산에서 은신생활을 하시다가 두 분 다 비명횡사하셨고, 지금 철우 역시 계룡산으로 오긴 왔지만 똑같은 생활을 하기 시작한 것이다. 나영이는 나영이대로 부모님이 사약을 마시고 돌아가셨다는데 자기에게도 졸지에 어떤 변고가 닥칠지 매우 불안했다.

"아이고, 도사님, 그럼 어떻게 해야 하나요?"
"도사님, 저희들도 양지에서 살게 해주세요, 무서워요."

나영이는 아예 울음소리를 내고 있었다. 철우도 마찬가지였다. 칠갑산에 살 때만 해도 언젠가는 전답을 사서 아랫마을에 내려가서 살아야겠다고 다짐했지 않은가. 그러나 지금 실정으로는 가고 싶어도 못 간다. 돈은 충분했다. 호랑이 값으로 받은 돈, 아버지가 남겨주신 돈, 나영이 부모님이 남긴 돈으로 수십 마지기 전답을 살 수 있고 집도 살 수 있고, 머슴까지 부릴 만한 큰돈이었다. 그러나 살인자의 몸으로 마을에 내려갈 수 없는 처지가 된 것이다. 참으로 말할 수 없는 고통이자 비운(悲運: 순조롭지 못하거나 슬픈 운수나 운명)이었다.

이어서 도사는 먹칠한 종이를 들어서 위쪽으로 백색이 보이
게 하였다.

"이걸 보게, 젊은이. 여기 백색이 바로 양지이네."

"예."

도사는 대여섯 치쯤 아래에서 종이를 한번 꼬니 흑색이 위로
올라왔다.

"지금 자네들은 조상의 업보인지 당대의 업보인지 몰라도 양
지에서 이렇게 한 번 꼬여서 음지로 들어왔어. 어쩌면 부모나
조부모부터였는지도 모르지. 이게 그냥 계속 음지로 가는 형국
이야."

"아이구, 도사님 그럼 어떻게 해야 양지로 돌아가나요?"

"그야 이론상으로는 간단하지. 이렇게 꼬인 것을 이 아래서
다시 한 번 꼬아."

이러니 흑색이 다시 한 번 꼬여서 백색으로 변했다.

"이렇게 하면 양지에서 떳떳하게 살 수 있는 거야."

"도사님, 어떻게 해야 우리가 양지로 돌아가나요?"

나영이도 조바심이 나서 도사의 입술만 쳐다보았다.

"허허허, 말은 이렇게 쉽지만, 실천하기가 그리 용이한 것은
아니외다. 허허허."

"그래도 알려주세요. 실천하겠습니다."

철우와 나영이가 동시에 대답했다.

"말은 쉽다니까. 이제까지 마음속에 품었던 모든 원한을 풀고, 중생을 구제하는 거야. 나라 상감님께 원한을 가졌다면 그것도 다 풀어. 중생을 크게 구제하면 큰 덕이 쌓이면서 꼬였던 운세가 바로 될 걸세. 그러나 이걸 실천하기가 쉽지 않아."

"하겠습니다. 실천해서 떳떳하게 살겠습니다."

"그럼 잘 생각해보게. 내가 삼 일간 시간을 줄 테니 잘 생각해서 결정하고 내 거처로 오게나."

"거처가 어디신데요."

"밖으로 나가보면 눈이 왔으니 내 발자국을 따라와도 되고, 여기로 오면서 나뭇가지를 꺾어 놓았으니 그걸 보고 찾아와도 되네. 아래로 내려가지 말고 옆 능선으로 한 시진 가량 오면 내 거처가 보여. 마당이 크니 높은 데서도 금방 알아볼 수 있을 거야."

도사는 이런 말을 남기고는 눈이 오는 중에 가버리고 말았다.

철우와 나영이는 너무나 놀라서 제대로 인사도 못하고 멍하니 서있어야 했다.

22. 무술 수련

둘은 깊은 고민에 빠졌다.

"과연 그 도사의 말을 전적으로 믿어도 되나. 중생을 구제하라는데 혹시 중이 되라는 것은 아니겠지, 도사니까 중이 되라고 하지는 않을 거야. 우리 실정을 다 알고 있는 것 같은데 혹시 돈이라도 착복하려는 것이 아닐까."

하루 밤새를 고민하고 나서 드디어 결정을 내렸다.

"일단 도사의 집을 찾아가서 구체적으로 무슨 일을 해야 하나 알아보자."

라고 결정을 내렸다.

그래서 도사가 삼 일의 기간을 주었으나 이틀째 조반을 먹고 둘은 도사의 집을 찾아 나섰다. 눈이 쌓여있었지만 도사의 발자국 흔적도 남아있었고, 군데군데 나뭇가지를 꺾어놓아서 방향을 알 수가 있었다. 산 위나 아래로 내려가진 않고 옆쪽으로 가긴 갔지만 그래두 작은 봉우리를 오르기도 하고 내려가기도 하였다.

그렇게 해서 작은 봉우리에 올라섰는데, 두 눈을 의심할 지경의 전경이 나타났다.

　거기는 사방이 산으로 둘러싸여서 마치 대야처럼(작은 분지형태) 생겼고, 그 바닥에 한일 자 형태의 집과 아주 넓은 마당이 있었다. 이곳은 볕이 아주 잘 들어서 마당에 눈이 다 녹아서 황토빛을 띠고 있었다. 주변에는 밭을 일구어서 뭔가를 심었던 흔적이 보였다.

　"와아, 이런 데가 다 있네."

　"어마나, 깊은 산중에 이런 데가 다 있다니. 정말 도사가 맞나봐."

　"그런가봐. 우리하곤 달라."

　철우와 나영이가 마당에 들어서니 머리가 하얗고 흰옷을 입은 할머니 한 분이 나타나서 공손히 예를 올렸다.

　"오셨는지요. 도사님께서 기다리고 있습니다."

　"아예, 안녕하세요."

　둘은 다소 당황한 기색으로 도사님이 계시다는 방으로 안내되었다. 방은 따뜻하고 알 수 없는 은은한 향내가 나고 있었다.

　"젊은이들, 어서 오게나."

　"예, 도사님 안녕하셨어요."

　"음, 그래, 잘 생각해보았나? 그런데 두 사람 이름이 무엇인가."

"남철우입니다."

"한나영이에요."

"어허허, 듣기에 아주 좋은 이름인데 고생이 막심하군. 쯔쯔쯧. 어떤가, 꼬여있던 운수를 풀어볼 셈인가?"

"예, 그렇게 하겠습니다, 도사님이 시키는 대로 다하겠습니다."

"허허허, 잘 생각했어, 그럼 지금부터 하대(下待: 상대편에게 낮은 말을 씀)하겠네."

"아이구, 괜찮습니다. 진작부터 그러셨어야지요. 무슨 일을 해야 하나요?"

"무슨 일이 아니고 무술 수련을 해야 한다. 지금 바닷가 도처에서 왜구들이 침략하여 노략질을 일삼는데 조정에서 이를 다 해결할 수가 없어. 그러니 너희들이 의병을 일으켜서 왜구들을 퇴치해야 하는 것이야."

"예에? 저희들이 무슨 힘으로 의병을 일으키나요? 아직 나이도 어린데."

"그건 상관없다. 둘 다 기골(氣骨: 건장하고 튼튼한 체격)이 장대(壯大)하니 수련을 잘 하면 능(能)하다."

둘은 의외의 대답에 어리둥절하였다. 글은 읽었지만 아직껏 무슨 수련을 해본 적이 없었기에 더욱 의구심이 더했던 것이다. 다만 철우는 씨름연습을 해보았기에 그런 고된 연습인가

하고 속으로 생각하였다.

"여기에서 숙식을 하면서 여러 가지 병법에 대한 공부를 하고, 마술(馬術), 창술, 검술, 궁술 등을 배우는 것이다. 할 수 있겠느냐?"

"하겠습니다."

아버지가 무관시험에 두 번이나 낙방했었다는 철우가 얼른 대답을 하고, 이어서 나영이도 하겠다고 대답했다.

"알았다. 수련은 내일부터이다. 오늘은 그냥 쉬고 근처를 둘러보아라. 이 근처에서 모든 수련이 이루어지느니라. 수련은 아침 묘시 중반쯤(오전 6시경)부터 시작되는데, 먼저 구보(驅步: 달리기)나 속보(速步: 빨리 걸음)를 하고 조반을 먹는다. 그러고는 창술, 검술 등을 배우고 점심을 먹고 오후에는 주로 궁술, 마술(馬術)을 배우고 석반 후에는 병법에 대해서 공부하게 된다."

"쉬는 시간은 없나요?"

"어허허, 쉬는 시간이라고 딱히 정해지진 않고 수련 중에 잠시 쉬게 될 것이니라."

"도사님, 당장 내일부터는 안 됩니다. 집에 갔다 와야 합니다. 여기서 숙식을 하려면 이사를 먼저 해야 합니다."

실리적으로 생각하는 나영이가 말했다.

"걱정 말거라, 내가 사람들 시켜서 다 이사시켜 주마. 일단 여기에 온 다음부터는 오직 수련에만 매진하면 된다. 조석준비

도 할머니가 다 한다. 그리고 열 살 먹은 학동(學童: 글방에서 글
배우는 아이)이 있는데 그 애 이름은 '김수철'이다. 이 아이가 잔
심부름도 다 해 줄 것이다."

철우와 나영이는 의외라는 듯이 서로의 얼굴을 쳐다보았다.

"이제 그만 나가보아라. 할머니께서 다음 일을 지시하실 것
이다."

"예, 감사합니다. 도사님."

"감사합니다. 도사님. 열심히 수련하겠습니다."

밖으로 나오니 할머니가 옷을 들고 있다가 건네어주었다.

"이 옷으로 갈아입고, 저쪽 끝 방에서 기거하면 됩니다."

"이 사람들 누구야?"

학동이라는 남자아이가 할머니에게 물었다.

"으응, 여기에서 수련을 할 사람들이란다."

"그래? 그럼 뭐라고 불러야 하나? 아저씨라고 불러야 하나."

"그래, 그냥 아저씨, 아줌마라고 불러도 되겠다."

앙증맞게 머리를 땋은 남자아이인데 얼굴이 통통하였다.

"아이참, 창피해요, 그냥 형아, 누나 이렇게 불러도 됩니다."

나영이가 이렇게 제안을 하니까 할머니는 그렇게 하라고
했다.

"네가 수철이구니, 앞으로 잘 지내보지, 형아외 누나다."

"예, 별로 할 것 없어요."

아무것도 모르는 수철이가 별로 할 것 없다고 말하여 철우와 나영이는 작은 소리로 웃어야 했다.

"이거 무명옷은 아니고 아주 고급 옷인데?"

"맞아, 무명옷은 아니고 명주옷(비단옷)이야."

철우가 묻고 나영이가 답했다.

"그런데 고급 명주인가? 천이 아주 좋은데, 나도 이런 옷은 처음 봐."

양반집에서 있었던 나영이가 말하는데 철우는 이런 옷을 처음 입어 보는 것이라서 아주 신기해 하였다. 옷은 흰색으로 둘 다 바지와 저고리로 되었는데 옷고름이 없이 여러 개의 단추가 달린 적삼처럼 되어 있었다.

"호호호, 여자 것인데 치마가 아니고 바지네."

"으응, 마술(馬術)을 배우려면 치마 가지고는 안 돼, 다른 병장술도 치마는 걸치적거리잖아. 바지가 편하지. 그냥 치마 속에 입는 속바지라고 생각하면 되겠다."

"호호호, 그래도 조금 어색하고 망측하다."

둘은 담소를 나누면서 옷을 갈아입었는데 대번에 귀공자나 도사 같은 모습으로 변해서 서로 쳐다보면서 웃고 농담을 하였다.

얼마 후 점심 먹을 시간이라고 해서 나갔더니, 부엌 안에 커다란 식탁이 있고 의자까지 갖추어져 있었다.

"앞으로 매끼는 여기에 와서 식사를 하면 됩니다. 밥상 들고 방으로 안 가요."

할머니가 말씀하시면서 잡곡이 섞인 밥과 몇 가지 찬을 내왔다.

"할머니, 고맙습니다."

"내게 고마울 것 있나, 도사님께 고맙지."

"그래도 할머니가 준비를 하시는데 고마워요."

둘은 정말로 고맙고 죄송스러웠다.

오후에는 도사님이 무슨 병법 책을 주면서 읽어보라는데, 읽기는 하지만 그 뜻을 다 이해할 수가 없어서 건성건성 보고 말았다. 석반을 먹고, 둘은 이런저런 이야기를 하다가 일찍 잠들었다.

다음날 새벽에 나영이가 측간에 갔다 오면서 비명 같은 소리를 질러대었다.

"철우야! 철우야! 이리 나와 봐."

철우는 무언가 큰일이 난 모양으로 놀라서 맨발로 뛰쳐나왔다.

"왜 그래? 무슨 일이야?"

"집이, 우리 집이 여기에 있어?"

"뭣이라고? 어디?"

"저기 봐봐, 저기."

여기 안채는 남향집인데 안채에서 서편으로 오륙십 걸음 되는 곳에 철우와 나영이가 살던 나무집이 통째로 옮겨져 있었다.

"아악, 이게 꿈인가? 생시인가?"

둘이 단걸음에 뛰어가보니 틀림없이 어제까지 살았던 나무집이 통째로 여기로 옮겨져 있었다. 방문을 열어보니 어지럽게 널려진 기물과 옷가지 등이 그대로 있었다.

"오 이런, 세상에 도사님이 신령님이시구나, 사람을 시켜서 이사시킨다고 하시더니 아예 집을 통째로 옮기셨네."

"아이고머니나, 신령님이 분명해, 신령님이야."

그때 이들이 호들갑 떠는 소리에 도사가 와서 옆에 섰다.

"허허허, 그래 마음에 드냐?"

"아이고, 세상에 어떻게 집을 통째로 옮겼나요."

"허허허, 내가 사람을 시켜서 이사한다고 하잖았느냐. 거기에 있던 먼지 하나까지 다 가져왔다. 이만하면 되었느냐? 울타리도 가져올까?"

"아닙니다, 도사님, 아니에요."

둘은 놀라서 벌벌 떨어가면서 겨우 대답을 했다.

"좋고 나쁘고 간에 살던 집이 좋긴 좋은 모양이다."

"예."

"그럼 곧바로 구보가 있을 테니 옷을 입고 나오너라."

철우와 나영이는 반쯤 혼이 빠져서 옷을 갈아입고 나왔다.

"무슨 수련이든 의식이 중요하다, 즉 어떤 정신을 가지고 수련에 임하느냐는 것이다. 모든 수련의 기본은 구보이다. 구보를 통하여 기본 체력을 길러야만 다른 병장기나 마술도 쉽게 배울 수 있는 것이니라."

"예."

아무것도 모르는 철우와 나영이는 그저 "예."라고 말대답하는 것이 전부였다.

"달리기의 기본자세는 허리를 펴고 가슴을 넓게 하여 호흡을 해야 한다. 허리를 굽히거나 가슴이 좁아지면 호흡량이 적어서 쉽게 지치기 때문이다. 그리고 의식은 신체가 공중에 떠서 가는 것처럼 생각하고, 발을 힘차게 내딛는다기보다 발이 땅에 닿자마자 땅이 내 발을 튕겨낸다는 정신을 가져야 한다. 이게 처음에는 쉽지 않지만 수련을 꾸준히 하면 백 리 길도 십 리 길처럼 뛸 수 있는 것이다."

"아이구, 그러다 보면 축지법도 배우겠네요."

또 철우가 축지법 이야기를 꺼내어 은영이가 옆구리를 꾹꾹 찔렀다.

"글쎄, 축지법은 아니어도 경공술(輕功術: 몸을 가볍게 하여 일반

인보다 빠른 속도로 이동하는 무공)은 익히게 되겠지. 너무 그런 데에 연연해서는 아니 된다.”

“예, 예.”

“시작지점은 여기에서 벗어나서 산 쪽으로 올라가면 폭이 서너 자 가량 되는 길이 나온다. 그 길은 사람이 달리기도 하고 말 타고 뛰기도 한다. 한 바퀴가 길이가 아마 십 리(4km)에 조금 못 미칠 것이다. 그럼, 어서 올라가서 뛰고 오너라. 오는 대로 조반을 먹는다.”

“예.”

이렇게 하여 철우와 나영이는 뛰기 시작했는데, 철우는 그런대로 천천히라도 뛰는데 나영이는 처음 뛰는지라 숨을 헐떡이면서 매우 힘들어하였다. 결국 거진 한 식경(30여 분)에 걸려서 완주하고 조반을 먹을 수 있었다. 나영이는 이때까지 숨을 거칠게 쉬면서 힘들어했다.

“처음이라 그래, 며칠 뛰다보면 익숙해져, 걱정하지 마.”

“응, 그래, 난 할 수 있어.”

“오전 수련은 병장기(兵仗器: 병사들이 쓰는 온갖 무기) 수련이고 오후엔 말 타기인데 그건 기본이 그렇다는 것이고 상황에 따라 하루 종일 병장기 수련을 하기도 하고 오전오후 수련이 바뀔 수도 있다.”

"예."

"이리 따라오너라."

철우와 나영이가 도사님을 따라서 헛간처럼 지어진 곳으로 가서 자물쇠로 채워진 나무문을 열었다. 그 안에는 알지도 모를 수많은 병장기가 진열되어 있었다.

"와와~ 이게 다 무기이네요."

"옴마나, 별의별 무기가 다 있네."

둘은 눈을 휘둥그레 뜨고는 놀라움을 금치 못하였다.

"자 여기서 자기 몸에 맞는 무기를 선택해라, 먼저 창은 자기 키보다 한 자(30cm) 가량 큰 것으로 고르고, 칼은 두 자 반에서 석 자 정도이니 철우는 석 자, 나영이는 두 자 반짜리를 고른다. 그리고 다리에 찰 각반과 거기에 꽂을 단도(短刀: 날이 한쪽에만 서 있는 짧은 칼)를 고르는데 이것은 길이가 8~9치(24~27cm) 정도이다.

둘은 연신 감탄을 하면서도 섬뜩한 무기에 은근히 겁이 나기도 하였다. 곧바로 자기 몸에 맞는 무기를 세 가지씩 골랐다.

"지금 조정에서 병사들 훈련시키는 것은 아주 잘못되었다. 궁수는 활만 쏘고, 창을 가진 병사는 창만 쓰고, 검을 가진 병사는 검만 쓰는데 이게 잘못되었다.

아주 먼 거리는 궁수, 조금 멀리 떨어졌으면 창, 가까이 있을 때는 칼, 더욱 가까이 붙었을 때는 단도를 써야 한다. 그래서 나는 항시 이 세 가지 무기의 사용을 동시에 수련하도록 한다. 처음에는 매우 힘들 것이다. 무기의 마음 자세는 창이건 칼이건 내 손의 연장선에 있다는 것을 명심해야 한다. 그래야 무기를 내 마음대로 움직이면서 활용하게 되는 것이다. 알겠느냐?"

"예, 그런데 너무 힘들 것 같습니다."

"힘들지, 어렵지 않은 게 어디 있느냐. 그러나 하다보면 익숙해져서 젓가락 놀리듯 할 게다."

"젓가락이요?"

"그래, 젓가락이다."

이러니 둘은 고개 숙여서 킥킥대고 웃었다. 무기를 젓가락처럼 사용한다면 얼마나 좋을까.

"거거거중지 행행행리각(去去去中知 行行行裏覺)이라는 노자의 말씀이 있다."

"예에? 그건 또 무슨 뜻인지요?"

"지금 잘 몰라도 자꾸 실천하다가 보면 알게 되고 깨닫게 된다는 뜻이니라."

정 도사님의 말씀하시는 것은 노자의 도덕경에 나오는 문장으로 원뜻은 "가고 가고 가는 중에 알게 되고, 행하고 행하고 행하는 중에 깨닫게 된다."라는 의미이다. 즉, 지금은 잘 몰라도 무조건 실행하다가 보면 언젠가는 알게 되고 깨닫게 된다는 의미이다.

이렇게 하여 도사님이 시범을 보이면서 창술 먼저 익히는데,
둘은 무거워서 팔이 빠질 것만 같았다. 나영이가 먼저 쉬었다
가 한다고 하여 도사님이 할 수 없이 다 같이 휴식시간을 갖게
했다. 그 다음 검술을 익혔는데 진검은 위험하니 크기가 같은
목검(木劍)으로 바꾸어 오라고 해서 진검을 놓고 목검으로 바꾸
어왔다.

"검술도 마찬가지이다. 창술보다는 덜 무겁고 짧으니 수련할
만할 게다. 검술은 불시에 적의 칼날이 어디로 들어올지 모르
니 항상 몸을 새털처럼 가볍게 하여 움직이어야 한다. 어느 한
순간도 방심해선 안 된다."

이렇게 하여 검술을 배우고 또 이어서 단검술도 배웠다. 둘
은 너무 지쳐서 쓰러질 것만 같았다. 힘들어서 쩔쩔매고 있으
니까 도사님은 오늘은 점심을 먹고 마술을 수련하지 않고 병법
에 대하여 공부한다며 미시(오후 1시)가 시작될 때쯤 안방으로 들
어오라고 했다.

둘은 점심을 먹자마자 자기들이 살던 나무집으로 들어와서
순식간에 잠에 빠졌다.

한 식경 후쯤 잠에서 깨어난 그들은 곧장 안방으로 들어갔

다. 안방에는 책상 세 개가 놓여있었는데 도사님, 철우, 나영이 것이었다. 책상 위에는 병법서로 보이는 서책 대여섯 권이 가지런히 놓여있고, 지필묵도 함께 가지런히 놓여 있었다.

"병법 공부는 기본이 장군을 위한 것이다. 물론 개개인 병사에게도 필요하지만, 장군이 병사들을 어떻게 훈련시키고 어떤 방법으로 전략과 전술을 구사하여 승전할 수 있는가를 설명한 것이다. 글을 배웠다니 읽어는 보겠지만 이해하기가 어려울 것이다."

이렇게 해서 병서를 공부하는데 잘 이해가 되지 않을뿐더러 더러더러 모르는 한문이 나와서 일일이 질문을 해야 했다. 공부를 조금 더한 나영이도 마찬가지였다. 가끔은 삼국통감(삼국지)에 나온 내용과 비슷하기도 하였다.

이렇게 해서 병장기 수련과 병법 공부를 며칠 하였다. 그런데 도사님은 나영이가 가끔 철우에게 "오빠, 오빠" 하고 부르거나 "철우야~" 하고 이름을 부르는 것을 듣고는 거북했는지 오일 후면 길일이니 간단히 성례를 시키겠다고 했다.

"아이구, 감사합니다. 도사님."

철우는 입이 귀에 걸릴 정도로 좋아하였고, 나영이도 별말 없었다.

오 일 후 도사님은 할머니를 시켜서 마당에 병풍을 치게 하고 간단한 상차림을 하였다.

당연히 하객도 없어서 할머니와 수철이가 하객 노릇을 하게 되었다. 신랑과 신부가 부부의 예로 절을 하는 교배례를 하고, 다음으로 신랑과 신부가 술잔(합환주)을 나누는 합근례를 했다. 술잔을 나누는 것은 부부의 화합을 의미한다고 했다. 이렇게 해서 조선에서 제일 간단한 혼례식을 올렸다.

23. 남철우가 정철우로

그날 저녁, 병법을 배우러 안방에 들어갔더니 도사님이 희색만면(喜色滿面: 기쁜 빛이 얼굴에 가득함)하였다.

"으음, 그리고 철우 네 이름의 한자가 뭐냐?"

"예, 쇠철, 소우입니다."

"성씨는 남녘남이고?"

"예."

"으음, 이제부터는 남씨가 아니라 정(鄭)씨로 바꾼다."

"예에? 성씨도 바꿀 수 있나요."

"바꾸려면 바꾸지. 대개는 남의 집 양자로 들어갈 때 성씨를 바꾼단다."

"정씨는, 도사님이 정씨잖아요.

"그렇다. 여기 정씨 족보를 하나 구해왔다."

도사님은 어느 쪽인가 펼치더니 말미(末尾)에 "鄭鐵牛"라고 쓰고는 철우에게 건넸다.

"이제 양반가문 정씨의 자손이 되었다, 혹 누가 묻거든 조실부모(早失父母)했다고 적당히 둘러대어라. 관아에서 호구조사를 나오면 이 성함으로 올리느니라."

"아예, 감사합니다. 스승님."

"그리고 오늘 정식으로 혼례를 올렸으니 이제부터는 절대로 이름을 부르거나 오빠라고 불러서는 아니 되느니라. 서방님이라 부르고 서로 간에 '여보, 당신'이라고 불러야 한다."

"예."

"예."

이제 철우와 나영이는 정식 부부가 되었다. 나영이는 어색하다면서 킥킥대면서 웃기도 하였다. 그러다 얼마 지나지 않아 익숙해졌으나 호칭만 바뀌었지 대화는 여전히 동무처럼 했다. 철우도 그리 싫지 않았기에 더 이상 아무 말도 하지 않았다.

하루하루가 지나면서 나영이의 근력과 지구력이 향상되어서 철우와 함께 어느 정도 보조를 맞추게 되었다.

그렇게 한 열흘 정도 지났을 때쯤 새벽녘이었다.

"히잉~, 히잉~"

느닷없이 말울음 소리가 들렸다.

"어어~ 말이네. 처음부터 있었나?"

철우가 의아해 하며 물었다.

"글쎄, 우리가 왔을 때도 말이 있었나? 본 적이 없는 거 같아 그러고 보니 아직까지 마술을 시작하지 않았네."

"맞아, 나도 말을 본 적이 없었는데 밤사이에 누가 갖다놓은 모양이야."

과연 구보하러 나갔더니 마구간에 말 세 필이 매어져있었다. 헛간 옆에 마구간도 처음 보는 것 같았다. 참으로 기이한 일이었다.

"아무래도 도사님이 밤에 말을 데려온 모양이야."

"맞아, 도사님이 데려왔어."

둘은 구보를 다녀와서 오전 수련이 시작될 때 도사님에게 질문했다.

"말이 어제까지 없있는데 밤사이에 데려오셨지요?"

"허허허, 그렇단다. 오늘부터는 말 타기 연습을 하자."

이리하여 그날 오후부터는 말 타기 연습을 하였다. 단순히 말을 타고 뛰는 것만이 아니라 말을 타고서 창술, 검술, 궁술 등을 익히는 것이다.

둘은 말을 타기에도 힘들었다. 반 시진만 타도 엉덩이가 부서질 듯 아팠고, 허리도 끊어질 듯하였다. 도사님은 그런 줄 아시는지 더 이상 무리하게 연습시키지 않고 쉬도록 했다.

이렇게 해서 철우와 나영이는 점차 무사(武士)로 변신하기 시작하였다. 하루도 빠지지 않고 무술 연습과 병법 공부를 하여 이제 어엿한 장군처럼 변모하여 언행에 있어서도 매우 점잖아졌다. 이해가 철우가 열아홉 살 나영이가 열일곱 살 되던 해였다.

철우는 열여덟 살 무렵에 건장한 장정으로 다 컸는데, 나영이는 열여섯 살 때부터 조금씩 크는 것 같더니 이 해에 부쩍부쩍 컸다.

철우 아버지의 키가 5척 9치(179cm, 조선시대 남자의 평균 키는 160cm 안팎, 여자는 150cm 정도였음)였고 어머니가 5척 5치(167cm)였는데 철우는 아버지만큼 나영이는 어머니만큼 키가 자란 것이다. 체구는 더 좋았다. 여기 와서 잘 먹고 지냈기 때문이다. 대개 여자들은 열여섯 살이 되면 다 크는데, 나영이는 조금 뒤늦게 큰 것이다.

그리고 성격도 활달하게 변하였다.

예전에 대감 집에서 여종 아닌 여종으로 살면서 기를 펴지 못하고 심리적으로 위축되었다가 여기 와서 철우와 함께 살고 스승님에게 온갖 수련을 받으면서 체력단련과 함께 기를 펴고 살게 된 것이다. 그리고 무관이셨다던 아버지의 피를 이어받아서 신체 골격이 크고 단단해져서 그야말로 한눈에 보이도 여장군처럼 늠름해졌다.

도사님이 말은 하지 않았지만 이런 둘의 모습과 수련과정을 보면서 매우 흡족해 하였다. 이 둘의 변화와 성장은 정말로 꿈과 같은 일이었다. 이제껏 철우와 나영이는 이런 생활을 해본 적이 없었다. 식사는 할머니가 다 차려주고 설거지도 다 해준다. 빨래도 다 해주고 필요한 옷이 있으면 때마다 갖추어 주었다. 이 둘은 오직 병장기 수련과 병법 공부만을 하고 있으니 이보다 더 편한 생활을 없을 것이라고 생각하였다.

그해 겨울이 가고, 다음해 춘, 하, 추, 동이 지나고 그 다음 해 봄을 지나서 24절기 중 소만(小滿:양력 5월 21~22일)이 지나서였다.

도사님은 무술 수련을 하지 않고 안방으로 철우와 나영이를 불렀다.

24. 하산하여 의병을 일으켜라

"이제 하산할 때가 되었다."

"예에? 아직 무술 수련이 제대로 완성되지 않았습니다. 말 타기도 서툴러요."

"그만하면 되었다. 의병을 일으키는 데는 직접 싸우는 것도 중요하지만 얼마나 훌륭한 지략(智略)을 짜느냐가 더 중요하다. 즉, 의병대장으로서의 역할이 바로 그것이다."

"아무리 그래도, 의병을 일으켰다가 패하면 어떡하나요? 죽나요?"

나영이가 궁금하다는 듯 질문했다.

"승패병가지상사(勝敗兵家之常事: 이기고 지는 것은 병가에서 일상적인 일이다.)이고 생사(生死)가 백짓장 뒤집히듯 하는 게 전투이다. 하지만 너무 걱정 말아라. 왜구라고 해서 모두 제갈량 같지 않다. 병사들도 없고 무장하지 않은 어촌에 쳐들어와서 노략질하는 수가 태반(太半: 반수 이상)도 넘느니라. 이번에 갈 곳도 그러한 곳이다. 황해안의 어느 어촌으로 가게 될 것이다. 준비는 여기서 수련하던 병장기를 모두 가져가고, 간단한 요깃거리와 가지고 있던 돈도 가져가야 한다. 의병을 일으키자면 첫째 돈이 있어야 최소한의 무기라도 구입할 게다."

"예에? 돈도 가져가나요?"

"아 그럼, 가진 돈 다 가져가, 돈은 돌고 돈다. 아니다, 절반만 가져가도 될 게다. 병장기 중에 제일 쉽게 구할 수 있는 것이 창날이다. 창날을 사서 나무로 창대를 만들어 끼우면 손쉽게 창을 만들 수 있을 게다."

이렇게 말씀하시니 철우는 더 이상 거역을 할 수가 없었기에 몇 마디 말씀만 더 여쭙다가 떠날 준비를 하였다. 나영이도 돈에 대해선 다소 의심을 하였으나 도사님이 알아서 다 해결하시겠지 하고 동의했다.

철우와 나영이는 똑같이 남장을 했다. 말을 타고 갓을 쓸 수가 없어서 망건만을 썼다.

그리고 각자 창 두 자루, 칼 한 자루, 단검 두 자루와 행장에 필요한 여러 가지 잡품들도 준비했다.

다음날 조반을 먹고 떠나려고 하자, 도사님과 할머니, 수철이가 배웅을 한다.

"황해안 군산 쪽으로 가려민 말 타고 빨리 가면 이틀이면 살게다. 그러나 그렇게 빨리 가지 말고 주막집에 꼭 들러서 새로운 소식을 듣고 말도 쉬게 해야 한다.”

“예.”

“그럼 어서 떠나거라.”

“예, 잘 다녀오겠습니다.”

모두들 인사를 하고는 둘은 말을 타고 다소 빠른 걸음으로 산 아래로 내려왔다.

말을 탄 두 사람의 기상은 하늘을 찌를 듯하였다. 도사님 말씀대로 뛰지는 않고 주로 속보로 말을 몰았다.

그날 저녁때쯤,

강경에 도착하여 객점(客店: 예전에, 오가는 길손이 음식을 사 먹거나 쉬던 집. 지금의 식당 겸 여관)에서 하룻밤을 유숙하려는데 밖에서 술손님들이 왁자지껄하다.

“아니 이게 무슨 소리야?”

나영이가 눈을 크게 뜨고 물었다.

“이거 왜구라고 말하는 것 같은데, 나가보자.”

“응, 그래 나가보자.”

급히 밖으로 나왔더니 주안상 하나에 네 명의 늙수그레한 남자들이 앉아서 술을 마시면서 “왜구”라는 소리를 하고 있었다.

“잠시 실례하겠습니다. 지금 어디에 왜구가 출몰했나요?”

철우가 다가가면서 정중하게 물으니 그들 네 명은 크게 놀라
는 눈치이다. 행색이 범상치 않게 큰 키에 덩치도 크고 일반 백
성들이 입기 어려운 고급 명주옷을 입었으니 놀란 것이다.

"선비님은 뉘신지요?"

"아, 나는 황해안에 왜구들이 자주 출몰한다 하여 의병을 일
으키러 가는 사람입니다."

"아이구, 그러세요."

"아이구, 살려주세요."

"우리들은 지금 왜구들이 쳐들어와서 타지로 피신가는 중입
니다."

"어허, 그래요, 가족은 없이 혼자서들 가시나요."

"아이구, 우리가 눈치가 좀 빨라서 집식구들을 먼저 떠나보
내고 우리들은 상황을 조금 지켜보다가 도저히 살아날 길이 없
어서 지금 내빼는 중입니다."

"말도 마세요. 젊은이들 싸워보겠다고 부엌칼, 갈고리 하다
못해 어구(漁具: 고기잡이에 쓰는 여러 가지 도구)까지 들고 나섰지만
모두 단칼에 목이 달아났지요. 왜놈들 긴 칼이 삭도(削刀: 승려의
머리털을 깎는 칼. 면도칼)처럼 날카로워서 스치기만 해도 목이 떨
어집디다. 아이구, 무서워라."

"그럼 젊은이들은 모두 죽있나요?"

"아마 다 죽었을 겁니다. 그렇게라도 싸우는 통에 남아있는

늙은이와 아녀자들은 뒷산인 수리산 너머로 죄다 도망쳤습니다. 그때 우리는 단걸음에 여기까지 왔지요. 그네들도 죽은 목숨이나 마찬가지입니다."

"그럼 그 뒤의 소식을 못 들었겠네요."

"예, 선비님이 어서 가서 의병을 일으켜서 사람을 살려주세요."

"아이구, 아녀자들하고 죽을 날만 기다리는 늙은이뿐인데 어떻게 의병을 일으켜, 무기라고는 맨주먹뿐인데. 계란으로 바위치기야."

"으흠."

철우와 나영이는 할 말을 잃었다.

이들은 어서 가서 의병을 일으켜서 살려달라는 사람과 가봐야 의병을 일으킬 수 없으니 혹시 조정에서 관병이라도 오면 싸워보기라도 할 것이다. 이런 식으로 두 편으로 갈리었다.

"알았소이다. 의병을 일으키건 일으키지 않건 일단 나왔으니 가보기나 하렵니다. 가서 판단을 하고 결정을 하겠습니다. 그래, 거기가 어딘가요."

"비인현(庇仁縣: 지금의 서천지역) 다송리(多松里)라는 바닷가입니다. 지금 거기엔 왜구들이 군막(軍幕: 군대에서 쓰는 장막)을 치고 주둔(駐屯) 중입니다. 그 뒤로 수리산이 보이는데 이쪽 길로 가면 수리산 앞이 되겠지요. 그 아래에 마을 사람들이 피신해 있습지요.”

“꼭 가시겠다면 가다가 물어물어 가시면 됩니다. 찾기는 어렵지 않습니다.”

“저희들이 원래는 군산(群山)에 왜구가 자주 출몰한다 하여 그리로 가려고 했는데 비인으로 가야겠군요.

“맞습니다. 군산에는 왜구가 오지 않았습니다. 그놈들이 비인으로 온 것입니다.”

“으흠, 알았소이다.”

“얼마나 걸리나요? 말 타고.”

나영이도 관심을 보이고 물었다.

“내일 아침 일찍 출발하면 아마 저녁 무렵에는 당도(當到)할 것입니다.”

“그렇군요. 저희들이 생각해봐서 결정하겠습니다.”

“아이구, 제발 좀 왜구들을 격퇴하고 다시는 못 오게 해주세요.”

둘은 몇 마디 대화를 더하다가 방으로 들어왔다.

“이거 큰일이네, 젊은이들은 다 죽고 아녀자, 노약자들뿐이라니, 어떻게 의병을 일으키나.”

“그러게. 싸울 사람이 없잖아, 도사님은 이런 실정을 알고나 있을까?”

"글쎄, 알고 있을지도 모르지, 우릴 시험 삼아서 보내신 것 같아."

"아이고 내 원 참, 그럼 장정들이 있는 곳으로 보내시지. 이걸 어째."

"다시 돌아갈 수도 없고, 참말로 난감하다. 진퇴양난이야."

둘은 한참 동안이나 걱정을 하면서 대화를 했지만 결론이 나질 않았다.

"도사님은 지략을 쓰라고 하셨는데, 그것도 성한 사람이 있어야 되는 거 아닌가? 노약자들과도 지략을 세울 수 있을까?"

"아무리 노약자들이라 해도 걸어 다닐 수는 있을 테지, 환자만 있는 게 아닐 거야. 가보면 알겠지만 싸울 만한 기력이 있는 사람도 있을 거야."

"그럴라나, 그럼 지략 중 무엇을 써야 하나."

"허점을 가장 많이 보일 때를 노려야 돼."

"응, 맞아, 맞아, 왜놈들이 잠들었을 때 화공(火攻)을 하면 되겠어."

"불로 공격한다고? 어떻게?"

"지금 생각난 것인데 심야(深夜)에 왜놈들의 배에 불을 지르면 놈들이 깜짝 놀라서 불을 끄러 나올 거야. 불을 꺼야 하니까 무기가 없이 급하게 나오겠지. 이때 창으로 찌르고 혼란한 틈을 타서 군막에 들어가는 거지. 그런 다음 무기를 탈취하고, 탈취한 무기로 싸우고 이러면 될 것도 같아."

"그러게, 이론으로는 그럴 듯한데. 아무튼 내일 일찍 가보자."

둘은 몇 마디 더하다가 노독(路毒: 먼 길에 지치고 시달려서 생긴 피로나 병)이 심하여 금세 잠들었다.

25. 아녀자, 노약자뿐인 의병대

다음날 새벽에 일어난 철우와 나영이는 간단히 조반을 먹고는 곧바로 말을 타고 비인 쪽으로 향하였다. 점심은 주막에서 요기하고 그대로 달렸다. 해가 뉘엿뉘엿 넘어갈 무렵에 저편에서 작은 산이 나타났는데, 더 이상 물어볼 것도 없이 피난민들이 있는 곳이었다. 산 아래에 희끗희끗한 장막 같은 게 쳐져 있고 곳곳에 이불인지 천막인지가 널려 있었기 때문이다.

"저기다. 저기가 수리산이야."

"맞아, 저게 다 피난민이지. 어서 가보자."

하얀 명주저고리와 바지를 입고 망건을 쓰고 말을 타고 씩씩하게 산판으로 올라가니

벌써부터 많은 사람들이 나와서 이들을 맞이하고 있었다.

"아이고, 장군님이 오셨다."

"우릴 구해주러 오셨다."

"장군님, 우릴 구해주러 오셨나요?"

많은 사람들이 이렇게 물어보았다.

"예, 의병을 일으키러 왔습니다."

"아이고, 의병은 안 됩니다. 젊은 남자들 다 죽었어요. 관병(官兵)을 데리고 와야 합니다."

"아이고, 아이고, 다 죽었네."

이들은 대번에 실망하여 낙심을 하기 시작하였다.

"내가 의병을 일으키고자 멀리 계룡산에서 여기까지 왔는데 그럼 그냥 돌아갈까요?"

"아이고 안 됩니다. 그냥 가시면 안 돼요."

철우가 짐짓 돌아간다고 하니까 이번에는 대부분의 사람들이 못 가게 말렸다.

"진정들 하세요. 길고 짧은 것은 대봐야 합니다. 여기에 아직 운신할 수 있는 사람들이 있으니 지략으로써 승리해 보려고 합니다."

철우가 이렇게 답변하니까 모두들 웅성거리기 시작하였다.

"그런데 장군님은 형제가 오셨습니까?"

남장을 한 나영이를 형제로 본 모양이다.

"아닙니다. 부부입니다."

"예에? 여자분이라구요?"

이러면서 또 어수선해지고 여기저기서 웅성거렸다. 이대로 가다가는 뭘 해야 할지 모를 지경으로 혼잡스러웠다. 마침내 철우는 거두절미하고 여기 나와 있는 사람들이 어떤 사람들인가 파악하고 각 분대를 조직하기로 마음먹었다.

"여러분 중에서 대표하실 만한 분이 누구십니까? 여러 사람들의 말을 듣자니 아무것도 못하겠습니다. 우선 대표자 분과 상의를 먼저 해야 할 것 같습니다."

"이한길 이장님이십니다."

"그럼 누가 이장님이신가요?"

"예, 접니다."

나이가 사십오륙 세 정도 보이는 남자였는데 조금 점잖아 보였다. 철우가 보기에는 이 정도면 젊은이 못지않게 근력을 발휘할 수 있을 것이라고 판단했다.

철우와 나영이는 자리를 옮겨서 의병을 조직할 만한 사람들을 파악하고자 하였다. 엉성하게 무명천으로 하늘만을 가린 곳이 막사였다. 한옆에 이불이 개어져 있는 것으로 보아 여기 맨땅에 요를 펴고 이불을 덮고 자는 모양이었다.

"이장님, 의병이라고 해서 모두 창, 칼 들고 싸우는 것이 아닙니다. 머리를 써서 적을 함정에 빠지게 하여 이길 수도 있습니다."

"그러시겠지요. 제가 병법을 공부하지 않아서 잘 모릅니다."

"우선 먼저 여기에 남아있는 사람들의 상태를 알아야 합니다."

"여기 총 150여 명 있는데 거동이 불편한 노약자와 어린이, 환자를 제외하면 구십여 명 정도는 운신할 수 있습니다."

"아 그렇군요. 그럼 구십여 명 중에서 창이라도 던질 만한 근력을 가지고 있는 사람은 대충 얼마나 될까요."

"글쎄요. 나이가 마흔만 되어도 스스로 노인으로 여기고 아무것도 하지 않으려고 합니다. 그들 중에도 근력이 있는 사람들이 있지요. 그들까지 포함하면 절반은 될 것 같습니다."

"아하, 그러니까 아주 젊은 장정부터 대략 서른 살 중반까지는 왜구들과 싸우다가 죽고 그 나머지 사람들은 여기에 있는 셈인가요?"

"대략 그렇습니다."

"그러면 되었습니다. 그 사람들의 이름은 나중에 알도록 하고 연령별로 또는 근력별로 대충 숫자만 지금 파악해 보세요."

이장님은 오랫동안 마을 일을 보고 있어서 누가 누군지 훤히 알고 있었으나 긴가민가하기도 해서 두 명의 노인들을 불러서 파악하기 시작했다.

"여자들도 포함하나요?"

"예, 여자들도 포함합니다. 남녀노소 구분 없습니다."

잠시 후,

이장이 대략 인원 파악을 했다.

1. 창이라도 던질 만한 근력이 있는 사람들 오십여 명

2. 근력은 없지만 이웃마을이라도 다니면서 물품을 운반할 수 있는 사람들 이십여 명

3. 열 살 넘은 아이들 중 잔심부름이라도 할 수 있는 사람들 이십여 명

이렇게 90여 명 정도 파악되었다.

"이 정도면 해볼 만합니다. 이 사람들을 분대별로 나누고 분대장을 세울 테니 명단을 만드시기 바랍니다. 각 분대는 열 명으로 하되 한두 명 가감되어도 무방합니다. 1분대에서 5분대까지가 창을 던질 수 있는 사람들, 6분대에서 7분대까지가 운반할 수 있는 사람들, 8분대에서 9분대까지는 아이들로 조직합니다. 이렇게 각 분대별로 분대장을 세우세요."

"애들 중에서도 분대장을 세우나요?"

"예, 그중에서 대장 노릇할 만한 녀석으로 세우세요. 여기 이장님과 어르신들도 조건에 해당되면 포함해야 합니다."

이장님과 어르신 들이 명단을 만드는 사이에 철우와 나영이

는 밖으로 나왔다. 하늘에는 별이 떠서 반짝거리고 보름이 지나서 조금 일그러진 달이 떠올랐다.

"어떤 계략을 짜야 하나?"

"으응. 어제 말했듯이 화공술을 써야 할 것 같아. 왜놈들이 잠들 무렵에 먼저 배에다 불을 지르면 그놈들이 뛰쳐나올 것이야."

"그러면 좋은 계책이라고 볼 수 있는데, 활도 없이 어떻게 배에다 불을 지르나. 병서에 보면 불화살을 쏘던데, 불창도 있어?"

"불화살이 없으면 몰래 다가가서 불을 붙여야지. 창은 세게 던져야 멀리 못 가니 소용없어."

이렇게 철우와 나영이가 밖에서 서성이고 있으니까 흩어져 있던 사람들이 하나둘 모여들기 시작하여 십여 명이 넘었다. 그래서 이들로부터 대강의 이야기를 들을 수 있었다.

왜구들이 온 지 오늘로 4일째로, 언제 돌아갈지는 모른다, 돌아가기만을 기다렸다가 마을로 내려가야 한다는 것이었다. 피신할 때 이불, 작은 솥 등을 가져와서 숙식을 해결하고, 큰 솥, 장막, 양식 등은 다른 마을에 가서 빌려왔다고 했다.

이러는 중에 명단이 다 작성되었는지 "장군님!"이라고 부르면서 장막 안으로 들어오라고 했다. 여기가 작전실이 된 것인데 그냥 맨땅이다. 맨땅에 낙엽을 깔고서 앉아있는 것이다.

"지금 밤이 되었지만 이들에게 오늘 밤 안으로 모두 연락하서야 합니다."

"무엇을 연락하나요?"

"1분대에서 5분대까지는 내일 조반을 먹고 각자 산에 가서 창대로 쓸 만한 나무를 잘라옵니다. 길이는 대략 6자(180cm) 가량, 굵기는 한 치 반(4,5cm) 정도의 나무를 잘라와서 내일부터 창술을 수련합니다. 창날은 구하는 대로 창대에 꽂으면 되니까 미리 연습하는 겁니다. 사시(오전 9시)가 시작될 무렵까지 오라고 하세요. 그리고 6, 7, 8, 9분대는 조반을 먹고 진시가 조금 넘어서 여기로 집합합니다. 이들에게는 내일 지시하겠습니다."

다행스럽게도 이장님은 어떻게든 철우에게 협조를 하여 왜구를 격퇴할 심산이었고 거기 있던 두 분의 노인들도 마찬가지여서 일이 순조롭게 진행되고 있었다.

철우와 나영이는 지금 쓰던 막사를 거처로 삼기로 했고, '장군님'이라는 호칭은 관병에서 쓰는 호칭이므로 "두령"이라고 부르라고 했다. 그래서 철우는 두령님, 나영이는 소두령님이라고 불리게 되었다.

다음날 진시가 조금 넘어서 6, 7, 8, 9분대 40여 명이 모두 모였다.

"먼저 나이 드신 6, 7분대에게 설명과 지시를 하겠습니다. 여러분들은 잠시 후에 여길 떠나서 인근 큰 마을이나 현(縣: 군 아래의 작은 행정단위) 또는 군(郡)으로 가서 병장기를 사와야 합니다. 제일 먼저 구할 것은 창날입니다. 창날만을 구하면 부피도 적고 무게도 얼마 나가지 않습니다. 다음으로 싸움에 필요한 큰 칼을 사오는데 구하기가 쉽지 않을 것입니다. 그리고 불이 잘 붙는 기름을 사옵니다. 지금 20명이니까 다섯 명씩 떠납니다. 돈은 충분하니 맨몸으로 가서 지게도 사십시오."

이렇게 지시를 하니까 대번에 웅성거리면서 "돈도 주신단다.", "우리 마을을 살려주실 분이야." 이런 소리가 들리면서 갔다 오겠다고 하였다. 나영이가 돈뭉치를 들고 와서는 각 다섯 명씩에게 다소 많은 돈을 주었다. 엽전이 모자라서 금가락지 등을 주면서 현지에 가서 돈으로 바꾼 후 사오라고 시켰다.

"절대로 돈을 함부로 쓰면 안 됩니다, 병장기와 기름 구하는 데만 쓰셔야 됩니다. 물론 그 돈으로 점심은 사먹어야지요. 아마 오늘 중으로 갔다 올 수 있을 것입니다. 아니면 내일 와도 상관없어요. 제일 중요한 것이 창날입니다. 만약 대장간에서 만들어준다고 하면 기다렸다가 사와야 합니다. 창날은 적어도 60여 개 이상 필요합니다."

"예엣."

이들은 힘차게 대답하면서 인근 현(縣), 군(郡)인 보령, 광천,

홍성, 대흥, 멀리는 예산 장까지 갔다 와야 했다.

돈의 힘은 대단했다. 어제까지만 해도 의병은 불가하다고 말했던 사람들도 돈이라니까 모두 적극 의병활동에 참여하겠다고 나서기 시작했다.

이어서 어린애들로 구성된 8, 9조를 불렀다. 열 살부터 열대여 살까지 남녀 어린아이들이 모두 모인 것이다.

"너희들이 지금부터 당장 할 일은 저 산 위로 조금 올라가서 왜구들의 동태를 살피는 것이다. 배가 몇 척인지, 군막사가 몇 동이고 왜놈들이 무엇을 하는지 하루에 세 번씩 보고하는 것이다. 아침 일찍, 점심때쯤, 저녁에 해가 질 무렵 이렇게 동태를 파악해서 나에게 보고해라. 오늘 저녁에는 나도 가볼 테다."

철우는 아이들에게 이렇게 지시를 하였다

얼마 후 사시가 다 되어서 1, 2, 3, 4, 5분대 오십여 명이 모였다.

"지금부터 여러분들은 창술을 수련합니다. 창술도 어려워서 오랫동안 수련을 해야 하지만 우선 가장 기본적인 찌르기부터 연습합니다. 그냥 힘차게 찌르는 거요. 창날이 한 뼘이 넘으니까 힘껏 찌르면 됩니다. 그런데 사람은 옷을 입거나 갑옷을 입고 있기에 힘을 주지 않으면 들어가지 않습니다. 그러다가 역습당하면 죽습니다. 그러니까 처음에 온 힘을 다하여 찌르면 웬만한 갑옷도 뚫리면서 살 속으로 푹 들어가고 맙니다."

그런데 사람들의 반응이 별로 신통치 않다. 젊은 여자들도 끼어있었지만 대부분이 사십 이상 먹은 사람들이라 죽든 살든 뒷전으로 물러앉을 셈인 것이다. 참으로 난감하였다. 이때 철우는 이들에게 겁을 조금 주어야 하겠다고 마음을 먹었다.

"지금 여러분들이 장대만을 가지고 연습을 하려니까 우습지요. 지금 6, 7분대가 인근 큰 마을로 창날과 칼을 사러 벌써 떠났습니다. 지금 가지고 있는 장대가 곧 창대가 되는 것입니다."

이러면서 옆에 있던 나영이에게 "시범을 한 번 보이자."라고 말하니 나영이도 알았다는 듯이 고개를 끄덕였다.

곧바로 철우와 나영이는 가지고 온 장창을 들고 와서 휙휙 찌르고 뛰고 돌고 전, 후, 좌, 우로 마구 찔러대니 사람들이 혼비백산하다시피 한다. 철우와 나영이는 서로 마주 보기도 하고 마을 사람들을 쳐다보기도 하면서 시범을 보였다.

그런 다음에 옆구리에 찬 칼을 뽑아서 이리 뛰고 저리 뛰고 돌면서 마구 휘두르니 "휘릭~ 휘릭~" 소리가 났다. 이처럼 간담이 서늘하게 엄청난 시범을 보이니까 사람들이 웅성거리면서 연신 감탄을 하고 있었다.

"만약 의병활동에 적극 참여하지 않겠다면 지금 당장 여기를 떠나세요. 안 떠나면 이 칼로 목을 벨 것입니다."

이렇게 엄포를 놓으니 다들 주춤거리면서 또 웅성거린다.

"여기 다송리 마을은 순전히 여러분들 손에 달려있습니다. 여러분들이라도 나서서 왜구를 퇴치하지 않으면 마을 전체가 없어지고 여러분들도 결국 기근으로 다 죽게 될 것입니다. 죽느냐 사느냐 모두 여러분들 손에 달려있어요. 불참자가 많다면 지금 병장기를 사러간 사람들에게 기별하여 다시 오라고 하고 나는 계룡산으로 돌아갈 것입니다."

이렇게 또 철우가 계룡산으로 돌아간다니까 불안해졌는지 몇몇이 "창술을 수련하겠습니다."라고 소리쳤다. 여자 목소리였다. 그러더니 하나둘 동조하면서 그 숫자가 늘어나게 되었다.

결국 몇몇 반대자가 있었을 테지만 창술 수련을 시작하였다. 처음엔 철우가 지도한 후 잠시 휴식을 가진 후, 이어서 나영이가 창술을 수련시키었다. 책에서 보았던 오합지졸이 따로 없었지만 그런대로 진행시켰다.

그날 저녁때,

창날을 사러 간 사람들은 아무도 안 돌아왔다. 아마 창날이 없어서 대장간에서 만들어서 사올 모양이었다. 곳곳에 대장간이 여러 군데 있으니 오륙십 개 정도는 쉽게 만들어줄 것으로 생각되었다.

창술 훈련하는 사람들은 팔이 아프네, 허리가 아프네 하면서 고통을 호소했지만 모두 무시하고 말았다.

8, 9분대의 아이들이 와서 보고하는데, 왜구의 배가 18척이나 되고 커다란 군막사가 12동이나 되었다고 했다. 그들은 한 곳에 큰 솥 여러 개를 걸어놓고 밥을 지어 식사를 한다고 하는데, 별일 없이 그냥 왔다 갔다 하면서 더러는 노래도 부르면서 돌아다닌다고 했다.

다음날 저녁때 창날을 사러 간 사람들이 하나둘씩 모이더니 모두 돌아왔다.

창날은 자그마치 100개가 넘었고, 긴 칼이 14자루, 기름도 호리병에 담아 십여 병을 사왔다. 이 정도면 충분하였다.

26. 청두령·홍두령

석반을 먹고 각 분대장을 소집하려는데 3분대 여자 분대장인

방설영이 다가왔다.

"두령님, 두령님과 소두령님의 복장이 똑같으니 누가 누군지 분간이 안 됩니다. 여기에 청색띠와 홍색띠를 가져왔으니 이걸로 머리띠와 허리띠를 하면 멀리서도 분간이 잘될 것입니다."

느닷없이 이런 제의를 하면서 손수 철우와 나영이에게 청띠와 홍띠를 매어주었다.

"훨씬 보기 좋습니다."

"이쁘네요. 호호호."

거기에 있던 분대장들과 다른 사람들도 모두 좋다고 하면서 청홍띠를 매라고 하였다.

철우와 나영이도 듣고 보니 과히 틀린 말도 아니어서 동의하고 착용했더니 그때부터 사람들은 이 둘을 "청두령님, 홍두령님."이라고 부르기 시작하였다.

이어서 철우와 나영이는 각 분대의 분대장을 소집하고, 이장과 어르신 두 명도 함께 오라고 했다. 각 분대장 아홉 명, 이장과 어르신 세 명, 철우와 나영이 모두 14명이 모였다. 1분대에서 5분대까지는 네 명이 여자가 분대장이고 6, 7분대장은 남자, 8, 9분대장은 남자 한 명, 여자 한 명이었다.

"어머나, 어떻게 전투분대에 여자 분대장이 많나요?"

"남편이 싸우다가 죽었습니다. 복수를 해야 합니다."

이렇게 말한 사람은 1분대장인 만수 어머니이자, 김수홍의 아내였다. 여자 네 명의 분대장은 모두 이와 같이 남편이 왜구들에게 목숨을 잃었기에 분기탱천하여(憤氣撑天: 분한 마음이 하늘을 찌를 듯 격렬하게 북받쳐 오름) 복수를 해야 한다고 했다.

전투 분대
一 분대장 女 이미화
二 분대장 女 홍수희
三 분대장 女 방설영
四 분대장 女 김수미
五 분대장 男 장달천

보급 분대
六 분대장 男 황기남
七 분대장 男 우철수

염탐 분대
八 분대장 男 최찬영
九 분대장 女 김민지

"먼저 6, 7분대는 내일 큰 나무에다 짚을 두껍게 둘러서 허수아비처럼 만듭니다. 전투분대가 창술 연습할 때 찌르기 연습을 할 것입니다."

"예."

"아참, 몇 명은 여기에 쓸 커다란 상을 준비해 주세요. 마을에 내려가서 빌리든지 사오든지 해야 합니다. 맨바닥에 앉아있으니 불편하네요. 지필묵도 준비하시구요."

"예, 내일 준비하겠습니다."

이들은 엊그제 올 때와는 달리 상당히 예우를 갖추면서 철우를 두령으로 모시고 있었다.

"자, 그러면 이번에 왜구를 물리칠 계획을 의논해 봅시다. 8, 9분대가 염탐한 바에 의하면 배가 열여덟 척에 큰 군막사가 12동이라고 합니다. 왜놈들은 별 할일 없이 휴식을 취하고 있다고 합니다."

"맞습니다. 엊그제도 그랬습니다."

"그렇다면 배 1척에 30~40여 명씩 승선했다고 치면 600백여 명 될 것입니다. 이들 중 일부는 배에 남아있을 테니 십여 명씩 남아있다면 사백 명이 넘게 군 막사에 있게 되네요. 이들이 군막사에 사십여 명씩 주둔하고 있을 것입니다."

"맞습니다. 저 정도 크기의 배라면 그 정도 승선할 것입니다.

아주 작은 배로는 일본에서 여기까지 올 수가 없지요. 그런데 우리의 빈약한 의병대로 잘 훈련된 육백여 명을 어떻게 물리칠 수 있을지 걱정입니다."

"걱정입니다."

"너무 걱정 마세요. 내가 짠 계략대로만 한다면 백전백승이니 자신감을 가지세요."

이러니 모두들 잠시 웅성거리기 시작하였다.

"오호, 그럼 그 계략이란 무엇인지요. 저희들 같은 어민들은 병법의 병자도 모릅니다. 허허허."

이장과 원로들이 이구동성으로 어색하게 헛웃음을 지었다.

"손자병법에 의하여 크게 네 가지 계략으로 이기고자 합니다. 첫째는 화공(火攻)으로 불로써 공격하는 것으로 왜선(倭船)에다 불을 지릅니다. 두 번째는 왜구들이 불을 끄러 나온 사이에 우리 의병들이 군막을 공격합니다. 이를 성동격서(聲東擊西 : 동쪽에서 소리 지르고 서쪽으로 공격한다.)라고 합니다. 이때 비어 있는 군막에 우리 의병들이 들어가서 무기를 탈취하여 그 무기로 왜구들과 격전을 벌입니다. 이것을 차도살인(借刀殺人 : 남의 칼로 사람을 해치다.)이라고 합니다. 이때 제일 먼저 왜장(倭將: 일본 장수)을 먼저 잡거나 처치(處置)하게 되면 승리를 하게 되는 것입니다."

청두령이 이렇게 일목요연하게 설명을 하니까 모두들 고개

를 끄덕이면서 훌륭한 계략이라고 찬탄(讚歎: 칭찬하며 감탄함)하
였다.

"두령님, 계략은 훌륭하오나 왜놈들에겐 썩 좋은 무기가 있
답니다. 창, 칼, 활, 심지어는 조총도 있다고 합니다."

"그럴 테지요. 그럼 이번에 왜구들이 어떤 무기로 쳐들어왔
나요?"

"칼입니다. 칼."

"맞습니다. 칼만 휘둘러도 간담이 서늘합니다. 칼이 얼마나
예리하여 잘 드는지 사람을 무 베듯 베더군요. 이러니 우리 동
리의 젊은 사람들이 대적할 수가 없더군요."

"그렇습니다. 병사용 칼도 하나도 없이 겨우 부엌칼이나 들
고 나갔으니 그냥 파리 목숨입니다."

"전부터도 왜놈들의 칼이 잘 든다고 평판이 났었지요. 하지
만 제가 짠 계략대로라면 왜놈들이 칼을 들고 나오지 않을 것
입니다. 왜냐하면 불을 끄러 나와야 하니까요. 그럴 때 우리
의병들이 그 칼을 탈취해서 왜놈들을 찌르고 벱니다."

"허허허, 두령님 말씀대로라면 백전백승이겠습니다."

모두들 걱정을 하면서도 철우의 설명을 조심스럽게 경청하고
있었다. 하지만 의구심을 완전히 떨쳐버린 것은 아니었다.

"왜구들에겐 무시무시한 조총도 있다고 합니다."

"쏘는 것을 보셨나요?"

"보진 못했습니다."

"그랬을 것입니다. 아무튼 조총 걱정은 안 하셔도 됩니다. 심야에 기습 공격하면 총을 쏠 시간이 없기에 한낱 고철에 불과하지요. 찌르지도 못하고 베지도 못합니다. 왜냐하면 총을 쏘려면 심지에 불을 붙여야 하는데 그럴 겨를이 없습니다."

"허허허, 그렇군요."

또다시 모두들 감탄을 했다

"그럼 언제 공격하나요?"

"저와 홍두령이 짠 계획은 이렇습니다. 얼마 후면 그믐입니다. 칠흑같이 어두운 그믐날 밤에 화공으로 좌우 4척의 배에 불을 붙이는 것입니다. 그러면 왜놈들이 불을 끄러 나올 텐데 분명히 무기 없이 비무장으로 나올 것입니다. 이때 공격하면 안 되고 대부분의 왜놈들이 비무장으로 나왔을 때 전투부대가 불시에 나타나서 창으로 공격합니다. 그러는 순간에 염탐분대인 어린분대가 군막사에 들어가서 창, 칼, 활등의 병장기를 탈취하여 민가에 숨겨둡니다. 혹시 남아있는 왜놈들이 있을지 모르니 창을 가진 사람들 두세 명이 함께 들어갑니다.

이때 적당한 기회를 봐서 보급분대인 6, 7분대원이 미리 횃불을 준비했다가 불을 붙이어 14척의 배에 모두 던집니다. 그러면 18척의 배가 모두 불길에 휩싸이면서 우왕좌왕 할 것입니다. 거의 이와 동시에 전투분대, 보급분대원이 창을 들고 혹은 탈취한 칼을 들고 일시에 공격을 합니다. 저도 이때 마지막 소탕을 할 것입니다. 이게 대략의 전투 계획입니다. 혹시 궁금한 점이나 미진한 점이 있으면 기탄(忌憚: 어렵게 여겨 꺼림)없이 말씀해 주십시오."

"썩 훌륭한 방법입니다. 이 방법대로라면 왜놈들 씨를 말리겠습니다."

제일 먼저 마을 이장이 동의했다.

"좋습니다. 이렇게만 된다면 백전백승입니다."

"좋아요. 한번 해봅시다."

이렇게 분대장들 모두 찬성을 하였다.

"그런데 맨 처음에 배에 어떻게 불을 붙이나요?"

나영이가 지난번과 같은 질문을 했다.

"불화살을 쏘아야 하는데, 활이 없습니다. 있다 한들 활을 쏠 만한 사람도 없습니다."

나이 먹은 어르신이 입을 열었다. 그 마을의 실정이 이러했다. 순박한 어촌 사람들에게 무슨 창, 칼이나 활이 필요했겠는가. 이런 마을에 왜구들이 쳐들어와서 노략질을 한 것이다.

"헤엄쳐 가면 됩니다."

나이 어린 열네 살 먹은 8분대장 최찬영이 이런 제안을 했다.

"오오, 그거 좋은 방법이다. 심야에 몰래 헤엄쳐서 배까지 간다 이거지.”

“예, 그런데 불을 어떻게 운반할지 모르겠습니다. 배까지 거리는 얼마 안 되니까 우리들도 헤엄쳐 갈 수 있습니다.”

“허허, 정말 신묘한 방법이다. 바가지에다 기름솜을 넣고 헤엄치면서 가지고 가서 배 아래에서 불을 붙이면 될 것이다.”

“그 불이 문제네요. 부시로 켤 수도 없고.”

“그건 우리 늙은이들은 잘 알지, 곰방대에 담뱃불을 붙이어 가서 그 앞에서 몇 모금 빨면서 기름솜에 불을 붙이면 순식간에 타오른다.”

최찬영과 어르신이 아주 쉽게 해결책을 내놓으니 모두들 “훌륭하다. 최고다.”라면서 칭찬을 마다하지 않았다.

“정말로 여러 사람의 머리를 빌리니 좋은 묘안이 나왔습니다. 왜구의 배가 18척이어서 양쪽으로 2척씩 총 4척의 배에 불을 붙입니다. 한배에 적어도 네 명 정도는 불씨를 가지고 가야 합니다. 실패할 확률을 계산해서……. 그렇다면 수영에 능숙한 자 총 열여섯 명이 필요해요. 이게 제일 중요하기 때문에 자기가 소속된 분대를 떠나서 열여섯 명을 차출(差出)합시다. 그래도 가급적 전투분대보다 6, 7, 8, 9분대에서 차출해야 합니다.”

“예, 그렇게 하면 더욱 신묘(神妙: 신통하고 묘함)하지요.”

이장님도 만면에 웃음을 지으면서 동의했다. 거긴 바닷가 사람들이라 헤엄을 못 치는 사람은 거의 없어보였다. 여자들도 헤엄을 치긴 하는데 남자들보다 능숙하지 못하다고 하고, 담배를 전혀 피워보지 않았기에 기침이 많이 난다고 해서 여자들은 모두 제외되었다. 남자아이들은 담배를 피우진 않지만 몇 모금 빠는 것은 괜찮다고 하여 남자아이들로 차출하기로 했다.

잠시 후,
8, 9분대에서 남자 여덟 명, 6, 7분대에서 남자 여섯 명
5분대에서 남자 두 명이 차출되었다.

"됐습니다. 기름을 많이 사왔으니 당일 날 큰 바가지를 구해서 기름에 적시고 출발할 때 곰방대에 불을 붙여서 바다로 나가면 되겠습니다. 약간 떨어진 곳에서 출발하여 돌아가서 배까지 접근한다 해도 오륙십 장(丈: 75~90m) 정도이니 갈만 할 것입니다."

"좋습니다. 좋아요."

"그럼 내일은 6, 7분대에서 큰 바가지 열여섯 개와 곰방대 열여섯 개를 준비해 주세요. 구하기 어려우면 사와야 합니다. 솜은 헌 이불을 하나만 뜯으면 충분할 테니 꼭 책임지고 준비하셔야 합니다."

"예, 명심하겠습니다. 두령님.

사냥꾼의 아들로 살아왔던 철우는 이제 의젓한 의병대의 두령으로서 환골탈태(換骨奪胎: 사람이 보다 나은 방향으로 변하여 전혀 딴사람처럼 됨)하여서 여러 사람들을 지휘하고 있었다.

"공격일은 그믐날로 합니다. 며칠 안 남았어요."

"아이구, 왜 그믐날로 하나요, 깜깜해서 아무것도 안 보일 텐데."

"그걸 노리는 것입니다. 군 막사에 있다가 갑자기 밖이 깜깜하면 아무것도 안 보입니다. 그런데 보름날처럼 훤하면 군 막사에 있다 하더라도 밖에 나오면 다 보이지요. 사람인지 짐승인지 다 구별하게 됩니다. 다들 아시잖아요. 그믐날은 군 막사 바로 앞에서 창으로 겨누고 있다 해도 나오는 순간 앞이 안 보이게 되니 그냥 찌르면 넘어가게 될 것입니다."

"오호, 그렇군요. 두령님의 생각이 탁월합니다."

"허허, 그런 생각을 다 하셨네요."

"제갈량의 지략보다 뛰어납니다."

모두들 이처럼 극찬을 했다.

다음날부터는 전처럼 주로 창술에 대하여 수련하고, 6, 7분대원들에게도 창술을 조금이라도 익히게 하였다. 왜냐하면 전투 날에 보급할 것은 없기 때문이다. 이들도 전투분대원으로 투입되는 것이다. 그래도 창날이 남아서 나무를 잘라 모두 창으로 만들었더니 백여 자루가 넘었다.

27. 불타는 왜선

드디어 그믐날이 왔다. 조반 후에 철우는 모든 사람을 불러 놓고 오늘은 하루 쉬었다가 석반을 먹고 조용히 내려가서 대기하라고 하면서 몇 가지 지시를 하였다.

"공격은 자시(밤 11시)쯤 합니다. 이건 제일 먼저 배에 불을 붙이러 열여섯 명이 헤엄치기 시작하는 시간입니다. 배에 불을 붙이면 공격분대가 나갑니다."

"그걸 어떻게 아나요?"

"아참, 그걸 빼먹었네. 나와 홍두령이 산에 올라가서 횃불을 들고 있을 겝니다. 양손에 드니까 총 네 개의 횃불이죠. 횃불을 하나 들면 화공 시작, 횃불을 두 개 들면 공격 시작입니다. 세 개 들면 나머지 열두 척의 배에다 한꺼번에 미리 준비한 횃불에 불을 붙이어 던집니다. 네 개 들고 흔들면 총공격입니다.

조금 더 세부적으로 설명하겠습니다.

횃불 하나, 양쪽 두 척씩 네 척의 배에 헤엄을 쳐서 불을 지른다.
곰방대 불씨를 이용.

횃불 둘, 왜구들이 불을 끄러 빈 몸으로 마구 뛰쳐나온다. 비어있는 군막에 창을 든 남자들이 쳐들어가서 남아있던 왜놈들을 창으로 찌른다. 왜구들이 없는 군막에 6, 7, 8, 9분대원들이 무기를 탈취하여 민가에 은닉한다.

횃불 셋, 나머지 열두 척의 배에 횃불을 던져서 불을 지른다.

횃불 네 개를 마구 흔든다. 모두 빼앗은 무기로 총공격한다.

이날 오후,

철우와 나영이는 은밀히 8, 9조에서 성숙한 아이들 네 명을 불렀다.

그리곤 무언가를 지시하면서 석반 후에 다른 아이들 먼저 내려가도록 하고 철우와 나영이에게 오라고 시켰다.

석반 후,

각 분대장을 불러서 다시 한번 확인을 시켰다.

횃불 두 개가 올라갔다 해서 군막사에서 뛰쳐나오는 왜놈들을 창으로 찌르면 안에 남아있던 왜놈들이 놀라서 칼을 들고 나올 테니 거의 다 뛰쳐나오면 창으로 공격하라고 단단히 다짐을 주었다.

횃불 셋이 나머지 열두 척의 배에 미리 준비한 횃불에 불을 붙이는데 6, 7조가 모두 동원하여 횃불을 던지라고 했다.

그 다음 바가지에 담은 기름솜을 가지고 오라고 하여 곰방대에 담배를 넣고 빨아가면서 불을 붙여보니 금세 불이 붙어서 모두들 환호성을 질렀다.

"그런데 곰방대를 입에 물고 가나, 그러고선 헤엄치기 어려울 텐데."

철우가 걱정스럽게 물었다.

"예, 그래서 곰방대를 바가지 옆으로 묶어서 가지고 갑니다. 배에 도착해서 빼낸 후 한두 번 빨고 기름 솜에 놓으면 금방 불이 붙어요."

"오호, 정말 기발한 생각이다."

모두들 크게 칭찬을 했다. 철우는 이렇게 지시를 하고는 잠시 날이 어두워지기 시작하면 살며시 내려가라고 지시했다.

한편, 이날 오후부터 8, 9분대원 중 헤엄치지 않는 아이들에게 시켜서 매 반 시진마다 염탐을 하여 보고하라고 했더니, 이날따라 음식 준비를 많이 하는 것 같다고 하였다.

"그래? 왜장 생일이라도 되나?"

"모르겠습니다. 배에서 술 단지도 많이 내리는 것 같아요."

이런 식으로 철우에게 보고했다.

"흐흠, 오늘 날을 잘 잡은 거 같아."

"글쎄, 무슨 날일까? 일본 천황의 생일이라도 되나? 아니면 무슨 경축일일까, 알 수 없네."

철우와 나영이는 반색을 하였다. 왜냐하면 많이 먹고 술에 취하면 공격하기가 아주 수월하기 때문이다.

한편,

왜구들이 모인 군막사에서는 자축을 하고 있었다. 조선 땅에 와서 노략질한 것을 자축하는 것이었다. 내일 초하루가 되면 귀국하기에 오늘 마지막 밤을 흥겹게 보내자고 결정하여 많은 음식과 술을 준비시키고 저녁때부터 마구 먹고 마시기 시작하였다.

해가 넘어가서 달이 없는 깜깜한 밤이 되었다. 분대원들이 살금살금 내려가기 시작하고 철우와 나영이는 8, 9분대원 두 명(남종이와 종욱이다.)과 함께 걸어서 산에 올랐다. 양손에 불을 붙이지 않은 횃불을 들고 올라간 것이다.

"남종아, 종욱아, 잘 들어라. 저 아래에선 이 횃불 신호를 보고 움직이는 거 알지?"

"예."

"그런데 우리 둘도 내려가서 싸워야 한다. 그러니 이따가 나와 홍두령이 횃불 하나만 올리고 내려간다. 깜깜해도 위에서 보면 사람들의 움직임을 아니까 왜놈들이 불을 끄러 군막사에서 많이 나왔을 때 횃불 두 개를 올려라. 그리고 왜놈들이 우왕좌왕하고 우리 의병대가 공격하고 병장기를 탈취하여 민가에 은닉하는 모습도 보일 거다. 이때 세 개의 횃불을 올린다. 그러면 나머지 배 열두 척에도 횃불을 던져서 왜구들의 배에 모두 불이 붙게 된다. 이때 왜놈들이 더욱 혼란에 빠지게 될 텐데 곧바로 횃불 네 개를 올리면서 흔들어라. 그러면 일제히 총공격하게 되는 것이다. 할 수 있겠지."

"예, 할 수 있어요."

"그래, 너희들 두 명이 믿음직스럽다. 적시에, 시간을 딱 맞추어야 한다."

잠시 후에 왜구들의 막사에선 떠들썩하는 소리가 나면서 노랫소리가 나오고 있었다.

술시가 넘어 해시(밤 9~11시)가 시작되고 있을 무렵이었다. 날은 벌써 어두워지고 하늘에는 구름도 끼어서 별빛도 안 보인다. 그저 바닷가니까 물빛으로 훤하니 앞이 보일 뿐이다. 철우는 해시의 중간쯤(밤 10시)에 작전을 개시하기로 결정했다.

"여보, 이때쯤으로 앞당겨도 될 것 같아. 저 아래에선 지금 술에 취해서 흥청거리는 모양이야."

"그러게, 사람들 다 내려갔어, 움직임이 하나도 없이 지금 횃불만 보고 있을 거야."

철우는 지체하지 않고 첫 번째 횃불에 불을 붙이어서 올렸다.

옆에 있던 나영이와 남종이와 종욱이가 바다를 유심히 살펴보니까, 양쪽에서 천천히 헤엄쳐 가는 모습이 보였다. 이들은 선미(船尾) 쪽으로 헤엄치고 있었다. 철우도 분명히 볼 수 있었다. 헤엄치면서 물결이 생기기 때문이다.

일각(一刻: 약 15분)쯤 후에 4척의 배에서 불이 붙었고, 곧바로 큰소리가 나면서 왜놈들이 뛰쳐나와서 불을 끄려고 하였다, 그러나 기름솜에 있었던 불이 쉽게 꺼지지도 않을 뿐더러 나무판으로 된 바닥에 불이 금세 옮겨 붙고 말았다.

곧바로 막사에 있던 왜놈들이 무기 없이 마구 뛰쳐나오기 시작하였다.

"남종아, 종욱아, 계획을 조금 수정한다. 내가 지금 홍두령과 함께 말을 타고 내려간다. 내려가서 내가 창을 위로 흔들면 두 번째 횃불을 올려라. 내가 흰옷을 입고 말을 타고 가니 위에서 잘 보일 것이다. 지금 횃불 하나는 내린다. 할 수 있겠지?"

"옛."

"옛."

아래의 상황을 본 이들은 바짝 긴장되어서 대답을 했다.

곧바로 불을 붙이지 않은 횃불을 둘에게 넘겨주고 철우는 나영이와 함께 뜀걸음으로 내려왔다. 말 두 필 앞에는 아까 미리 지시했던 대로 두 명이 창을 들고 서있었다.

8분대장 최찬영과 9분대장 김민지였다.

"너희들은 각자 창을 네 자루씩 들고 내 뒤에 탄다. 천천히 내려갈 테니 겁먹지 마. 창은 무릎 위에 옆으로 가지런히 놓고 가면 되. 그리고 말에서 내려서는 나를 따라다니면서 창을 건네주면 된다. 홍두령에게도 마찬가지야. 창을 던지면 가지고 있던 창을 얼른 건네주면 되는 것이다. 어렵지 않다. 할 수 있지?"

"옛."

이렇게 해서 철우의 뒤에는 최찬영이 창 네 자루를 들고 타고 나영이의 뒤에도 김민지가 창을 네 자루 들고 탔다. 이와는 별도로 철우가 창 하나, 나영이가 창 하나를 들었으니 각 다섯 자루씩 총 열 자루의 창을 가지고 내려가기 시작하였다.

말을 타고 간 그들은 일각(一刻)도 채 안되어 군막사 근처까지 갔다. 이러니 각 분대원들은 두 눈을 크게 뜨고 놀라워하였다. 저 위에서 횃불을 들고 지휘만을 할 줄 알았던 청두령과 홍

두령이 함께 내려오니 투지(鬪志: 싸우고자 하는 굳센 마음)가 백배
가 된 것이다.

"청두령이 오셨다."

"홍두령도 함께 왔어."

이들은 철우와 나영이의 창술과 검술을 익히 알고 있었기에
자신감이 충만(充滿)했다.

군막사 근처에 온 철우와 나영이가 산 위쪽으로 창을 크게 흔
들자, 두 개의 횃불이 올랐다. 일시에 숨어있던 분대원들이 뛰
쳐나와서 무기 없이 날뛰던 왜놈들의 옆구리, 가슴을 산적 꿰
듯 찔러대었다.

철우와 나영이는 말에서 급히 내려 데리고 온 찬영이, 민지
와 함께 빠른 걸음으로 이동하였다. 여기저기에서 아우성 소리
가 나기 시작하고 불을 끄러가기도 하는 등 아수라장(阿修羅場:
싸움 따위로 혼잡하고 어지러운 상태에 빠지는 것)을 방불케 했다.

28. 내 창을 받아라!

철우는 군막사 중에 가운데 있는 군막, 그곳은 커다란 깃발이 내걸린 곳으로 왜장이 있는 곳으로 추정되는 곳이다. 양손에 창 두 자루를 들고 뜀걸음으로 가자마자, 창을 들고 있는 찬영이에게 막사 문으로 드리워진 휘장을 옆으로 걷으라고 했다.

곧바로 휘장이 옆으로 걷히자마자, 안에는 왜장으로 보이는 사람 한 명과 네 명이 주안상을 앞에 놓고 앉아 있다가 깜짝 놀란다.

"다레까?(누구냐?)"

철우는 대답 대신 곧장 양손에 쥐고 있던 창 두 자루를 던져서 두 놈의 가슴에 명중시켰다.

"으악!"

"억~"

이와 동시에 나영이도 창 한 자루를 던져서 한 놈의 가슴에 깊이 박았다.

남아있던 두 놈이 엉거주춤 일어서려고 할 때, 철우는 찬영이에게 건네받은 창 두 자루를 그대로 던졌다, 두 자루도 다 놈들의 가슴에 명중했다. 이와 동시에 나영이도 창을 한 자루 던져서 왜구 한 놈은 가슴에 두 자루의 창을 맞았다. 어려서부터 사냥꾼으로 커온 철우의 창 던지기 실력은 대단히 놀라웠다. 계룡산에서 수련을 할 때도 창 던지기만큼은 도사님에게 많은 칭찬을 받은 터였다. 힘이 장사인 철우는 그렇게 양손으로 창을 두 자루씩 날리어 왜장의 숨통을 끊어 놓았던 것이다.

철우는 그중 왜장으로 보이는 놈의 시체를 밖으로 끌어내어서 "왜장이 죽었다."라고 큰소리를 질러 알렸다. 이랬더니 왜놈들은 더욱 길길이 날뛰기 시작하였는데 그들은 대부분이 무기 없이 뛰쳐나왔기에 의병대의 창날에 찔리기 시작하였다.

곧바로 철우와 나영이는 옆의 군막사로 들어가서 휘장을 걷으면서 창을 던지려고 했는데, 놀라운 광경이 목격되었다. 거긴 죽은 줄만 알았던 동리 젊은 남자들이 온 몸을 결박당하고 입에 재갈이 물린 채 앉아있었기 때문이었다. 이들은 밖의 상황을 예측하고 있음에도 꼼짝 못하고 있었던 것이다.

이에 철우는 급히 창을 거두고는 찬영이와 종욱이에게 결박했던 포승줄을 끊으라고 명령을 하면서 소리쳤다.

"나는 의병대의 청두령입니다. 지금 우리 의병대들이 싸우고 있습니다. 결박이 풀린 대로 나가면 민가에 탈취해 놓은 무기가 있으니 그 무기를 가지고 왜구들과 싸우시오."

이렇게 명령을 하니 결박이 풀리는 남자들로부터 "와아~", "감사합니다.", "왜놈을 죽이자!"라고 벽력같이 소리치면서 뛰쳐나가고 곧바로 탈취한 무기를 들고 왜놈들을 마구 찌르고 베어나갔다. 이들은 우리 속에 갇혔던 맹수처럼 뛰쳐나가서 왜놈들을 마구 무찌르고 있었다. 무기 없이 나와서 허둥대던 왜놈들은 메뚜기 뛰듯 이리저리 뛰어다녔지만 곳곳에 숨어있던 의병들의 창과 칼에 찔리고야 말았다. 컴컴한 그믐날 밤이었지만 왜놈들은 앞머리를 모두 삭도로 밀었기에 어디에 있든 번뜩이는 모습을 알아볼 수 있었다.

이렇게 왜놈들은 의병들의 창과 칼에 추풍에 낙엽 떨어지듯 나가 떨어졌다.

이 중에는 1분대장인 이미화의 젊은 남편인 김수홍도 있었다. 김수홍은 칼을 들고는 왜놈들을 무 베듯 마구 베어 제치던 중에 우연히 아내를 만났다.

"어어? 만수 어매."

"어맛, 당신 살아있었네."

"어엉, 살아있었어, 포로로 잡혀있었어."

"아이고야, 살아있었구나."

"이따가 얘기해, 아직 사오십 명 정도 살아있어."

이렇게 간단히 대화를 한 후에 왜놈들을 찾아서 마구 찌르고 베었다. 아~ 정말로 천만다행이었다. 내일 아침에 왜구들은 이들 포로를 모두 처형하고 본국으로 돌아갈 작정이었는데 간발의 차이로 목숨을 건지게 된 것이다.

이러는 사이에 세 개의 횃불이 올랐는지 앞에 정박해있던 배에서 일시에 불길이 솟아올랐고, 잠시 후에는 의병대 모두가 소리를 치면서 마구 창, 칼을 휘둘렀다.

불과 한 시진 반(3시간)도에 안 되어서 왜구들은 초토화되다시피 하고 일부는 그대로 바다로 뛰어들었다.

곧바로 승전을 알리는 환호성이 터져 나왔다.

"청두령 홍두령 만세."

"우리가 이겼다."

"만세, 만세."

정말로 지축을 흔들 정도의 대 환호성이 울려 퍼지고 산 뒤에 피신해 있던 사람들도 마구 뛰어나오기 시작하였다. 이때가 자시가 넘어서서 축시(밤 1시~3시)에 막 들어서는 시간이었다.

죽었다던 사람들이 살아있었으니 그럴 만도 했다.

철우와 나영이는 일단 이들을 진정시키고 산 넘어가서 자고 난 후 조반을 먹고 내려와서 수습을 하자고 하였다.

하지만 그 누구도 잠을 이루지 못하고는 거의 뜬눈으로 새벽을 맞이하고는 철우에게 와서는 빨리 내려가 보자고 하였다. 이에 철우와 나영이도 거절할 수가 없어서 산 아래로 내려갔다. 사람들이 자기 집을 찾고 어떤 사람들은 울기도 하고 어떤 사람들은 좋다고 웃기도 하였다.

얼마 후 이장이 나름대로 통계를 내보니 죽었다고 여겼던 젊은이들 중에서 53명이 전사했으며 41명이 살아있었다. 포로가 된 이유는 동리 젊은이들이 무기도 없이 추풍낙엽처럼 왜놈의 단칼에 죽게 되자, 나머지 사람들이 무조건 항복을 하였다고 한다. 그래서 포로가 되어서 결박되어 군막에 갇혔다고 하였다.

그리고 어제 밤 전투 중에 죽은 사람이 다섯 명이라고 하였다. 어쩔 수가 없었다고 말했다. 왜놈들은 적어도 오백 명 정도는 죽은 것 같고 몇십 명은 바다에 뛰어들었는데 아마 물고기 밥이 되었을 거라고 했다.

29. 보물상자

그때 어떤 사람이 제안을 했는지 모르지만, 불에 탄 왜놈들의 배에 노략질한 물건들이 많이 있을 거라고 말하고는 수십 명이 왜놈들 배에 다가갔다. 세 척은 아주 바닥에 침몰했으나 바닷가라 그리 깊지는 않았다. 곳곳에 시체들이 즐비하였다.

그렇게 해서 한 시진이 넘게 젊은이들이 배를 수색했는데 놀랍게도 아직 먹을 만한 양식과 병장기들을 찾았고 그 외에도 여기저기에서 약탈한 물품들이 많이 나왔다.

그중에 가로가 한 자 반, 세로와 높이가 한 자 가량의 나무 궤짝 여섯 개가 나왔는데 한눈에 보아도 보물상자 같았다. 이들은 이 궤짝을 철우 앞으로 가져왔다. 수십 명이 운집해있고 이장과 마을의 어른신도 왔다. 자물쇠를 부수고 뚜껑을 열어보니 그 안에는 금은보화 등이 가득했다. 여기저기에서 약탈한 물건이었다, 모두들 "와아~" 하고 탄성을 질렀다. 이장이 유심히 살펴보더니 이것은 조선에서뿐만 아니라 멀리 중국에서도 약탈한 것들이라고 했다. 그래서 철우가 금덩어리 하나를 살펴보니 "明"이라고 찍혀있는 것이 중국의 명나라 시대의 금덩어리임을 알 수 있었다.

　잠시 후,
　이장과 어르신들이 몇 마디 상의를 하고는
　"이것은 모두 청두령, 홍두령 몫입니다. 두령님께서 의병을 일으키지 않으셨다면 이런 결과가 없었습니다. 그러니 두령님께서 모두 가져가시기 바랍니다. 가져가셨다가 또 다른 곳에서 의병을 일으킬 때 사용하시면 되겠습니다."
　이렇게 양보하니 철우와 나영이는 너무 놀라울 뿐이었다.
　"아닙니다. 제가 여기에 온 것은 사람을 구제하러 온 것이지 금은보화에 눈이 멀어서 온 것이 아닙니다."
　"아닙니다. 두령님께서 여기에 와서 병장기 등을 구입하느라 쓰신 돈이 상당하다는 것을 알고 있습니다. 그러니 받아두시기 바랍니다."
　'세상에 이런 사람들이 있었단 말인가. 보물상자를 모두 양보하다니. 그들은 마을을 구해준 것만으로도 충분하다는 것이다.'
　철우와 나영이는 너무 놀랐다.
　결국 한참 동안 피차간에 양보를 하다가 철우가 상자 하나만 받고, 다른 다섯 상자는 마을의 재건과 배를 건조하는 데 쓰자고 합의를 보았다. 참으로 힘들게 결정을 한 것이다. 한 상자

의 보물은 어림짐작으로 보아도 답(畓: 논) 육칠십 마지기 정도
는 구입할 정도의 큰돈이었다.

　그날 저녁에 다송리 마을에서는 큰 잔치가 벌어졌고, 철우와
나영이는 상석에 앉아서 나라 상감님처럼 대우를 받았다.

　다음날 조반을 먹은 후,
　철우와 나영이가 작별인사를 하는데 마을 사람들 모두가 눈
물로 이들을 배웅하였다.
　"청두령님, 홍두령님, 이 마을을 구해주셔서 감사합니다."
　"청두령, 홍두령 만세!"
　이들과 헤어진 후 청두령과 홍두령은 말을 타고 계룡산으로
향하였다. 두 필의 말도 제집으로 가는 줄 아는지 천리마(千里
馬)처럼 달려서 그 다음날 저녁에 계룡산 도사의 집에 도착하
였다.

30. 음지에서 양지로

도사님은 철우와 나영이가 오는 줄 알고 있었던가, 아니면 힘찬 말발굽 소리를 듣고 알았던지 할머니, 수철이와 함께 마당에 나와 있었다.

"도사님, 도사님."
"저희들이 왔습니다."
"왜구를 물리치고 왔습니다."
철우와 나영이는 어린아이처럼 기뻐하면서 말에서 뛰어내려 큰절을 올렸다.
"으음, 큰일을 해내었다. 참으로 장하다."
"큰일을 하시었군요. 상감님도 못하실 일을 해내었습니다."
도사님과 할머니가 이렇게 칭찬을 하고 그동안 보지 못했던 수철이는 나영이의 바짓가랑이를 붙잡고는 매우 반가워하였다.

석반 후 도사님과 철우와 나영이는 들마루에 앉았고, 곧바로 할머니가 빨갛게 익은 수박을 소반에 내어왔다.

철우와 나영이는 다송리에서 의병을 일으켜서 왜구를 크게
물리친 일을 소상하게 고했다.

"이제 그만하면 비틀린 운수를 바로 잡았다. 이제 그만 하산하
여 웅진(공주)으로 내려가서 전답과 집을 사서 양지에서 살아라."

"예에? 이제는 마을사람들과 어울려 떳떳하게 살 수 있나요?"

"아 그럼, 꼬였던 운수를 바로 잡았다 하지 않았느냐."

"아이구, 고맙습니다. 도사님, 마을에 내려가서 전답과 집을
사서 살고 싶습니다."

"허허, 그럴 게다. 돈은 충분하렷다."

이렇게 말씀하셔서 이번에 왜구를 물리치고 왜선(倭船: 일본 배)
에서 획득한 보물상자를 하나 받아왔다고 말씀드렸더니, 크게
환호하시었다.

"그것 보아라, 벌써 대길한 운이 왔잖으냐?"

"예, 예. 모든 게 도사님 덕분입니다."

"으음, 며칠 후면 웅진 장날이다. '나루'라는 주막집을 찾아
서 곽 서방을 찾아라. 사십쯤 먹은 사람인데 이 사람에게 전답
을 사고 싶다고 의논하면 도와줄 것이다."

"예, 예."

철우와 나영이는 너무너무 감사하여 몸 둘 바를 몰랐다.

"혹시 도사님이 필요하신 거 있으면 사다 드리겠습니다."

"난 필요한 거 없다. 속세에 사는 사람들이나 필요한 게 많지, 우리 도사에겐 필요한 게 없어."

"아~ 예."

"그리고 전답을 사고 집정리가 되면 공부를 사오 년 더 하여 진사시험에 응시해서 진사가 되어라, 양반인데 벼슬은 못해도 진사소리를 들어야지."

"예에? 저도 진사가 될 수 있나요?"

"그럼 못할 게 뭐 있어. 공부하면 되지."

철우는 정말로 두 눈을 간장 종지만 하게 뜨고 되물었다. 진사 하면 칠갑산에 있을 때 최 진사가 생각났기 때문이다. 그분 말씀 한마디면 산천초목이 떨 정도의 위엄이 있었는데, 그런 진사가 될 수 있다니 믿기 어려웠다. 그 당시 진사시에 합격하면 진사 소리를 듣게 되는데 벼슬을 할 수도 있고 안 할 수도 있었다.

나영이 역시 매우 놀라워하였다.

"예, 제가 글공부를 더하여 꼭 진사시험에 급제하겠습니다."

"그럼, 그럼, 못할 게 뭐 있어. 남들도 다하는데. 허허허."

도사님과 철우 내외는 그렇게 이런저런 담소를 나누다가 밤이 이슥해져서야 잠자리에 들었다.

며칠 후,

철우와 나영이는 말을 타고 웅진 장에 갔다. 나루 주막은 찾기 쉬웠고, 거기서 말에서 내려서 말의 고삐를 매어놓는데, 어떤 사람이 와서 인사를 한다.

"오셨는지요?"

"예에, 누구신가요?"

"제가 바로 곽 서방입니다."

"아하, 벌써 오셔서 기다리고 계시었군요."

이렇게 해서 통성명을 하고는 점심 겸 탁주도 몇 잔 마시면서 전답에 대하여 의논했다. 철우는 가진 돈이 넉넉했기에 전(田: 밭) 삼십 마지기(마지기는 논밭 넓이의 단위로 지금 환산하면 대략 논은 200평, 밭은 100평 정도이다.), 답(畓: 논) 팔십 마지기를 사기로 했다. 이정도면 칠갑산의 최 진사보다도 훨씬 전답이 많은 것이다.

"그 정도면 이쪽은 당장 구하기 어렵고 금강을 건너서 조금 산 아래쪽으로 내려가면 매물을 구할 수 있습니다. 시세를 조금 더 쳐주면 팔려는 사람들이 있으니까요."

"아, 좋아요. 여기 동리에서 혼잡하게 사는 것보다는 조금 조용한 곳에서 넓은 마당을 갖고 싶습니다. 그런 곳에 혹시 집도 있을까요?"

"기와집은 없고, 농가인 초려(草廬: 초가집) 뿐이지요."

"그럼 기와집을 지으려면 얼마나 걸리나요?"

"도목수(都木手: 목수의 우두머리)를 잘 만나서 재목(材木)을 빨리 구한다면 석 달이면 가능합니다. 솟을대문에 행랑채, 안채가 있는 대궐집이지요."

"아, 그렇군요."

이렇게 해서 철우는 계약서를 작성하고 계약금을 건넸다. 계약금은 나영이가 준비해 왔는데 곽 서방은 금가락지, 금덩어리를 보자 매우 놀라는 눈치였다.

"그럼 오 일 후에 여기서 다시 한 번 만나야합니다. 제가 어디어디 알아보고 마음에 드는지 한번 보셔야 합니다."

"예, 그렇게 하겠습니다."

오 일 후에 철우와 나영이는 다시 주막집에 가서 곽 서방을 만났다. 그는 둘을 데리고 배를 타고 금강을 건너서 한참을 걸어가서 어느 야산 아래에 넓게 펼쳐진 전답을 보여주었다.

"여깁니다. 여기가 전망도 좋지요. 저쪽 산 아래에 있는 초려를 철거하고 거기에다 집을 지을 것입니다."

"아, 좋아요. 집 옆으로 아주 커다란 마당을 만들어야 합니다. 적어도 답(畓: 논) 세 마지기 정도(600평정도)의 큰 마당을 만들어 주세요."

"그거야 어렵지 않지요, 그 아래 산을 조금 깎아서 평지로 만들면 간단합니다."

"여보, 저기 초가집을 철거한다고 하는데 우리가 이리로 와서 살면 안 될까?"

나영이가 이렇게 제안을 했다.

"어엉? 초가집에서 먼저 살자구?"

"으응, 거기서 살면서 그 옆으로 집을 지으면 되잖아."

"예, 그렇게 해도 괜찮습니다. 초려가 크지 않으니 그 옆으로부터 집을 지어도 땅은 충분합니다."

"어, 그것도 좋은 생각이네."

이런 대화가 오가면서 곽 서방은 모두 그렇게 할 수 있다고 수긍을 했다.

그날 저녁때, 계룡산으로 돌아온 철우와 나영이는 낮에 있었던 일을 모두 말씀드리고는 내일 짐을 정리해서 모레 내려가겠다고 하였더니 그렇게 해도 좋다고 말씀하시었다.

"인간사(人間事) 회자정리(會者定離: 만난 자는 반드시 헤어짐)니라. 조금도 걱정하지 말고 내려가거라."

"예, 감사합니다."

철우와 나영이는 고개 숙여 깊은 감사를 표시했다.

다음날은 이삿짐이라고 준비하는데 그다지 준비할 것도 없었다. 꼭 필요한 집안이나 부엌 기물도 새로 사야 하기 때문이다. 그 다음날은 이사하는 날인데, 뜻밖에도 도사님이 타던 말도 가져가라는 것이었다.

"아이고, 도사님. 너무 큰 은혜를 입고 있습니다."

"도사님, 너무 고마워요."

이렇게 해서 도사님과 할머니, 수철이, 철우 내외는 눈물로 작별인사를 했다.

"도사님, 집 다 지으면 꼭 모시러 오겠습니다."

"알았다. 어서 가거라. 내가 이른 대로 공부해서 진사시험에 합격해야 한다."

"예, 명심하겠습니다."

철우와 나영이는 눈물이 앞을 가려서 천천히 말을 몰아 내려와서 금강을 건너서 앞으로 살 초가집으로 들어갔다. 거긴 철우와 나영이가 살던 나무집보다도 훨씬 나은 집이었다. 부엌과 방 한 칸뿐이었지만 마음은 대궐집에 들어온 것 같았다.

다음날,

아침결에 곽 서방과 도목수라는 사람이 열두어 명의 인부를 데려와서 인사를 하고는 일을 시작하였다. 그런데 이들이 일을 할 때 하루에 다섯 번이나 식사준비를 해야 하는데 나영이 혼자서 감당할 수가 없었기에 곽 서방에게 말했더니 일하는 사람들과 식재료 사는 것 등을 모두 맡기겠다고 하여 그렇게 하라고 했다.

31. 홀연히 사라진 정 도사

삼 개월 후,

드디어 대궐집이 완성되어서, 철우와 나영이는 날을 잡아서 잔치를 하기로 하고 말을 타고 계룡산으로 향하였다. 도사님을 초대하기 위해서이다.

"어어? 여기가 도사님이 살던 곳인데."

"어머나, 맞아, 여기가 맞아, 빙 둘러친 산을 보아."

그런데 어디를 보아도 도사님이 기거하던 집터는 보이질 않는다, 그냥 산판이다. 둘은 너무나 놀라서 근처의 산들을 말을 타고 넘나들면서 집터를 찾았으나 어디에도 집터 흔적도 없었다. 정말로 황당한 일이었다. 둘은 정신 나간 듯이 한 시진 반 (3시간) 이상을 헤매었지만 그 어디에도 집터의 흔적이 없었다. 도사님의 집은 도사님, 할머니, 수철이와 함께 홀연히(忽然-: 뜻하지 아니하게 갑자기) 사라지고 말았던 것이다.

"아, 도사님은 정말로 신선이셨구나."

"신령님이 잠시 인간 세상에 내려와서 우릴 구해주셨구나."

둘은 이런 말을 되뇌면서 다시 내려와야 했다.

다음 해에 나영이는 아들을 낳고, 두 살 터울로 또 아들을 낳았다. 이름은 '정관수(鄭冠首), 정관우(鄭冠優)'로 지었다. 이때쯤 철우는 진사 시험에 합격하여 정 진사가 되었다. 아들 둘은 철우와 나영이를 닮아서 어려서부터 튼튼하게 자라기 시작하였다. 후에 이들은 무과 과거시험에 응시하여 둘 다 무관이 되었다. 할아버지가 못 이룬 것을 손자가 이룬 셈이다.

한편, 비인현 다송리에서는 철우와 나영이가 의병을 일으켜서 왜구를 크게 물리친 것을 기념하여 누군가 수리산 커다란 바위에 그들의 성과를 언문으로 새겨놓았다는데 오랜 세월이 흐르면서 풍화되어 이것 역시 흔적도 남지 않게 되었다.

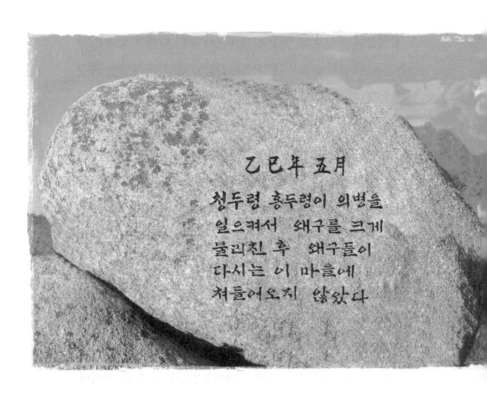

乙巳年 五月
청두령 홍두령이 의병을
일으켜서 왜구를 크게
불리친 후 왜구들이
다시는 이 마을에
쳐들어오지 않았다

이것이 바로 역사서에 나와 있지 않는 "청두령 · 홍두령 의병" 이야기인데 조정에도 알려지지 않았다.